삶의 길목에서 백양로

삶의 길목에서 백양로

海崗 김한진 수필집

젼츨판

　수필 붓 가는 대로 쓴다. 마음 가는 대로 쓴다. 이 얼마나 멋진 말인가! 나는 이 말에 반해 수필을 쓴다. 수필은 작가가 직·간접적으로 체험한 인간사 시공초월, 삼라만상에 관한 사연을, 의미를 담아 미적으로 쓰는 산문이다. 몽태뉴는 에세이 Esssai는 "자신이 사물이나 사상에 대하여 판단을 내리고, 독자에게 시험해본다."는 의미라고 한다. 자신의 삶을 살펴보고, 있는 그대로 솔직히 서술한다고 한다. 그런 점에서 수필은 허구가 아니다. 오직 작가 자신의 기억에 남아 있는 무언가를 토대로, 감성과 이성의 조화로 쓴다. 그런 점에서 인간을 직접 체험할 수 없는 AI도 흉내 내지 못한다.

　수필 읽다 보면, 사람마다 스타일도 천차만별이다. 그래서 붓 가는 대로 쓴다고 하는가 보다. 수필이 작가의 독백에 끝이지 않고, 독자로 하여금 공감과 감동 깨달음을 일깨워주는 주제라면 더 좋을 거다. 수필은 주제, 즉 의미가 있어야 한다. 의미 없는 수필 그건 수필이라고 할 수 없다. 미사여구만 잔뜩 늘어놓았다면, 작가의 독백이고 넋두리며 신세 한탄이다. 지나치게 가벼운 수필보다는 문장과 사연이 미적인 문학성과 함께, 철학이 담겨 있으면 더 좋을 거다. 문체도 장황하지 않고 간결하면 더 좋다. 그렇다고 이성에만 기초

4

하여 논문처럼 쓴다면, 수필이라 할 수 없다. 수필의 소재가 지나치게 신변잡기에 머물러 있으면, 독자로 하여금 식상하게 느껴질 수 있다. 이를 극복하려면 여행과 역사, 철학과 종교나 여러 사회현상과 담론에 대하여도 눈여겨볼 필요가 있다.

우리나라의 독보적 수필가는 피천득 교수라고 한다. 그는 "수필은 청자 연적이다. 수필은 난이요, 학이요, 청초하고 몸맵시 날렵한 여인이다."라고 한다. 그의 수필은 "일상의 생활감정을 섬세한 문체로, 소박하고 아름답게 서정적으로 그려냈다."고 한다. "인연" 수필집에 수록된 그의 수필을 읽어보면, 독자로 하여금 감동을 받을 수 있도록 서정적으로 잘 서술되어 있다. 문학 장르에 딱 맞는 서정수필이다.

수필의 원조 격인 프랑스 몽태뉴의 수상록을 읽어보면, 눈이 휘둥그레진다. 온갖 삶의 지혜와 모럴, 철학이 담겨 있는 중수필 에세이다. 16세기 프랑스 르네상스 시대에 집필한 에세이답게 인간성 회복에 맞추어져 있다. 그의 인생관과 세계관으로, 그리스 · 로마 르네상스 시대의 다양한 담론을 수필에 담고 있다. 몽태뉴의 에세이는 인간이 인간답게 현세를 살 수 있는 지혜를 깨우쳐주려는 차원의 수필인 것 같다. 그런 의미에서 오늘날에도 몽태뉴는 프랑스의 정신적 지주가 되고 있다. 그의 수필에서 "명예를 얻는 것과 양심 중 하나를 선택하라고 한다면, 나는 양심을 선택하겠다." 이 말은 오늘을 사는 우리에게도 삶의 귀감이 되는 명언이라 하겠다.

나의 수필집 "삶의 길목에서 백양로"는 나의 직간접 체험 중, 기억에 남아 있는 단편을 골라 소재로 썼다. S. 프로이트는 꿈은 소망의 충족이라고 한다. 어쩌면 나의 수필은 나의 꿈이기도 하다. 사람들은 타고난 운명(팔자)은 바꾸어 보려고 해도 지나 놓고 보면, 운명은 포물선을 그리며 종착점을 향하여 날아간다고 한다. 내 수필에는 내 삶의 일부를 서술한 것이라 하겠다. 그래서 나의 인생관과 세계관, 가치관이 담겨 있다.

끝으로 그동안 수필집 내는 데 도와주신 친지 여러분께, 감사의 말씀을 드립니다. 감사합니다.

2023년 1월 1일 海崗 김 한 진

6

차례

제1부 삶이 뭐 길래

차례

제2부 벚꽃 같은 인생

제 3 부 세상 엿보기

차례

제 4 부 과거로의 시간여행

제5부 등지를 찾아서

제1부

삶이 뭐 길래

강추와 혈투 / 한라산 등정

내 또래 친구 중에는, 아직도 한라산 정상 백록담에 올라갔다 왔다고 자랑하는 친구가 있다. 나도 마음 같아서는, 지금도 한걸음에 백록담 정상에 올라갈 것 같긴 하다. 그러던 중에 내게 좋은 기회가 찾아왔다. 2022년 7월 휴스턴에 사는 막내 처제가 귀국해서, 한라산에 올라간다고 한다. 큰마음 먹고 나도 따라나섰다. 한라산 등산코스 중 비교적 완만하다는 성판악 코스다.

한여름 열기로 가득 찬 7월 어느 날, 나 앞에는 처제와 그의 아들 지윤이가 잘도 올라간다. 나 뒤에는 아내와 현이가 따라온다. 나는 산행이 너무 힘들었다. 예전과 달리 체력이 따라 주지 않았다. "누가 나이는 못 속인다고 하였던가?" 그래도 이를 악물고 따라가다가, 성판악 등산로를 7.8㎞ 가다가 산행을 멈췄다.

그리고는 주변에 걸린 이정표를 살펴보았다. 그리고는 근처에 노루가 물 마시며 노닌다는, 1,338m 사라(깨달음)오름에 있는 산정호수로 발길을 돌렸다. 그곳에서 호수를 한 바퀴 도는 신선놀음으로, 오늘의 한라산 산행은 만족해야만 했다. 신기한 것은 사라오름은 깨달음의 봉우리고, 제주도 제일의 명당자리였다.

나는 중도에 산길을 홀로 내려오면서, 50년 전 대학 시절에 한라산 정상 백록담에 올라갔던 모험담이 떠올랐다. 그 옛날 험하다는 관음사 코스로 그것도 한겨울이다. 왜 그런 모험을 하게 됐냐 하면, 동기들이 나보고 묻는 말 때문이다.

"고향이 어디야?"

"제주도, 왜 그래?"

"너 한라산 정상 백록담에, 몇 번이나 올라가 봤냐?"

그때마다 나는 묵묵부답이다. 그런 말을 들을 때면, 나 자신이 좀 쑥스러웠다. 그때까지만 해도 나는 한라산 정상 백록담에, 한 번도 올라가 본 적이 없었다. 그러던 중에 대학 2학년 겨울방학에 고향에 내려왔을 때, 나는 큰마음 먹고 한라산 정상 백록담 등정에 나섰다. 초중학교를 같이 다녔던 동네 친구 둘이랑 같이 올라갔다. 사실 그 친구들도 백록담 등정은 초행이다. 제주도에 산다고 해서, 백록담에 꼭 올라가 봐야 한다. 그건 아니다. 그들은 나의 딱한 사정을 듣고는 망설임 없이 나를 따라나섰다.

나는 초등학교 다닐 때만 해도 백록담까지는 아니지만, 등산로 입구 근처까지는 땔감 구하러 가보기도 했다. 제주도 겨울 날씨가 그렇게 추운 것도 아니고 해서, 겨울 산행이라고 해도 별 두려움은 없었다. 우리 일행은 겨울 평상복 차림 그대로, 쌀과 김치만을 배낭 하나에 넣고는 한라산 백록담을 향하여 올라갔다. 그때가 "꾸어 다 가라도 춥다."는 일 년 중 가장 추운 소한 때다. 그것도 산행이 어렵다는 관음사 코스다. "소한 때 나간 사람 찾아보지도 말라"는 말도 있다시피, 지금 생각해보면 겁 없는 너무나 무모한 산행이다.

눈 내리는 한라산 출발은 너무 좋았다. 웬걸 백록담 근처에 다 달았을 무렵, 본격적인 한라산 소한 추위가 휘몰아쳤다. 눈보라에 영하

20～30도 살을 에는 강추위로, 앞을 분간하기조차 힘들었다. 우리 일행은 너무 추워 배낭 하나를 두고, 서로 등에 메려고 손을 뻗쳤다. 배낭 메면 등이라도 뜨실까 해서다. 미끄러지지 않으려고 바위와 고사목과 이끼를 붙잡으려고, 이를 악물고 기다시피 올라갔다.

마음속으로 '돌아갈까?'를 몇 번인가 되뇌이며, 서로의 얼굴을 쳐다보았다. 약한 모습이라도 보일까 그런지. 먼저 돌아가자고 말을 꺼내는 친구는 없었다. 그렇다고 돌아갈 수도 없었다. 백록담에는 꼭 올라가야만 한다. 백록담에서 오른쪽으로 좀 내려가야, 몸을 녹일 수 있는 용진각 대피소가 있어서다.

나는 그것보다도 서울 가서 동기들한테, "한라산 정상 백록담에 올라가 봤다."고 얘기할 생각이 앞섰다. 그러니 눈앞에 한라산 정상 놔두고 돌아간다. 그런 생각은 애시 당초 머릿속에서 지워버렸다. 그러나 춥고 힘든 건 사실이다. 그래서 다시 한번 이를 악물었다.

우리 일행은 죽을힘을 다하여 등정 끝에, 한라산 정상 백록담에 첫발을 내디뎠다. 마침내 눈 내리는 백록담을 정복하였다. 기쁨은 그것뿐이다. 나는 히말리아 세계 최고봉 8,888m 에베르트 정상에 오른 것 같았다. 어둠이 깔리는 백록담에는 많은 눈이 내리며 쌓였다. 이제 1950m 백록담을 올라가 보았노라고, 누구에게도 말할 수 있게 되었다. '야호' 하고 소리를 크게 질러 봤다. 메아리도 눈에 녹아버렸는지 들리지도 않았다.

우리 일행은 강추위와 혈투와 배고픔으로 정상에 오른 기쁨도 잠시, 서둘러 대피소로 내려갔다. 용진각 대피소에는 이미 10여 명의 등산객이 자리 잡고 있었다. 그 등산객들은 서로 담소하며, 돼지고기를 구워 먹고 있었다. 그 모습을 보니 너무 먹고 싶어서 배고픔이 더

했다. 그들의 대화를 들어보니, 의사들인 것 같았다. 초라한 우리 보고 남은 음식이라도 먹어보라고 할 줄 알았는데, 끝내 그런 말은 없었다. 목소리 들어보니 제주도 사람은 아닌 것 같았다. 당시 그분들의 그런 모습에, 나는 마음속으로 너무나 야속했다. 한마디 하고 싶었지만, 꾹 참았다.

우리 일행은 추위와 배고픔에, 잠을 제대로 잘 수도 없었다. 그래서 한밤중인 새벽 2~3시경에 일어나서, 달밤에 개미목 등산로를 따라 한라산에서 내려오기 시작했다. 달과 별빛 아래 눈 덮인 산길을, 터벅터벅 내 걷는 우리 모습은 너무나 처량했다. 산에서 내려오다 너무 배가 고프고 한기를 느낀 나머지, 밥을 지어 먹고 내려가려고 잠시 멈췄다. 불쏘시개로 젖은 나뭇가지 이것저것 꺾어 사용해 봐도, 불이 붙지 않았다. 끝내는 손수건까지 꺼내 태워서 불을 겨우 붙이고, 항구에 밥을 지었다. 반찬이라곤 김치 한 조각에 맨밥이지만, 게 눈 감추듯 눈 깜짝할 사이에 허기를 채우고 곧장 산에서 내려왔다. 우리는 모두 그제야 살아 돌아온 것만 해도, 다행이라고 큰 한숨을 내쉬었다.

그때 한라산 백록담 산행을 통해서 깨달은 게 하나 있다. 준비되지 않은 겨울철 산행은 큰 고통이 따른다는 거다. 그래도 강추와의 혈투에서 우리가 이긴 건만큼은 틀림없다. 훗날 친구 일행은 그때 일을 이야기할 때면, 배고픔과 추위로 죽는 줄 알았다고 서로 말하며 한숨짓곤 하였다.

그 후에도 나는 한라산 등산을 두 차례 더 하였다. 물론 겨울을 피하고 좀 쉬운 성판악 코스로, 날씨 좋은 날 아침에 산행을 하였다. 그 당시를 생각해보면 한라산 첫 등정처럼, 우리 인생길에서 그와 같은 고통의 순간이 한두 번은 아닐 거다. 어떤 어려움에 처했을 때라도 참고 견뎌야만, 또 다른 성취감을 맛볼 수 있다는 것을 깨닫게 되었다.

그때부터 50여 년이 지난 오늘, 한라산 정상 백록담 등정에는 실패했다. 마음 같아서는 꼭 올라가고 싶었다. 그래도 인생 70 넘어 깨달음의 봉우리 사라오름에 오른 것만 해도, 남부러울 것이 없다. 더구나 한라산에 깨달음이 봉우리가 있고, 그곳이 제주도 제일 명당자리라는 것을 안 것만 해도, 얼마나 기쁜 일인가!

귀룡 돌 거북이

경기도 수원에 있는 광교산 가을 산행에 나섰다. 신분당선을 타고 지하철 종점에 내려서, 경기대 수원캠퍼스 후문으로 걸어 올라갔다. 캠퍼스 여기저기를 둘러보고 광교산 방향 정문으로 나오면, 커다란 돌 거북이 한 마리가 떡 버티고 있다. 표지석에 "거북이는 900년을 살면, 몸은 거북이 머리는 용의 머리를 한 귀룡이 되어 하늘로 승천한다."라는 글귀가 새겨져 있다.

'거북이가 용이 된다. 참 신기한 일도 다 있네. 천년 묵은 구렁이가 용이 된다는 말은 들어봤어도, 거북이가 용이 된다는 말은. 처음 듣는 얘기다. 정말 그럴까?'

길어야 200년 정도 사는 거북이가, 900년을 산다는 것부터가 믿기지 않는다. 거북이는 이빨이 없는 파충류로 신진대사가 느려서, 오래 산다는 말은 어디서 들어본 것 같다. 그렇다고 해도 900년은 너무나 긴 세월이다.

한 걸음씩 또박또박 내딛는 거북이를 대학의 상징으로 정한 것은, 참 잘한 것 같다. 이솝우화에 나오는 거북이와 토끼의 경주 이야기는 누구나 잘 알고 있다. 토끼는 깡충깡충 빨리 달릴 수 있는데도 느긋하게 낮잠이나 자며 여유 부리다가, 목표 지점에는 거북이가 먼저 도착한다. 초등학교 다닐 때 귀가 따갑게 들은 얘기다.

우리 일행은 돌 거북이를 뒤로하고, 광교산을 오르기 시작했다. 일행 중 한 명이 볼일 본다고 뒤처졌다. 먼저 가던 일행은 가다 말고 멈추고는, 그 친구를 한참 기다렸다. 그러나 아무리 기다려도 그 친구는 보이지 않았다.

그런데 참 이상한 일이 일어났다. 뒤따라와야 할 그 친구가, 우리 일행보다 훨씬 앞서가고 있는 것이 아닌가! 그 친구는 우리를 못 보고 지나쳤다. 우리도 그 친구가 지나치는 것을 보지 못했다. 좁은 외길인 등산로에서, 서로가 지나치는 것을 보지 못했다. 이런 일이 어떻게 일어났을까 하며, 일행 모두가 의아해하였다. 참으로 신이 곡할 일이다.

'귀룡이 된 돌 거북이가 그 친구에게 변장술로 축지법을 쓴 건 아닐까?'

이런저런 이야기를 하며, 우리 일행은 다시 오늘의 목적지인 광교 저수지(호수)로 향하였다. 한참을 걸어가다가 허름한 비닐하우스 음식점에서, 빈대떡에 막걸리 한 사발씩하고 발길을 재촉하였다. 광교 호수에 도착해서 호수 주위를 살펴보니, 발효연구소라는 간판이 눈에 쏙 들어왔다. 연구소가 음식점이라니, 이 또한 너무 신기하다. 그곳에서 연구원이 지어준 보리밥과 청국장으로 점심식사를 하였다.

광교호수에는 가뭄으로 물이 많이 줄어들었다. 누런 갈대 무리가 여기저기 물 위로 드러나 있다. 저수지 주위를 한 바퀴 도는 둘레 길은, 걷기 좋게 잘 닦아 놓았다. 산책길에 떨어진 자작나무 낙엽을 밟을 때마다, 바삭바삭하는 소리가 늦가을의 정취를 더욱 감미롭게 한다. 우리 일행은 낙엽에 미끄러지지 않으려고, 돌 거북이처럼 천천히

또박또박 걸었다.

일제 강점기부터 농경지에 물을 대주던 저수지는, 광교 주변의 급속한 도시화로 그 역할은 이제 다한 것 같다. 지금은 식수를 공급하는 상수원으로만 사용한다고 한다. 그마저 상수원도 그만두라는 팻말이 곳곳에 세워져 있다. 이 또한 무슨 소리인지 알쏭달쏭하다.

'그럼 인근 주민들은 물을 어디서 떠다 먹으란 말인가?'

친구들 일행과 이런저런 이야기를 나누며 광교호수를 한 바퀴 돌고 나니, 신비스런 돌 거북이 생각만 난다. 900년을 사는 신기한 돌 거북이가 광교호수에 지금도 살고 있다면, 전해주고 싶은 말이 생각났다.

'황량한 늦가을에 한가롭게 산책하는 우리 모습을 고이 간직해뒀다가, 먼 훗날 우리 후손들에게 전해주렴.'

소원대로 그렇게 된다면, 돌 거북이는 오늘과 미래를 연결하는 사유의 통로가 될 것이 분명하다. 그러려면 돌 거북이도 신비스러운 귀룡이 되어 승천할 게 틀림없다.

'900년은 살아야 하는 돌 거북이에게, 우리 모습 말고도 후세에 전할 말이 얼마나 많겠나?'

그러니 나는 이 말 말고는 돌 거북이에게, 더 큰 욕심은 부리지 않으련다.

내 삶의 무게는 얼마나 될까

"내 삶의 무게는 얼마나 될까?" 그걸 알려면, 내 몸의 무게부터 얼마인지 알아봐야 한다. 몸의 무게는 밥 먹으면 늘어난다. 나는 밥 한 끼 같이 먹는 것이 소중함을 일깨워주는 TV 예능 프로, "한 끼 줍쇼." 를 가끔 본다. 개그맨 연예인들이 아파트나 주택가를 찾아다니며, 무작위로 초인종을 누른다. "문을 열어줄까요?" 그렇지 않죠. 아파트 현관이나 주택가를 찾아다니다, 초인종을 누른다. 그러면 운 좋게 집주인이,

"들어와도 좋아요."

오케이 하면, 그 집에서 저녁밥을 같이 먹는 프로다. "한 끼 줍쇼." 프로를 보다, 옛날 고향에서, 밥 한 끼 먹기도 어려웠던 시절이 떠올랐다. 그 시절에 우리 집에도 배고픈 사람이 찾아와, 밥 한 끼 달라고 하였다. 그럴 때면 어머니는 서슴없이 보리밥이었을 망정 한 사발 담아준다. 그 시절에는 언감생심 쌀밥은 제삿날이나 명절날, 아주 특별한 날에나 먹었다. 그만큼 쌀이 귀한 시절이다. 나라에서 쌀밥에 잡곡을 섞도록 하고, 하루 한 끼는 분식 먹기를 권장하기도 하였다. 학교에서는 도시락에 잡곡을 섞었는지를 검사하기도 하였다. 지금이야 쌀이 남아돌아, 내년부터는 쌀 5만 톤을 외국에 원조한단다.

그러고 보면 내 몸은 어렸을 때, 보리밥 먹고 키워온 몸뚱이다. 그런 내 몸무게 지금은 얼마나 될까 하고, 저울에 올라서 봤다. 61kg 남짓 왔다 갔다 한다. 어떤 때는 59kg 나간다. 젊은 시절 한창때에는 72kg까지 나갈 때도 있었다. 하기야 어머니 품에 안겼을 땐 3kg 정도로 날아갈 듯 가벼웠을 거다. 나이 들며 몸무게가 늘기만 하더니 최고조에 다다르고, 어느 땐가부터 몸무게는 조금씩 줄어만 간다.

'내 몸의 무게는 그렇다 치고, 눈에 보이지 않는 내 삶의 무게는 얼마나 될까?'

펄 벅 작가는 "한국에서는 멍에 메고 하루 종일 밭 갈고 달구지 끄는 소의 짐을 덜어주려고, 농부도 지게에 짐을 나누어진다."고 하였다. 말 못 하는 짐승이라지만, 맨날 멍에 메고 일하는 소의 삶의 무게 무겁지 않겠나! 사람이야 욕심을 부리다 보면 삶의 무게는 낙엽 쌓이듯 쌓여만 가고, 세월이 흐른다 해도 주는 법이 없다.

'그렇다면 눈에 보이지 않는 내 삶의 무게는 얼마나 될까?'

'그럼 삶의 무게는 어떻게 쌓이는 것일까?'

지난달에 친척 혼사가 있어 부산에 갔었다. 짬을 내어 해운대 해수욕장에 잠깐 들렀다. 초겨울이지만 백사장에는 많은 사람이 바다를 보며 가슴을 열고 즐긴다. 밀려오는 파도가 백사장에 부딪히고 하얗게 부서진다. 파도치는 모습을 물끄러미 바라만 봐도, 마음이 평온하고 행복하다.

가만히 보니 백사장 한편에서 사람들이 이벤트 행사를 하고 있다. 가까이 가보니 카톡 방에서 "법륜스님과 친구 맺기" 행사였다. 노래도 부르고 춤도 춘다. 친구 맺기 쪽지도 나누어준다. 쪽지에는 이런 글귀가 쓰여 있다.

어떤 삶을 살고 있더라도 당신은 행복할 권리가 있습니다. 그러나 남의 불행 위에 내 행복을 쌓지는 마세요.

-법륜스님 "행복"-

'최대 다수의 최대 행복'이라는 말도 있다시피, 모든 사람이 행복하기란 쉽지 않다. 내가 행복해지려면 다른 사람에게 피해가 갈 수도 있다. 나의 행복을 추구하면서, 다른 사람에게 피해(불행)를 쌓지는 말라는 말이 가슴에 와 닿는다.

해운대에서 바다만 바라봐도 행복한 경우는, 다른 사람에게 피해를 주지 않는 경우다. 행복이라는 가치를 획득하는 것이라면, 다른 사람에게 불행이라는 피해를 쌓게 하는 것은 아닌지를 사려 깊게 살펴봐야 한다. 그러나 사람 사는 세상에는 승자가 있으면 패자가 있고, 부자가 있으면 가난한 자가 있다. 그렇다고 승자나 부자가 꼭 행복한 것은 아닐 거다. 행복해지려고 노력하면 할수록 삶의 무게는 한없이 무거워진다. 왜냐고요. 그만큼 욕심이 생기고 다른 사람에게 피해의 업을 쌓는 일이 될 수도 있기 때문이다. 나도 다를 바 없다. 내가 살면서 행복해지려고 몸부림칠 때마다, 내 삶의 무게는 더욱 무거워지는 것은 사실이다.

"나는 행복합니다."라는 고 김수환 추기경의 노래가사가 생각난다. 그 가사 중에 '남의 아픔을 같이 아파할 수 있는 가슴을 가진 나는 행복합니다.'라는 글귀가 있다. 남이 아파할 때, 같이 아파할 수 있는 '가슴이 있다'는 것만으로도 행복하다는 것이다. 우리는 같이 아파하기는커녕 "내 배만 아파한다." 그래도 세월이 흐르면 한없이 후회한다. 내가 살아가면서 이런 때가 한두 번이 아닐 거로 생각하면, 내 삶의 무게도 그만큼 무거워졌다.

　프랑스 수상록의 작가 몽테뉴는 죽은 후에나, 그 사람이 진정 행복한 삶을 살았는지를 알 수 있다고 한다. 어쩌면 죽을 때 얼마나 고통스러웠는지 여부를 봐야 한다는 말인 것 같다. 그는 양심을 잃는 것보다 명예를 잃는 것을 선택한다고 한다. 옳은 말이다. 명예를 얻기 위해서 양심을 버린다면, 그 명예는 오명이다. 우리가 생전에 취득한 물질적인 것도 죽는 순간, 자동적으로 소유권이 이전된다. 그럼에도 재물이나 권세를 획득으로 행복해지려 하고, 명예를 얻는다고 양심을 버리다 보니 삶의 무게는 늘어만 간다. 지금 내 삶의 무게도 하늘만큼이나 쌓였다. 그래서 삶의 무게는 너무나 무거워 저울로도 잴수 없다 하는가 보다.

　이제 생의 마지막 순간이 오기 전에 다 털어내고 가야 한다고 하면서도, 삶의 무게는 쌓여만 가는 것을 어찌하랴! 사람들은 죽을 때 "내가 모든 거 다 짊어지고 간다."라는 말을 곧잘 한다. 정말 그럴까? 그건 허울 좋은 말이고, 그 짐 후세에 고스란히 남기고 간다.

부산 향수

부산이 고향인 아내가 동네 마트에서, 우연히 재첩국 봉지를 보고 한 팩 사 왔다. 아내는 종이팩에 담긴 재첩국을 따뜻하게 데워서, 한 사발 식탁 위에 올려놓았다. 나는 재첩국 한 사발에 밥 한 공기 뚝딱 했다. 정말 오래간만에 먹어보는 재첩국이다. 향긋하고 알갱이 씹히는 맛이, 부산 향 내음이 절로 우러난다.

재첩국 한 사발 먹고 나니, 내가 고등학교 다닐 때, 부산 누님 집에 살 때가 생각났다. 그때 아침마다 경상도 아줌매의 투박한 목소리가, 새롭게 들리는 것 같다.

"재첩국 사이소~재첩국, 재첩국 사이소~재첩국"

이른 새벽에 재첩국 아줌매가 재첩국 담은 양동이를 머리에 이고, 주택가 골목길을 누비며 내는 목소리다. 멀리서 작게 들려오다가도, 가까이 오면 크게 들린다. 끊어질 것 같다가도 다시 들려온다. 재첩국 팔릴 때는 목소리는 끊어진다.

"아줌매 한 사발 주이소. 많이 주이소 예"

누님이 살며시 문을 열고 아줌매와 이야기하는 소리가 들리면, 나는 군침 흘리며 입맛을 다신다. 부추 썰어 넣은 담백한 재첩국 향기가 입맛을 당긴다. 흙모래에 숨어 사는 조그만 조개인 재첩을 껍데기 채로 국물을 우려내고, 알갱이를 넣어 다시 끓인 재첩국은 개운한 맛이 일품이다.

지금 종이팩을 재첩국 맛이랑, 옛날 그 맛과 사뭇 다른 것 같지는 않다. 재첩국은 아무래도 새벽에 '재첩국 사이소~ 재첩국' 하는 재첩국 아줌매의 그 맛을 따를 수는 없을 것 같다.

한밤중에 '찹쌀떡 메밀묵' 하며, 거리를 누비던 메밀묵 아저씨의 목소리도 새롭게 생각난다. 하지만 찹쌀떡과 메밀묵은 별미라서 아주 특별한 날에만 간식으로 먹는다. 그래서 그 소리를 들을 때에는 입맛만 다신다. 그래도 그 아저씨는 하루도 거르지 않고, 비슷한 시간에 동네를 누비고 다니곤 하였다.

"앉으세요. 아나고 회, 꼼장어구이 있어요, 싸게 줄게요."

이 소리는 자갈치시장 좌판 아줌매가 손님 부르는 소리다. 자갈치시장이 있는 부산 남항은 해변에 자갈이 많이 깔린 소박한 어항이었다. 자갈치라는 이름도 작은 돌멩이인 자갈과 꽁치·갈치·멸치의 '치'자가 합해서 만들어졌단다. 지금도 부산 자갈치시장은 골목마다 사람들로 북적이고, 와자지껄한다. 사람이 살아 있다는 것을 몸으로 느낄 수 있다.

부산은 내가 고등학교를 다녔고, 첫 직장의 실무 수습을 경남도청에서 받았던 곳이기도 하다. 그 당시 원양어선에서 내리는 가죽잠바에 검은 선 그라스 낀 마도로스 아저씨가 눈에 선하다. 영도다리가 들렸다 내렸다 할 때마다, 연락선이 내는 고동 소리가 귓전에 들리는 것 같다.

지금은 자갈치 해변에 방파제가 쌓이고, 다닥다닥 붙은 어물전으로 바다를 보기조차 힘들다. 자갈치시장 골목에서 좌판에 멍게와 꼼장어를 올려놓고, 경상도 아줌매가 손님을 부른다.

"오이소! 보이소! 사이소!"

투박한 경상도 아줌매의 목소리가 발길을 멈추게 한다. 연탄불 석쇠 위에 꿈틀거리는 꼼장어를 올려놓으면, 꼼장어는 톡톡 터지며 익어간다. 멍게와 꼼장어 구이에 소주 한잔하니, 십 년 묵은 체증이 착 가라앉는다. 고소한 아나고회는 일품 먹거리다. 그 외에도 신선한 생선과 건어물이 넘쳐난다.

요즘에는 동해안이나 남안 해안에서 잡은 생선뿐만 아니라, 멀리 외국산 생선도 많이 들어온다. 모처럼 찾은 자갈치시장에, 멍게 한 접시에 입맛을 돋운다. 공판장 틈새로 나가니 바다 멀리 영도다리와 생긴 남항대교가 보이는 야외 작은 공연장에서, 마침 한류문화공연이 한창이다. 광대 같은 복장에 각설이 노래가 흥을 돋운다. 청중들은 물끄러미 쳐다본다.

갈매기도 까~악 까~악 하며 항구를 선회면서, 반갑게 인사한다. 사람들은 때로는 자갈치시장같이, 왁자지껄하는 곳을 좋아하기도 한다. 그곳은 사람이 살아 있다는 것을, 몸으로 느낄 수 있는 곳이라서 그런가 보다.

오늘 오래간만에 마트에서 파는 종이팩 재첩국을 한 사발 먹고 나니, 구수한 부산 아줌매의 사투리가 되살아나는 것 같다.

'부산 향수 비린내 나는 부산 뭐가 그리 좋길래, 그리워지는 것일까?'

'내 고향 제주를 떠나 물설고 낯 설은 부산에서, 3년 동안 투박한 경상도 사투리에 적응하다 보니 생긴 부산 향수가 아니던가!'

비껴간 운명의 순간

　나는 삶의 길목마다, 크고 작은 시련을 겪기도 하였다. 그중에도 이것만은 생사의 갈림길에서, 내게 닥친 비껴간 운명의 순간이었다. 대학원을 졸업한 후 남이 부러워하는 직장도 구하고, 해군 간부후보생으로 군대에 갔을 때다. 진해에서 군 훈련 중에, 친구로부터 한 통의 위문편지를 받았다.

　"텔레비전에서 해군간부후보생들이 실전처럼, 훈련받는 모습을 보았다. 너도 군 복무 잘해라."

　그 친구가 본 것은 1975년 4월 당시 KBS 텔레비전에서, 오후 4시에 방영되는 "조국의 방패"라는 군 홍보프로그램이다. 그 친구는 내가 그 훈련 중에 총상을 입고, 군병원에 입원해 있는 것을 모르고 쓴 편지다.

　'이 친구야! 그 영상 촬영할 때, 내가 총상 입고 지금 병원에 입원해 있다.'

　병원에서 그 친구의 편지를 받고, 답답한 마음에 혼자 해본 말이다.

　"상처를 줘서 미안해. 그때 내가 좀 더 알아보고 편지를 썼어야 하는데…"

　그 친구가 훗날 나를 만났을 때, 한 말이다. 남자는 아무리 오래되어도 군대 갔던 이야기 하면, 할 말이 많다. 그만큼 군 복무는 힘들지만 소중한 추억거리다. 내 경우도 그렇다. 나는 대학에 들어가서, 군대를 언제 갈까 고민한 적이 한두 번이 아니다. 그러다가 직장을 구한 다음에 가기로 마음먹었다. 그래서 남보다 좀 늦게 63차 해군간부후보생으로 입대하였다. 훈련 장소는 진해 있는 해사 특교대다.

군에 입대하고 보니 이미 대학 같은 과 후배가 나의 훈련구대장이고, 동기도 옆 구대장이다. 같이 훈련받는 동기생들은 나를 보며, 너무 부러워하였다. 그것도 잠시 구대장은 나부터 군기 잡는다고 설쳐댄다. 훈련받을 때에는 '사회에서 좀 안다는 것도 소용이 없구나.' 하며, 섭섭했다.

장교로 가면 훈련이 편할 줄 알았는데, 그게 아니었다. 신병훈련은 4주면 다 끝난다. 하지만 장교는 신병훈련도 받고 하사관 훈련도 받은 다음에, 장교훈련을 받기 때문에 훈련 기간이 4개월이나 되었다. 당시는 월남이 패망할 무렵이어서 훈련 도중에 임관시키고, 바로 월남으로 파견된다는 말도 돌았다.

그러니 1974년 4월은 나에게는 잔인한 운명의 달이었다. 교육 훈련 중에 우연히 "KBS 조국의 방패", 홍보영상 촬영이 있었다. 간부후보생들은 당시 창원에 있는 각개전투장에서, 해병훈련을 받고 있었다. 훈련이 끝나고 저녁 무렵, "조국의 방패" 촬영에 참여할 희망자를 선발하였다. 마지막 한 명을 선발할 때다. 간부후보생 동기들이 서로 눈치만 보고 있었다. 내가 손을 번쩍 들었다. 하지만 그것이 평생 내가 안고 가야 하는 운명의 갈림길이 될 줄이야 어찌 알았겠나! 영상 촬영이 시작되자 실전과 같이한다고, 각개전투장 철망 위로 기관총 실탄 사격 소리가 탕 탕 탕 요란스럽다.

나는 소총을 가슴에 안고 땅을 등진 자세로, 각개전투 훈련장 대각선 맨 끝에서 철조망 아래로 포복하여 통과하는 임무를 띠고 있었다. 철조망 아래로 전진해 나가던 중에, 무언가 목덜미를 섬뜩 스쳐 가는 것 같았다. 목덜미에 손을 대보니, 선혈이 낭자하였다. 총알이 목덜미를 스쳐 지나갔다. 이대로 있다간 죽는구나 하고, 철조망 밖으로 빠져나가려고 몸을 비틀었다. 그때 동기인 장모 예비소위가 내 모습을 보고는 놀란 표정을 지었다. 그는 철조망을 재빨리 빠져나와, 벌떡 일어서서 M1 소총을 마구 흔들어댄다. 사격을 중지하라는 신호였다. 그도 일어서면 총알에 맞을 수 있는 상황이었다. 전우를 구하기 위해 일어선 거다. 그의 용기가 지금도 내 가슴을 울린다. 한참 있다가 사격은 중지되고, 모두가 총을 흔드는 장모 예비소위 있는 곳으로 몰려들었다.

그들은 내 목이 피범벅이 되어서, 장 예비소위가 총을 흔들어댄 것임을 알게 되었다. 훈련 중에 대기해야 할 군의관은 이미 퇴근해버려, 위생병이 붕대로 대충 지혈하였다. 군 앰브란스는 기름이 떨어져 움직이지도 않았다. 금모 훈련구대장이 지프차에 태워 나를 안고 진해로 향했다. 차가 달리다가 갑자기 도로에 멈춰 버렸다. 엎친 데 덮친 격 설상가상으로, 초조하고 불안과 공포 그 자체다. 구대장은 차에서 내리고는 길 한복판에서 권총을 쳐들고, 지나가는 차를 향해 세우라고 소리쳤다. 다행히 트럭 한 대가 겨우 멈춰 섰다.

트럭 앞자리에 나를 안고 탄 구대장은 자면 죽는다고, 내 얼굴을 토닥거린다. 이 와중에 내 머릿속에는 그동안 살아온 행적이 주마등처럼 스쳐 지나간다. 그리고는 '이렇게 내가 죽는구나.'하는 생각이 번쩍 들었다. 더디게만 느껴지는 트럭에서 눈을 감지 않으려고 이를 악물었다. 마침내 트럭은 진해 해군통합병원에 도착했고, 나는 수술대 위에 눕혀졌다. 그제야 난 정신을 잃었다. 다시 눈을 뜨고 보니, 총상 입은 목덜미는 수술 후에 붕대로 감겨져 있었다.

'이제 살았구나. 이 좋은 세상 다시 보게 되었구나.'

다시 정신이 들었을 때, 나는 만감이 교차했다. 한 달쯤 지나 붕대를 풀었고, 수술 후유증으로 목덜미가 부풀어 올랐다. 그로 인해 해군 제복을 입으면, 넥타이도 매지 못하였다. 그래도 해군 소위로 임관되어, 진해에 있는 해군교육단 정훈장교로 복무하게 되었다. 내 임무는 신병훈련 수료식 때, 교육단장의 훈시문을 써주거나 기간 병사 정훈교육이었다. 훈시문에는 늘 "군은 영광의 길이요. 피눈물 나는 인내가 요청되는 길이다."라는 문구를 끼워 넣었다. 나도 훈련 중에 총상을 입었지만, 군 복무를 잘하고 있다는 자부심 때문이다.

그 후 총상 수술 후유증을 치료하기 위해서, 서울 국립통합병원에 입원하였다. 두 차례나 재수술을 받았으나 장교로서 얼굴이 흉측하다는 판정으로, 중도에 예비역으로 전역하였다. 조국의 방패 영상 촬영 때문에, 군대도 중도에 전역해야 했다. 이후에도 사회생활을 하면서 심적 고통을 받았다. 만나는 사람마다 군대 가서 총상 입은 상처라고 똑같은 말을 하려니, 너무나 서글펐다. 이발관에 가면, 면도사도 한마디 한다.

"싸우다가 맥주병에 찔렸나요?"

"아닌데요. 군대에서 총상 입은 건데요."

그때 내 이야기는 신영 작가의 소설 "마요르카의 연인"에서도, 몇 줄 나온다.

유격훈련장에서 철조망 통과 훈련하다가 철조망 위로 쏘아대는 엘엠지(LMG)가 기관총 탄환을 어깨에 맞고, 거의 죽을 뻔했던 사후생은 곧장 통합병원으로 실려 나간 후 더 이상 모습은 보이지 않았다.

병과가 다른 신 작가의 기억 속에는 50여 년이 지난 지금에도, 버젓이 내가 살아 있다는 것을 모르고 쓴 소설이다. 아무튼 사회로 나가는 내 삶의 길목에서 부닥친 시련이라서 그런지, 그 흔적은 지금까지도 내 마음에 큰 상처로 남아 있다. 어쩌면 운명의 순간이라 더 그런 것 같다. 인생길에서 운명은 어느 누구도 막을 수 없고 지나놓고 보면, 운명의 포물선은 항상 예정된 궤적을 달린다고 한다. 나도 그날의 상처를 운명이라고 생각하며 살아온 건 아닌가 싶다.

하지만 칠순이 넘어 이제 와 달리 생각해보면, 그때 나는 운명이라는 필연이 아닌 우연한 사고일 수도 있구나 하는 생각이 든다. 노벨상을 수상한 프랑스 분자생물학자 자크모노가 말하는 "우연"이라 생각하면 속이 편할 수도 있다. 일부로야 그런 일이 생길 수 있는 것은 아니라 서다. 50여 년 세월이 지난 지금 와서 다시 생각해보면, 어쩌면 "나를 비껴간 운명의 순간"이 아니었나 하는 생각이 든다. 장모 예비소위, 그 당시 사선에서 자기도 어떻게 될 줄 모르는 상황에서도, 나를 구하겠다고 총을 흔들어대던 모습 지금도 눈에 선하다.

---

* 신영(본명, 신기남): 해군간부후보생 동기(1976년 3월), 정치가였다가 최근 소설가로 변신

삶이 뭐 길래

　강원도 평창군 오대산계곡에 있는 선재善財길을 걸었다. 선재길은 상원사와 월정사 사이에, 전나무가 우거진 숲속 계곡 길이다. 우리 산우회 일행은 상원사에서 선재길을 걷기 시작한 지, 10여 분이 지나며 축 늘어져 걸었다. 나는 걸음이 느린 탓에 뒤처져 걸었다. 좀 지나니 앞에 빨리 가는 동료들은 보이지 않았다. 내 뒤편에 걷는 동료는 어서 가자고 재촉한다.

　"한진아! 우리도 어서 빨리 가자"

　"글쎄, 꼭 빨리 가야 할 이유가 있나?"

　사람에 따라 앞에도 가고, 뒤에도 가는 것이 인생길이 아니던가? 어차피 길이 좁아 같이 횡렬로 갈 수도 없다. 삶이 어디 선착순이라고, 그건 아닐 거다.

　나는 "삶이 뭐 길래"라는 담론을 생각해보며, 선재길을 걷고 또 걸었다. 삶, 그건 "살아가다."의 명사형이다. 얼른 생각해보면 삶은 너무 쉬운 말이다. 그러나 사람들은 아무도 삶을 그렇게 쉽다고 생각하지 않는다. 그래서 삶에 대해 얘기하는 철학자도 많고 종교인도 많다. 사실 삶은 죽음에 대한 반대말로, 존재를 어떻게 볼 것이며, 또 어떻게 살아가야 하느냐의 담론이다. 덴마크 철학자 키에르케고르는 자유로운 존재가 "삶"이라고 말하는 실존주의자다. 그는 삶은 "이것이나 저것이냐" 탐미적이냐 윤리적이냐 하는 선택의 문제이며 통합의 문제라고 한다. 그러면서 절망은 죽음에 이르는 병이라고도 하였다. 데카르트는 "나는 생각한다. 고로 나는 존재한다."고 유명한 말을 남기기도 하였다. 그러니 나 같은 평범한 사람이야, 어찌 인간의 삶이 뭔지를 알겠나!

아무튼 오늘 내가 걷는 선재길이라는 명칭은, 불교의 선재동자의 전설에서 유래하였다고 한다. 그 옛날 인도에서 선재동자가 깨달음을 얻기 위해서, 집을 떠나 남쪽 바다를 향해 길을 걷고 또 걸었다. 선재동자는 걸으면서 53인의 선지식인도 만났다. 마침내 머나먼 남쪽 바다에 당도했다. 그리고 그곳에서 선재동자는 12년 동안 똑바로 서서, 바다만을 바라보는 수행 끝에 지혜와 깨달음을 얻었다고 한다. 12년 동안 바다만 보고 서 있다. 그건 정말 선재동자 말고는 아무도 할 수 없는 고행이다.

나도 오늘 선재길을 걸으며, 선지식인도 만나보고 선재동자 같은 삶의 깨달음을 얻어 보리라 다짐해본다. 선재길을 걷노라면 순탄한 황톳길, 걷기에 힘든 바위길, 미끄러지는 자갈길, 현대적 데크길도 있다. 그건 어쩌면 삶의 길이기도 하다. 우리도 살면서 선재길과 같은 황톳길, 바위길, 데크길, 자갈길을 만난다. 사람마다 그 길이 마주치는 시기가 다를 뿐이다.

나도 지금 와서 지난날을 돌이 보면, 그런 길을 걸어온 거 같다. 순탄한 황톳길을 걸을 때는 내가 가는 길이 늘 이런 길이기를 바란다. 바윗길에서는 모든 힘을 기울여 바윗길을 빨리 벗어나려고 노력한다. 자갈길에서는 이런 길도 있거니 하며 미끄러지지 않으려고 조심하고 또 조심한다. 데크길에서는 그 길을 놓은 사람에 대하여 고마움을 느끼기도 한다.

진희숙 음악평론가는 운명의 진정한 주인은 "우연"이라고 하였다. 이 세상에 우연히 떨어진 존재에 불과한 지금, 충분히 자유롭고 충분히 자유롭다고 한다. 그는 우연이 아닌 필연의 관점에서 보면, 신념과 도그마의 노예가 될 뿐이라고 한다. 오늘 내가 걷는 선재길도 필연이 아닌 우연이라 생각하니, 발걸음이 한결 자유롭고 가볍다.

우리 일행은 넓은 바위가 있는 계곡에서, 잠시 걸음을 멈추고 쉬었다. 운동화 끈을 풀고 양말을 벗어 계곡물에 발을 담근다. 여름인데도 물이 차다. 숲속의 산새 울음소리와 계곡물 소리가 어우러져 숲속의 향연이 연출된다. 계곡의 물에는 산천어가 뛰놀고 있다. 우리의 삶도 더 나은 삶을 위해, 지금처럼 잠시 쉬어가기도 한다.

3시간 이상을 걸어서, 목적지인 월정사에 다다랐다. 앞서거니 뒤서거니 하면서, 우리 일행 모두가 월정사에 도착하였다. 월정사 우물에서 물 한 바가지 떠 마셨다. 목마른 갈증이 한꺼번에 달아난다.

'지금 생각해보면 우리의 삶도 오늘 걸었던 선재길 같은 인생길이 아니던가!'

다른 것이 있다면 지나놓고 보면, 늘 아쉽고 후회스럽다는 거다. 그래서 나는 할 수만 있다면, 지난 삶을 복귀해서 다시 인생길을 가보고 싶기도 하다. 그렇다고 우리가 선재동자와 같은 깨달음의 삶을 산다. 그건 아닐 거다. 선재 길을 걸으면서 나를 대단한 존재로 생각하지 않는다면, 충분히 자유롭고 행복한 삶이 될 수도 있다는 생각이 든다.

여하간 선재동자의 지혜와 깨달음을 음미하며, 오늘 뜻깊은 선재

길을 걸었다. 물론 선재동자가 만났다는 53인 선지식인은 만나지 못
하였다. 앞으로도 살다 보면 황톳길, 바위길, 자갈길, 데크길을 만나
게 될 거다. 그때 오늘 선재길을 걷던 심정으로, 슬기롭게 길을 헤
쳐나가리라 다짐해본다. 어느 길이든 열심히 걷다 보면, 선재동자처
럼 지혜와 깨달음을 얻을 수도 있지 않을까 하는 생각도 해본다. 그
렇다고 오늘 삶이 뭔지를 다 터득했다고 말할 수는 없다. "삶의 뭐길
래" 시 한 수로 오늘의 모든 여정을 마무리하련다. 삶 그건 영원한
인생길을 걷는 거라고…….

　삶이 뭐 길래

　온 누리가 푸른 오월이면 감꽃은 노랗게
　피어나고
　청보리도 고개 숙여 누렇게 익어간다.

　떫은 땡감이 따가운 햇살 받아 노랗게
　꽃단장할 때쯤 되면
　초록이던 벼 이삭도 누렇게 여물어간다.

　바다 건너 서풍이 불어오는 날
　누런 감잎은 낙엽이 되어 밭고랑에
　떨어져 나뒹굴고
　감나무엔 잘 익은 홍시만 주렁주렁

청보리 벼 이삭 감나무의 푸르름이
계절 따라 누렇게 변하는 것은
자연의 이치인걸

삶도 쪼개 놓고 보면 언제나
푸른 것은 아니고
노을 지면 황혼으로 넘어간다.

"떫은 감 따 먹어도 이승이 좋다"는
말도 있다시피

삶 그것이 뭐 길래 지나온 세월
할 수만 있다면
다시 한번 복기하고 싶어진다.

삶의 작은 지혜

영국 시인 워즈워드의 "무지개" 시 중에는, 이런 시구가 들어 있다. "어린이는 어른의 아버지다." 나는 이 구절이 내 마음속에 와 닿는다. 서양 사람과 달리 유교 문화에 길들여진 우리나라 사람들은, 처음 만나면 나이부터 묻는다. 그래서 워즈워드의 시구는 어쩌면 생뚱맞게 느껴질 수 있다.

한발 더 나아가면 요즈음과 같이 빠르게 변화하는 시대에는 젊은이는 어른의 할아버지일 수도 있다. 어린이는 어른보다 순수하고, 젊은이는 변화는 세상을 어른보다 더 많이 알아서다. 그래서 내가 보기엔, 새로운 것을 배우고 생각하는 어린이와 젊은이가 더 큰 어른이 아닌가 싶기도 하다.

그건 그렇고 친구 간에 오가는 '나이 이야기'는 진정성을 가늠할 수 없다. 그냥 친구가 듣기 좋아라고 하는 말일 경우가 많다.

"너 요즘 젊어 보인다."

이런 말을 들으면 기분이야 좋겠지만, 그걸 나는 믿지 않는다. 서울 지하철노선은 촘촘히 놓여 있다. 시간 맞추어 목적지에 찾아갈 수 있는 편리성만큼은 세계 제일이란다. 그래서 나는 약속 장소에 나갈 때는 시간에 맞추기 위해서라도, 일부러 지하철을 이용한다.

그런데 지하철을 타면, 가끔 당황할 때가 있다. 언젠가 일반석 앞에 무심코 서 있었다. 내 앞에 앉아 있던 한 젊은이가 스마트 폰을 만지작거리다가 펄떡 일어난다.

"여기 앉으세요."

"괜찮아요. 그냥 앉아요. 다음 역에서 내려요."

그리고는 나는 슬금슬금 다른 데로 옮겨갔다. 그러면서 혼자 생각해봤다.

'내가 늙었지! 경로우대 카드로 지하철 탔으니, 서 있는 것도 좋은 거야.'

지하철 탈 때는 웬만하면, 경로석 앞에 선다. 때로는 빈 경로석에 앉아 있으면, 서 있는 어르신네가 다가와 내보고 나이가 얼마냐고 묻는 표정을 짓는다. 주민등록증을 슬그머니 보여줄까 하는 생각도 해봤지만, 그냥 참았다. 나이를 묻는 것도 듣기 싫고, 대답하는 것은 더 귀찮아서 그냥 일어서버렸다.

젊은 시절에는 나이 한 살 갖고도 형님 동생 따지지만, 나이 들어가면 별 의미가 없다. 그래서 나는 다른 사람에게 나이를 묻지도 않고, 대답도 하지 않는다. 나이 들면 그냥 친구이거나, 아니면 잘 모르는 사람일 뿐이다.

고교 동창은 나이가 비슷하지만, 대학 졸업 동기나 직장 동기는 나이 차이가 십여 년도 더 나는 경우도 많다. 젊었을 때는 나이가 많으면 존칭을 해주지만, 나이가 들어가면서 모두가 존칭 없는 친구로 대한다. 그걸 어색하게 보는 친구도 있다. 그러면 '친구야 이 나이에 나이 따져 뭔 득 보려고.'라는 표정으로 대답을 대신한다.

사실 나이를 따진다는 것은 어른 대접을 받겠다는 것일 거다. 그에 덧붙여 '존댓말과 하대' 사용에 있다. 이러한 풍습이 좋은 면도 있다. 하지만 나이가 권위적인 말투로 이어져 자유로운 토의를 어렵게 할 수도 있다. 우리 사회가 한 단계 성숙하기 위해서는, 이런 풍습이 바뀌어야 하지 않을까 하는 생각도 해본다. 가수 양지은이 부른 노래 중에는 "묻지 마세요."가 있다. "묻지 마세요. 물어보지 마세요. 내 나이 묻지 마세요."로 시작한다. 괜스레 청춘만 생각나게 한다는 노래다.

내가 직장을 은퇴한 후 새로 만나는 사람의 경우, 나이나 고향, 전직 안 물어봐도 되는데도, 굳이 나이를 묻는 사람도 있다. 그러면 나는 이렇게 대답한다.

"나도 내 나이가 몇 살인지 잘 몰라요."

더 물어보면, "어머니가 일찍 돌아가셔서요. 나이는 어머니만이 알 수 있는 거 아닌가요? 하긴 요즈음은 의사도 안다고 하던데요."라고 대답한다.

아니면 그냥 웃고 넘어가곤 한다. 특히 문화원에 가면, 유독 나이를 따지려 드는 사람이 있다. 그럴 때면 나는 이미 준비된 말로 대응한다. 그래서 문화원에서 내 나이를 아는 사람은 없다.

나이가 든다는 것은 자연적인 현상이다. 아무리 자신이 머리를 염색하고 젊게 산다고 해도, 지하철 타보면 젊은이가 족집게 같이 알아본다. 그런 젊은이는 자리에서 벌떡 일어난다. 그렇지 않고 딴전부리는 젊은이도 있긴 하다.

젊었을 때는 용기가 필요하지만, 나이가 들면 지혜가 필요하다고 한다. 나이 들면 지하철 탔을 때도, 스스로 서 있을 곳을 잘 찾아 서 있는 게 좋다. 젊은이 보고도 자리에서 일어나지 않는다고, 마음 상하는 말은 절대로 하면 안 된다. 그것만이 한참 일한다고 피곤한 젊은이에게 피해를 주지 않고, 본인 건강에도 도움이 되는 작은 지혜가 아닌가 싶다. 물론 건강이 허락하는 한 그렇게 하시라는 의미다.

설악산 귀경길에서

강원도 양양 오색약수에서, 새벽에 가파른 설악산 대청봉 정상에 올라갔다. 설악산 등산코스 중 제일 짧은 코스다. 신흥사 등산코스로는 여러 번 설악산 대청봉 정복을 시도했으나, 너무 오래 걸려서 번번이 실패하였다. 이번에는 큰마음 먹고 오색약수에서 대청봉에 오르는 등산로를 택했다. 거리로는 가깝긴 해도 가파른 코스라서 그런지, 산행 중에 숨이 콱콱 막혔다. 그래도 마지막 코스인 중청에서 대청에 오를 때에는 뜀박질하듯 올라갔다. 정상 정복이라는 엔돌핀이 몸에서 콸콸 솟아나서다.

설악산 대청봉 정상에서 눈앞에 전개되는 첩첩산중 기암괴석을 보고 있노라면, 내가 마치 신선이 되어 구름 위에 앉아 있는 것 같았다. 한눈에 멀리 동해바다가 보이는 광경은 너무나 황홀하다. 다시 오기도 쉽지 않은 설악산을 뒤로하고, 아쉽지만 저녁 무렵에 한계령으로 내려왔다. 좀 지치긴 해도, 난생처음 설악산 정상을 밟았다는 뿌듯한 마음으로, 서울을 향해 시원스럽게 차를 몰았다.

설악산 갈 때나 서울로 돌아올 때나 같이 간 동료들을 위해, 내가 직접 운전하였다. 산행 후라 피곤해서, 운전하기가 쉽지 않았다. 운전대를 잡은 나는 천천히 운전을 하였다. 이번 등산에 관한 여러 가지 이야기를 나누며, 서울을 향해 달렸다. 눈을 감고 쉬는 일행도 있었다.

내가 운전하며 달리던 승용차가, 갑자기 도로 우측의 안전조형물에 '쾅' 하고 부딪쳤다. 순간 브레이크를 밟았다. 나는 정신이 멍했다.

'아이쿠 나 죽는구나!'

친구들 모두가 놀랐다. 다행히 플라스틱 안전판이 깨지면서 차는 멈춰 섰다. 차에서 내려서 보니 차 범퍼가 많이 부서졌다. 하지만 시동은 걸렸다. 천만다행이다. 친구들이 만류로 나는 친구에게 운전대를 넘겼다. 다시 한참 가는 도중에, 그 친구도 또 조그마한 사고가 났다. 모두가 조용하다. 이제 다른 친구가 운전을 하겠다고 하였지만, 그 친구는 미덥지 못한지 계속하겠단다.

이제 잠을 자는 친구는 아무도 없다. 모두가 초조하고 불안해하는 표정이다. 차가 서울에 다다랐을 무렵, 한 친구가 말하였다.

"오늘 저녁 식사는 내가 산다."

그 친구는 '쾅' 하는 순간 죽는 줄 알았다고 말한다. 밥을 제대로 먹는 친구는 아무도 없었다. 모두 살아 있다는 것만으로도 안도해 하는 모습이다.

서울에 와 서비스 센터에 가서 점검해보니, 차량은 예상외로 많이 부서졌다. 그래도 친구들은 모두가 안전하게 돌아온 것만 해도, 다행스럽다는 표정이다. 사고를 당했을 때 사람에 따라 느끼는 감정은 조금씩 다른 것 같다.

그 후에도 그날 저녁을 산 친구는 그때를 이야기하며, 안도의 숨을 내쉰다. 사실 그 친구는 일행 중 가장 나이가 젊었다. 우리는 사고가 났을 때, 젊은이에게는 살날이 많다고 안타까워한다. 어르신에게는 아직은 젊은 나이라고 하며 안타까워한다. 어중간한 연령에 대해서는 그냥 안타까워한다.

설악산 귀경길에서 사고를 내고 보니, 산행 후에 지친 몸으로 운전대를 잡는 것은 절대 금물이라는 것을 새삼 깨달았다. 대중교통을 이용하는 것만이 자신뿐만 아니라 일행 모두에게 불행을 막는 길이다. 어쨌든 설악산 귀경길, 다행스럽게도 운명의 여신은 우리 일행을 모두 비껴간 것만큼은 틀림없는 사실이다.

신의 실수 그랜드 캐년

사람들은 "미국의 그랜드 캐년은 죽기 전에 한 번은 꼭 가봐야 한다."라는 말을 곧잘 한다.

'뭐가 그렇게 볼만해서 그럴까?'

'가보면 알겠지. 그렇다고 미국여행 어디 쉬운가! 그것도 그랜드 캐년.'

나도 호기심으로 언젠가는 그랜드 캐년에 꼭 가보고 싶었다. 그러던 중에 관광여행 그것도 가족과 함께 그랜드 캐년에 다녀왔으니, 너무 행복하다.

그랜드 캐년은 미국 아리조나 주 드넓은 고원을, 가로질러 흐르는 콜로라도강에 형성된 대협곡이다. 깎아지른 듯한 절벽, 다채로운 색상의 단층들로 보기만 해도, 눈이 휘둥그레지고 가슴이 벙벙 뛴다.

"그랜드 캐년은 20억 년 전 지구가 만들어질 때, 신이 땅을 갈라놓고 실수로 메꾸지 않아 생긴 대협곡이라 한다."

아! 신도 실수를 하다니, 너무 의아스럽다. 어쨌든 미국여행은 흔히 자연경관을 보는 것이 묘미라고 한다. 역사가 짧아 문화유적이 많지 않기 때문이다. 큰마음 먹고 우리 가족은 미국 여행 중에, 가기 힘든 그랜드 캐년을 구경하러 갔다. 나는 우연한 기회에 전에도 그랜드 캐년을 관광한 적이 있긴 하다. 이번이 두 번째다.

처음 왔을 때는 1,500여m 절벽 위에 있는 바위 전망대에, 서 있기조차 무서웠다. 더구나 발아래 펼쳐진 천길 깊은 협곡의 신비로움에 온몸이 전율을 느꼈다. 어쩌면 붉은 별 화성에 온 것 같은 기분이었다.

경비행기를 타고, 거대한 협곡을 상공에서 둘러보는 특별한 관람도 있었다. 비행기 탑승 전에 조종사와 한 컷 기념사진을 찍었다. 관광객들이 모두가 좋아한다.

'어쩌면 협곡에 비행기가 떨어졌을 때, 사진 한 장이라도 미리 남겨 두라는 것 같기도 하다.'

공연한 생각을 해보며 혼자 웃었다. 작은 비행기는 깊은 계곡에 금방이라도 떨어질 것 같이 날았다. 어쩌면 목숨을 내놓고 보는 관광인 것 같다. 이상하게도 한국 사람은 호기심이 많아서 그런지, 경비행기 타고 그랜드 캐년을 제일 많이 관광한다고 한다. 그러고 보니 이번에 경비행기 탑승객 모두가 한국인이다. 비행기에서는 금방이라도 협곡에 떨어질 것 같기도 하지만. 모두 자연의 신비에 흠뻑 빠져있다.

하늘에서 $447km$ 되는 길고 넓은 협곡을 관람하노라면, 한마디로 자연의 신비스런 모습에 입이 떡 벌어진다. 대자연 앞에서는 인간이 한없이 작아진다는 말이 딱 맞는 것 같다.

그랜드 캐년에 가면 그랬던 것처럼 으스스 떨리는 바위 위해서, 이번에도 사진 한 장 찍었다. 가끔은 실제로 떨어져 죽기도 한단다. 그러니 거기에 갈 때는 조심해야겠죠. 우리 가족 일행은 콜로라도강물이 흐르는 라플린에서, 수상택시를 타는 것으로 그랜드 캐년 관광을 마무리하였다.

그랜드 캐넌을 다 보고 나니 신의 실수라기보다, 신이 정성 들여 만든 자연의 걸작품인 거 같다. 그래서 그랜드 캐넌은 언제 와 봐도 멋진 곳이겠지만, 나로서는 이제 다시 오기 쉽지 않다. 그래도 내가 보았던 그랜드 캐넌의 신비스러움은 영원히 마음속에 남아 있으리라.

오늘날 과학기술의 발달에 따라 사람들이 자연에 도전한다는 말을 곧잘 하지만, 그 말은 여기서는 어울리지 않는 것 같다. 그랜드 캐넌을 보면서, 오히려 사람들이 자연으로 빨려 들어간다고 하는 것이 맞는 말인 것 같다.

이곳에서 '사람은 자연의 일부로 태어나서, 자연과 더불어 살다가 자연으로 돌아간다.'는 평범한 진리를 되새기게 한다. 신의 실수로 만들어진 그랜드 캐넌이지만 우리가 돌아갈 신비스러운 자연이기에, 그를 아끼고 영원히 사랑해야 할 대상이 아닌가 싶다.

영원한 인생길

내가 서초 반포동 한양아파트에 살고 있을 때는, 토요일 아침이면 가끔 집을 나선다. 인근 누에 다리에서 김남익 친구를 만나서, '몽마르트 공원'을 산책하였다. 구름다리 건너 '서리풀 공원'에도 간다. 서리풀 공원 끝자락 효령대군 묘 뒤편 쉼터 벤치에 앉아, 인생 한담을 하다가 돌아오곤 하였다. 또 다른 친구 이정락 하고는, 가끔 경부고속도로 방음벽과 아파트 사이에 난 '길 마중' 길을 걷기도 하였다. 좁은 자작나무 산책로를 따라 '서초약수터'까지 간다. 그곳 정자에서 담소하며 약수 한 바가지 떠먹고는, 오던 길로 다시 돌아온다.

나는 시간이 날 때면, 혼자서도 양재천 산책길, 서울의 인왕산길, 한강 변 산책길을 곧잘 걷기도 한다. 젊은 시절에는 저 멀리 설악산, 지리산, 한라산 정상에 오르는 산행길도 걸었다. 해외여행 중에는 이집트 '피라밋'의 좁은 통로나, 투탕카멘의 무덤길도 걸어 봤다. 우리는 인생을 살며 무수한 길을 걷지만, 갔던 길로 다시 돌아온다. 어디로? 내가 살고 있는 보금자리로 돌아온다. 그렇다고 그 길 위에 어떤 흔적을 남기지는 않는다.

"길 잃으면 어떻게 하냐고요?"

경기도 마석에 있는 천마산에 친구 이인수 가족과, 우리 가족이 함께 나들이 갔었다. 수려한 솔밭에서 준비해온 음식을 먹으며 재미있게 놀았다. 오후에는 가족을 남겨 두고 친구와 나는 천마산 정상에 올라갔다. 뭉게구름이 걸린 산과 계곡, 마을, 도로, 차들이 어우러져, 한 폭의 동양화를 보는 것 같았다. 그날따라 간헐적으로 눈이 내려, 산에는 눈이 쌓여 겨울 정취를 물씬 풍겼다.

저녁에 산에서 내려오던 중에, 앞서가던 친구가 보이지 않았다. 내가 길을 잃었다. 날씨가 춥고 너무 힘들고 난감하였다. 더 내려갈수록 모르는 길이고, 가족들이 있는 곳과 너무 멀리 떨어지는 것 같았다. 스마트폰이 없던 시절이라 연락할 방법도 없었다. 산에서 길 잃으면 계곡으로 내려오면, 길 찾기가 쉽다고 한다. 그게 어디 쉽나. 되레 능선 따라 올라가면 정상이야 나오겠지 하는 생각도 해봤다. 산길을 올라가고 내려오기를 여러 번 반복한 끝에, 큰 바위가 있는 갈림길에서 길을 지나친 것을 알게 되었다. 왼쪽 길로 가야 하는 것을 그대로 내려와서 길을 잃었던 같다. 눈이 내린 하산 길은 밤이 되니 춥고, 더욱 스산하다.

'지금쯤 가족들은 무슨 생각을 하고 있을까?'

이런저런 생각을 하며 한참을 걸어서, 마침내 가족이 있는 곳까지 내려왔다. 그 친구는 나를 찾으러 다시 정상을 오르면 길이 어긋날까 봐서, 이러지도 저러지도 못했다고 한다. 내가 내려오자 친구네 가족은 안타까움 바로 그거다. 우리 가족은 안도의 눈시울을 붉혔다. 어찌 되었든 간에 우리는 길을 잃어도, 아름아름 물어물어 보금자리로 다시 돌아온다.

최근 히말라야에서 우리나라 등산객이 하산 길에, 실종되었다는 뉴스가 전해진다. 수색 작업도 중단되었다고 한다.

'어디로 갔을까?'

아무도 모른다. 물론 살아 있다면 돌 아는 올 거다. 그런데 우리에게는 한번 가면, 돌아오지 못하는 알듯 말 듯 한 길도 있다. 인생길이다. 이 길은 영원한 길이기도 하다. 이 세상에 태어나는 순간, 우리는 이 영원한 인생길에 첫발을 내디딘다. 이 몸이 쪼그라들고 육신이 망가질 때까지 걷는다. 아니 육신이 한줌의 흙이 되어 자연으로 돌아갈 때까지도 인생길을 걸어간다. 육신이 사라진 후에는, 영혼은 저 멀리 밤하늘에 빛나는 별나라로 가는 무지개 길을 달려간다. 앞으로 나가기만 하고, 영원히 돌아오지 않는다. 인생길은 눈에는 보이지도 않는다.

우리는 그 길 위에 좋든 싫든 여러 가지 삶의 흔적들을 남긴다. 또 그 영원한 길을 걸어가며 가는 도중에, 내가 걸어온 길을 되돌아보기도 한다.

'그럼 나는 돌아오지 않는 인생길에 어떤 흔적을 남기고 있을까?'

'명예? 재물? 권세? 이도 저도 아니면 이름 석 자?'

'내 아들딸, 그도 아니면 공허한 일기장이나, 시, 수필, 소설, 음율……?'

국화꽃은 길어야 한 달이 지나면, 꽃잎이 시들어 떨어지고 만다. 그렇지만 휴식 없이 살아온 인생의 흔적들은 영원히 남아, 우리 후손들에게 이야깃거리가 될 거다. 우리의 인생길은 한 번 가면 돌아올 수 없는 영원한 길이다. 생을 마감하고 49일이 되면 99%는 다른 육신을 얻고 태어난다는 윤회설도 있긴 하다. 그렇다고 자기의 전생을 기억하는 사람은 아무도 없다. 그래서 인생길은 정말로 흔치 않은 소중한 삶의 길이다. 그러니 후손들을 위해서라도 좋은 삶의 흔적을 남겨야 하는 건 아닐까요.

외통수에 걸리면

　연이은 태풍과 지루한 긴 장마도 계절이 바뀜을 어찌 알았는지, 슬그머니 물러났다. 지금도 코로나 팬데믹에서는 벗어나지 못했지만, 작은 문 틈새로 청명한 가을이 찾아왔다. 가을 하면 하늘이 높고 하얀 구름이 두둥실 여유롭게 떠다닌다. 이럴 때면 고향 마을 동네 어귀 등나무 그늘막 아래서, 여유롭게 장기 두던 때가 생각난다.

　어떤 게임도 그렇지만 일단 게임을 하면, 이겨야겠다는 욕심이 누구에게나 생겨난다. 어쩌면 그 건 인간이 갖고 있는 자연스러운 욕망일 거다. 동네 친구와 단둘이 장기 두며 장군 멍군하는 장기 두기, 너무나 재미있다. 그런데 장기 두다가 외통수에 걸리면, 꼼짝없이 졌다고 손을 들어야 한다. 이런저런 궁리해 봐도, 별도리가 없다. 상대방이야 좋겠지만, 외통수에 걸린 나는 가슴이 쓸어내린다. 이럴 때 내가 할 수 있는 말이 딱 하나 있다.

　"한 판 더 두자, 이번에는 내가 이길 거야."

　"얼마든지 도전받아 주지. 이번에도 내가 이길 거야"

　상대방도 의기양양해서 입가에 미소 지으며, 염장 지르는 말 한마디 덧붙인다.

　"사실 내가 볼일이 많아서 바쁘긴 하지만……."

상대방은 한 번 더 두는 것에 대해서, 엄청 생색을 낸다. 사실 한 번 더 둔다고 해서, 내가 꼭 이긴다는 보장은 없다. 내가 걸려들었던 외통수가 실수인지, 실력 차인지 알 수 없기 때문이다. 그래도 상대가 더 안 두겠다고 하면, 화가 난다. 관중이나 훈수꾼이 있을 땐, 너무 속이 상한다. 그래서 외통수에 걸린 장기판은 실수고, 상대의 꼼수에 말려들었다고 우긴다.

그런데 외통수는 장기에만 있는 게 아니다. 외나무다리도 있다. 여기서는 싸움에 지면 천 길 낭떠러지에서 떨어지고 만다. 이런 경우에 처했을 때는 상대방을 보고 질 것 같으면, 싸울 생각하지 말고 그냥 물러서는 게 낫다. 요샌 출렁다리도 건널 때도 무섭게 흔들리도록 만들어 놓았다. 젊은이들이 스릴을 느낀다며 출렁다리 흔들어대면, 출렁다리를 건너는 내 마음은 조마조마하다. 그래서 나는 출렁다리 건너는 거 좋아하지 않는다.

장기판의 외통수나 외나무다리 말고, 이와 비슷한 경우가 나에게 정말로 있었다. 몇 해 전에 집 근처 양재천 작은 물길 따라 청계산으로 산책하는데, 서울 둘레길 구룡산 코스가 보였다. 구룡산 하면 높이가 302m로 그다지 높지는 않지만, 용 아홉 마리가 구름 타고 하늘로 올라갔다는 말도 있다시피, 경사도가 심한 뾰족한 산이다. 호기심에 구룡산 길을 가보려고 발길을 돌렸다. 좁은 골목길 양편 울타리에는 초록의 물들고 꽃도 피어서 산책하기에 안성맞춤이었다. 양재천변에서 바로 구룡산으로 가는 길은 나로서는 초행길이다.

구룡산으로 가는 길에는 오가는 사람도 없었다. 그야말로 자연과 벗할 수 있는 정적만이 흘렀다. 당연히 관중이나 훈수꾼이 없는 장기판인 셈이다. 그것도 잠시 오솔길 작은 농원을 지키는 큼직한 개 한

마리가, 갑자기 아주 큰 소리로 짖어 댄다. 캉 캉캉 멍 멍 멍 흉내 내기도 어려운 호랑이 목청이다. 설마 나에게 짖는 건 아니겠지 하면서, 나는 조심스럽게 한 발자국 한 발자국 더 걸어갔다. 이번엔 문 열린 농원 안에서 황소만 한 개가 소름 끼치도록 짖어 대는 것이 보인다. 금방이라도 내게 달려들 것 같은 기세다. 무서워서 간이 콩알만큼 작아졌다. 다행히도 개 목줄은 맨 것 같았다. 안도의 숨을 쉬었다.

'뭐 죄지은 것도 없는데, 그냥 갈까?'

'저 개 미쳤나, 아니야 내가 물러서고 말지.'

개는 넓은 챙 모자를 쓰고 선글라스를 낀 나를, 위험인물로 본 것 같았다. 그러고 보니 내가 장기판 외통수에 걸린 셈이다. 개와 싸울 생각은 없었으니 오솔길이 외나무다리는 아니다.

'그렇다고 내가 쉽게 물러설 줄 아느냐.'

혼자 중얼거려 보지만, 마음속에 공포심이 잔뜩 들었다. 내가 맨손으로 대적하기에는 적수가 못되어서다.

'이 세상에 죄 안 지은 사람 어디 있나, 나도 죄인이야.'

종교적 죄는 성당에 가서 고해성사로 죄를 면하고, 도덕적 죄는 자기반성으로 면한다. 횡단보도 건널 때의 신호 위반, 자동차 운전할 때의 유턴 위반, 남몰래 다른 사람 욕한 죄, 길거리에서 은행 주운 죄도 있을 텐데 어떻게 하지?

개 짖는 소리에 곰곰이 생각하다가, 산행을 포기하려고 슬그머니 돌아섰다. 순간적으로 결정한 것이지만 개도 좋고 나도 좋을 것 같았다.

'개가 짖는 것은 개소임을 다 하는 거지 뭐. 나야 다음에 다른 길로 구룡산에 올라가면 될 것인데.'

혼자 중얼거리며 오던 길로 돌아섰다. 개는 그래도 큰소리로 짖어 댄다. 되레 내가 물러서는 걸 보고, 더 목청을 더 돋우는 것 같았다. 개가 한판 이겼다고 생각하는 것 같다. 그래서 외통수에서 장기 둘 때와 같이 다시 시도해 볼까 하는 생각도 잠시 해봤다. 하지만 헛된 일이라는 것을 곧 깨닫게 되었다. 더구나 외나무다리에서 격투기 그건 애당초 없었던 모험이다. 나는 애당초 마음먹은 대로, 언젠가 다른 길로 구룡산에 가기로 결심하고 돌아서니 발걸음이 가벼웠다.

돌아서는 좁은 오솔길 옆 울타리에 빨갛게 핀 나팔꽃이 보였다. 산길로 가려고 급히 가려고 지나친 장면이 눈에 훤히 보인다. 하얀 들국화도 보였다. 너무나 예쁘다. 활짝 핀 꽃들을 자세히 살펴보니, 꿀벌 한 마리가 나팔꽃에 앉아 꿀을 빨고 있었다. 노란 나비 한 마리는 국화꽃 주위를 분주히 날아다니고 있었다.

나팔꽃은 봄과 여름에만, 꽃이 피고 벌과 나비가 날아다니는 줄 알았다. 오늘 보니 가을에도 꽃이 피고 벌과 나비가 날아다니고 있다. 개는 '멍 멍 캭캭' 지져대며 사람을 쫓아내고, 꽃은 벌과 나비를 불러들인다. 개는 도둑 쫓는 일이 제 소임이다. 주인을 위해 농장을 잘 지켜야 먹고 살겠지. 꽃은 움직이지 못하니 보기 좋게 꽃을 피워야, 벌과 나비를 불러들여 씨앗을 맺는다. 모두가 제 소임을 다하고 있다.

개에게 도둑으로 몰린 나, 하지만 개는 제 소임을 다 했다고 할 수도 있다. 서로 소통이 안 됐을 뿐이다. 그렇다고 내가 농장에 뭐 훔치러 간 것도 아니니까.

'사람은 어떤가?'

사람들은 제 소임을 다 못하여 법을 위반해놓고도, 남의 탓으로 돌리려 한다. 그뿐만 아니라 법을 잘못 만들었다고 투덜댄다. 돌아오며 생각해보니, 우리 인간도 주어진 여건과 법을 잘 지키면서, 제 소임을 다하면 좋겠다는 생각이 들었다. 살면서 외통수에 걸리더라도, 물러설 때는 물러설 줄도 알아야 한다는 것을 깨달았다. 하긴 법도 지키지 못할 엉터리 법을 만들어, 사람들을 괴롭히는 돌팔이 위정자들도 있으니 조심해야죠.

심상 2021.6월호 "시인과 세상" 게재

인간과 불꽃이 화려한 만남

내가 작품을 쓸 때면, 제일 먼저 생각나는 것이 "인간이란 무엇인가?"라는 담론이다. 왜냐하면 인간만이 작품을 쓰기 때문이다. 나도 그동안 시집 한집을 냈고, 이번에 수필집을 내면 기성작가가 된다. 그래서 어려운 담론이긴 하지만, '인간과 불꽃이 화려한 만남'이란 소재로, 한번 숙고해보려고 한다.

"불꽃" 하면, 인간이 발견한 최고의 걸작품이다. 불꽃(에너지)을 발견함으로써, 인간의 삶이 따뜻해지고 확 달라졌다. 그러니 인간과 불꽃은 떼려야 뗄 수 없는 연인관계다.

"사람들은 오죽하면 불씨가 살아나 불타는 것을 보고, 꽃핀다고 좋아할까?"

정월 대보름날 제주도 애월읍에 가면, 새별오름에서 펼쳐지는 들불축제를 볼 수 있다. 오름에 온통 들불 놓아 불꽃이 활활 타오르게 한다. 그러면 불꽃으로 밤하늘을 화려하게 연출한다. 사람들은 너도 나도 한 해 동안 좋았던 일, 궂은일을 모두 불꽃에 태워버리고, 두 손 모아 보름달을 보며 새해 소망을 빈다.

언젠가 나는 밤하늘에 펼쳐지는 화려한 불꽃놀이를 보려고, 한강 세빛둥둥섬에 갔다. 사실 불꽃놀이는 멀리 여의도 고수부지에서 펼쳐진다.

"그러면 여의도로 갈 거지, 세빛둥둥 섬으로 갔나?"

"내가 보기엔 불꽃놀이 시끌벅적 가까이서 보는 것도 좋지만, 멀리서 편안하게 보는 것이 운치가 더 있어 보여서다."

마침내 숨죽이고 기다리던 불꽃 폭죽이, 연달아 하늘 높이 펑펑 터지기 시작한다. "와 와 와" 세빛둥둥섬에서도 한강이 떠나갈 듯, 탄성 소리가 울려 퍼진다. 멀리 빌딩과 숲 사이로 솟아오르는 각양각색 불꽃 모습을 보노라면, 십 년 묵은 체증이 가라앉는다.

그 옛날 성냥개비 하나도 구하기 힘든 시절, 부엌 아궁이에는 쓰다 남은 불씨를 꺼지지 않도록 재 속에 묻어둔다. 다시 불 피울 때, 호호 불어 불을 지피기 위해서다. 불씨 꺼지면 부싯돌로 불 지피는 거 쉽지 않다. 그래서 불 지피려 부싯돌을 억척스럽게 비벼댄다. 부싯돌도 돌인데 돌로 불을 지핀다. 그건 너무 힘든 일이다.

'사실 불씨만큼 인간에게 소중한 것도 없다.' 저렇게 허공에 마구 대고 쏘아대는 불씨를 보며, 어떤 때는 너무나 아깝다는 생각이 들기도 하였다.

그만큼 불꽃은 우리 인간에게 소중하다. 인간이 처음 불을 발견하고 모닥불 피어놓고, 음식을 익혀 먹는다. 지금 내가 생각해봐도, 덩달아 행복해지는 것 같다.

"그럼 인간이란 무엇인가?"

불빛으로 상징되는 하느님은, 먼저 우주 만물을 만들었다. 그리고는 하느님이 에덴동산에 "아담과 이브"를 최초로 창조함으로써, 우리 인류는 시작되었다.

이를 믿지 않으려는 사람도 있다. 그래서 과학적으로 살펴보면, 태초에 지구상에 존재하는 원소들이 화학적 결합으로 물질이 먼저 만들어졌다. 그다음에 우연히 물질의 조합으로, 작은 생명체가 탄생했다. 진화론자는 작은 생명체가 교배를 통해 진화를 거듭해서, 인간이라는 가장 우수한 동물로 진화하였다. 물론 지금도 인간은 진화를 거듭하고 있다.

인류의 조상 원시인은 처음에는 동물처럼 발가벗고 수렵 생활을 하며, 음식을 날것으로 먹고 살았을 거다. 그러다가 부끄러움이 생겨서 그런 건지 추위를 막으러 그런 건지 몰라도 옷을 걸치고 다녔다. 그러니 옷은 예전이나 지금이나 날개다. 어쩌다가 불꽃(에너지)을 발견하였고, 불꽃에 의해 인간은 삶에 엄청난 큰 변화를 가져왔다.

사실 동물이든 인간이든 자기보호를 위한 사랑과 증오는 다 갖고 있다. 사랑으로 대하면 상대도 공격하지 않는다. 증오로 대하면 상대도 증오로 대한다. 이럴 때면 죽기 살기로 자기를 방어하고 공격한다. 이건 인간이건 동물이건 마찬가지다. 인간이 집 짓고 산다. 새집도 벌집도 있다. 거미는 도구로 거미 망을 치고 먹이 사냥을 한다. 동물도 언어소통과 노래도 부른다.

그러니 "인간이란 무엇인가?" 즉 인간이 동물과 다른 점이 있다면, 그것은 오직 "옷 입고 불꽃(에너지)을 사용하는 것"이라 할 수 있다. 이에 더해 글쟁이 "생각하며 글로 무언가를 남기려 하는 것"이 아닌가 싶다. 이를 통해 인간은 만물을 편리하게 이용하고, 더 나아가 AI 모방 인간도 만들어 낸다.

그래서 인간은 말 한마디 눈빛만 봐도 안다는 생각하는 동물이라 하는 것 같다. 또 "인간과 불꽃이 화려한 만남" 그것은 에너지 넘치는 따뜻한 불꽃 튀는 눈 맞춤이며, 인간의 모든 애증이 담겨 있다. 이것이 인간이 아니겠나?

불꽃놀이

밤하늘의 어둠을 가르는 폭죽 소리
밤송이 불꽃 놓칠라
나도 모르게 눈동자 이리저리
쉼 없이 구른다.

오색 무지개로 밤하늘 수놓은
밤송이 불꽃
만인이 탄성 소리 너무 좋아
밝은 미소 띠고

주홍나비 흰나비 춤을 추며
사뿐히 강가에 내려앉는다.

밤하늘에 분수처럼 연거푸
터지는 밤송이 불꽃

마음 깊은 곳에 쌓아 놓았던
못 이룬 소망도 한꺼번에
높이 높이 쏘아 올린다.

천국으로 가는 계단

제주도 서귀포시 표선면 성읍마을에 가면, 323m 높이의 야트막한 작은 산이 있다. 영주산이다. 제주에서는 한라산 말고는 오름이라고 부른다. 영주산은 산방산, 고근산과 함께 제주에서 보기 드문 '산'자가 붙은 산이다. 작지만 한라산과 같은 반열의 산이다. 그럴 만도 한 것이 영주산은 봉래산 방장산과 함께 중국의 전설적인 삼신산의 하나다.

영주산은 진시황의 신하인 서복이 3천 명의 선남선녀를 데리고 와서, 불로초를 캐던 산으로 유명하다.

'하필이면 제주도일까?'

중국 사람들은 동방의 해 뜨는 섬, 제주도에 우뚝 솟은 영주산에 불로초가 있다고 믿고 있었다. 인명은 재천이란 말도 있다시피, 옛날이나 지금이나 불로초에 미련을 두는 것은 허망한 꿈일 거다.

그래도 그런 곳이 좋아 고향도 아닌 제주도에서, 여생을 보내는 친구들이 있다. 그들은 예쁜 양옥집을 짓고 산다. 한 친구는 서울에서 직장을 그만두고 음식점을 운영하다가, 딸 둘, 모두 결혼시킨 후에, 부부가 사돈의 권유로 제주에 내려가서 산다. 다른 두 친구는 몸이 좀 불편해서, 공기 좋다는 제주에 내려가 살고 있다. 그들이 사는 곳은 서귀포시 표선면 농촌 마을이다. 그렇다고 그들이 농사를 짓지는 않는다.

서울에 사는 나는 지난해 짬을 내어, 그 친구들과 같이 작은 영주산에 올라갔다. 한라산을 영주산이라 부르기도 한다. 그래서 작은 영주산을 오르는 것은, 어쩌면 1,950m 한라산 정상에 오르는 거와 같다. 영주산에 오르는 것만으로도, 한라산 정상 백록담에 오른 거와 같다니 너무 좋았다. 고향이 제주도가 아니라서 그런지, 그 친구들은 영주산이 어디에 있는지조차 몰랐다.

"영주산이 어디야"

"성읍마을로 내비 쳐봐 가이드가 안내할 거야."

섬에서도 안내자로 내비가 나선다. 너무 신기하다. 친구가 여생을 보내겠다고 제주도에 내려간 것은, 어쩌면 불로장생하고 싶은 마음에서인지도 모른다. 그것은 인간이라면, 누구나 한 번쯤 누리고 싶은 욕망일 거다.

불로초를 구해오라는 진시황의 명에 따라, 신하인 서복이 제주도 영주산을 샅샅이 뒤졌다. 그러나 불로초는 찾지 못했다. 그렇다고 중국으로 돌아갈 수도 없었다. 불로초를 캐오겠다는 진시황과의 약속이 거짓으로 탄로 나면, 죽음을 면치 못하기 때문이다. 서복은 제주도 서귀포 정방폭포 벽에 '徐市過地서시과지'라는 글귀를 남기고 어디론가 떠나버렸다. 불로초를 캐갖고, 일본으로 건너가 천황이 되었다는 말도 있다. 그 귀한 불로장생 불로초를 캤더라도 진시황에게 갖다 바치겠느냐는 거다. 그도 먹고 오래 살고 싶은 욕망이 생겨났을 거란다.

영주산 산행 초립에 길을 잘못 들어, 천주교 공동묘지에 들어섰다. 어쩌면 공동묘지가 천국으로 가는 길목이라는 생각이 들었다. 그래서인지 몰라도 묘가 꽉 들어서 있다. 어쩐지 영주산이 신통력이 있는 삼신산이라는 생각이 더 들게 한다. 아니나 다를까! 정상으로 올라가는 산행길 초립에 "천국으로 가는 계단"이라는, 아주 조그마한 안내판이 서 있다. "천국으로 가는 계단"을 밟으며 걸으니, 나도 이제 인생의 가을을 걷는 기분이었다. 억새꽃이 가을바람에 살랑살랑 물결친다. 갈색으로 변한 고사리가 무성한 들녘 가운데로 난 천국의 계단을 오르면서, 많은 것을 생각하게 하였다.

진시황도 천하통일을 이루고는 아방궁을 짓고 만리장성을 쌓았지만, 불로초를 구하지 못해서 49세에 생을 마감했다. 오늘 친구들과 같이 진시황도 살아서 걸어보지 못한 천국의 계단을 걷고 있다고 생각하니, 감회가 새롭다. 요즈음에 제주도는 노비자 특별자치도로 중국인 관광객으로 넘쳐난다. 서귀포란 명칭도 중국인 서복이 쓴 서시과지에서 유래했기 때문에, 옛 부터 서귀포는 중국인과의 인연이 깊다고 할 수 있다.

'중국 관광객이 제주도에 와서, 서복이 찾던 그 불로초를 지금이라도 캐고 간다면 얼마나 좋을까?'

네이버를 검색해보면 '불로초'나 '불로초 꽃'도 나온다. 그것이 상황버섯인 것 같기도 하고, 백년초 선인장 같기도 하다. 그렇다고 진시황이 찾던 불로장생 불로초라고는 생각되지 않는다. 그런 불로초가 있었다면, 서복이 다 캐갖고 갔을 거다. 그렇지 않더라도 오랜 세월 동안, 사람들이 불로장생하려고 모두 캐갔을 거다.

지금까지 불로장생한 세상 사람은 없다. 세계 최고령 일본인 할머니도 117세로 돌아가셨다.

'최고령 일본인 할머니가 서복이 캐갖고 갔을지도 모를, 불로초를

먹었을까?'

'그래서 오래 살았을까?'

그런 이야기는 들어본 적이 없다. 친구들과 산행하며, 은퇴 후 제주 생활에 대해서도 여러 가지 이야기를 나눴다.

"이곳 생활이 외롭지는 않으냐?"

"아니야, 산 좋고 물 좋은 제주도에 살다 보면, 그렇지 않아"

친구들과 이런저런 이야기 하며, 올라가는 산행길은 발걸음이 가볍다. 그런데 난데없이 갑자기 하루살이 한 마리가, 귀가에 달라붙었다. 조금 더 가니, 또 한 마리, 조금 더 가니 떼로 얼굴에 달라붙는다. 손으로 쳐내고 고개를 돌려도 소용이 없다. 갈림길에서 다른 길로 잽싸게 발길을 돌렸다. 그리고는 영주산 산행을 계속하였다.

하루살이에 대해서 좀 생각해보면, 짧은 하루가 하루살이는 한평생이고 긴 시간이디. 하루살이는 하루를 살면서도 최선을 다하여 산다. 하루살이는 유충인 애벌레 때에는 물속에서 1년 정도 산다. 성충이 되면 하루살이로 환생하여, 뭍으로 올라와서는 아무것도 먹지 않는다. 오직 짝짓기에 성공하면, 알을 낳은 후, 생을 마감한다.

하루살이가 하루를 살며 제일 중시하는 것은 짝짓기이다. 알을 낳고 2세를 만드는 일이다. 본능적이라고 지나칠 수도 있지만, 2세를 만드는 것이야말로 하루살이로서는 생의 연속이기 때문에, 그렇게 짝짓기에 집착하는 것이 아닌가 싶다.

그러니 하루살이라는 말도 하루살이에게는 어울리지 않는 말이다. 그냥 사람들이 붙여놓은 이름일 뿐이다. 하루살이를 생각해보면, 그만큼 하루는 소중하고 긴 시간이다. 한평생이다. 사람도 다르지 않다고 생각한다.

어느덧 오늘의 목적지인 영주산 정상에 다 달았다. 멀리 보이는 태평양에는 하얀 파도가 넘실거린다. 한라산 정상 백록담이 저만큼 구름 속에 담겨 있고, 작은 오름들이 여기저기 봉우리를 이루고 있다. 영주산 정상에 서니 마음이 한결 가볍고 뿌듯하다. 예전에 올라갔던 한라산 백록담보다도, 지금의 작은 영주산 정상이 나에게는 더 어울리는 것 같다.

높은 산을 오르는 것만이 좋다고는 말할 수 없다. 인생도 꼭 높은 자리에 오른다 해서, 마냥 행복한 것은 아니라고 생각한다. 그런 의미에서 친구들이 은퇴 후에 여생을 제주도에서 보낸다. 그러면서 삶을 돌아보기도 하고, 가끔은 불로초 전설의 작은 영주산에 오른다면 참 좋을 것 같다.

그렇다고 그 친구들이 영주산에서 불로초 먹고, 불로장생할 수 있으리라 믿는다. 그건 한갓 허망한 꿈이라는 것쯤은, 잘 알고 있을 거다. 나도 그렇게 생각한다. 오늘 산행 중 만난 하루살이같이 하루하루의 소중함을 알고, 여생을 의미 있게 사는 것이야말로 "천국으로 가는 계단"을 오르는 참모습이 아닐까 한다.

화악산 도솔암에 가다

사람들은 불자가 아니더라도 숲속, 조용한 산사에 가는 것을 좋아한다. 왜 그럴까? 사람마다 산사에 가는 사연은 조금씩 다르다. 산사에 호기심 삼아 가는 사람도 있고, 뚜렷한 목적의식을 갖고 가는 사람도 있다. 그런 사람 중에는 산사에 도를 닦으러 가거나, 혹여 속세에서 욕망을 구하러 부처님께 빌러 가는 사람도 있다.

나는 대학 3학년 여름방학 때. 더 나은 미래를 위하여, 친구와 함께 공부 좀 열심히 해볼까 해서 산사에 갔다. 경북 청도에 있는 적천사 도솔암이다. 도솔암은 화악산 중턱에 있는 작은 암자다. 도솔암으로 가는 길은 청도읍에서, 산길로 2시간가량 걸어가야 한다. 그만큼 세속과 멀리 떨어진 산사다. 청운의 꿈을 이루고자, 공부다운 공부 좀 해볼 거라고 결심하고, 산사를 향하여 걸었다. 그래서인지 몰라도, 오르막 산길을 걸을 때도 너무 가벼웠다.

암자에 도착하고 보니, 우리보다 먼저 10여 명의 사람들이 와 있었다. 70년대에는 학교 올라갈 때마다 시험을 봤다. 그래서 그런지 대구 근처에 사는 중, 고, 대학에 진학하려는 재수생들이 공부하려고 많이 와 있다. 그중에는 부산대학을 중퇴하고, 도를 닦으러 온 젊은 이도 와 있었다. 스님께 인사를 드리고, 식사 시간에 공부하러 온 식솔들과 반갑게 인사를 나누었다.

나는 그렇게 평생에 잊지 못할 산사에서의 날 선 공부를 시작하였다. 내 친구는 아침마다 스님보다 먼저 일어나, 목탁을 두드린다. 그리고 '반야심경'을 읊조리며 아침 예불을 올린다. 그 친구는 열심히 공부하는 것보다 부처님의 지혜를 빌어 공부하려는 것 같았다. 나는 절밥에 잘 적응하지 못해서, 어려움을 겪었다. 멸치라도 있어야, 밥 먹겠다고 투정을 부렸다. 같이 기거하는 사람들의 식사 중에 멸치가 고기냐고 서로 토론한 끝에, 멸치는 고기나물로 보자고 했다. 며칠 지나서 밥상에 멸치나물이 올라왔다.

암자, 생각과 달리 분위기가 좀 그렇다. 공부하러 온건 지? 놀러 온 건 지? 도통 알 수가 없다. 맨날 떠들썩하다. 주말이면 면회 오는 사람으로 가득 찼다. 면회 오면서 가져온 음식과 과일을 받아먹을 때면, 내 친구와 나는 너무 초라하다는 느낌이 들었다. 우리를 찾아주는 사람이 없어서다. 외롭고 자존심도 상했다. 친구와 궁리 끝에, 우리도 암자에 면회 올 사람을 구해보자고 하였다.

친구와 나는 어느 토요일 날 공부를 중지하고, 청도읍으로 내려갔다. 대구역에서 부산행 보급열차를 탔다. 여름방학에 여행가는 여대생을 구슬려서, 암자로 면회 오도록 해볼 요량이었다. 기차간에서 내 친구가 무리 지어 여행가는 여대생이 있는 곳으로 다가서는, 한 여대생에게 말을 걸었다. 서울에서 해운대로 놀러 가는 여대생들인 것 같았다.

"마음씨가 고와 보이고 제일 예뻐요."

그 여대생은 그 말에 얼굴을 붉히면서도, 싫지 않은 표정이었다. 다른 여대생들은 갑자기 조용하다. 같이 간 친구는 워낙 달변이라,

쉽게 산사에 면회 올 여대생을 구하였다. 그리고는 암자로 다시 돌아왔다.

그러나 오기로 약속한 날에, 그 여대생은 면회를 오지 않았다. 그 여대생에게만 집중해서 좋은 말 다 했으니, 다른 여대생들이 시샘으로 면회 가는 것을 막았을 것 같다. 그것보다는 산사에서 공부는 하지 않고, 기차간에서 면회 올 여대생이나 구한다는 것에 대한 믿음이 가지 않았을 것 같기도 하다.

이제 암자에서 공부에 열중하는 것은 틀렸다. 그래서 어느 날인가, 스님을 모시고 청도읍으로 내려가서, 이 다방 저 다방을 기웃거렸다. 기차간보다는 스님 앞세워 면회 올 사람을 구하는 것이 더 낫겠다 싶어서다. 그게 그리 쉽나. 여기저기 돌아봐야 별 소득이 없었다. 그냥 목욕이나 하고 가자고 개천으로 갔다. 스님은 옷을 홀랑 당 벗고, 맨몸으로 물에 첨벙 들어갔다. 스님은 부끄러움이 없단다.

'아! 그렇구나. 이곳에 와서 한 가지는 배우고 가는구나.'

조용한 산사, 도솔암에서 공부 좀 해볼 거라고 했으나, 실제로는 외로움을 달래는 일에만 열중한 셈이다. 공부는 무슨 공부 허송세월 보내다가 여름방학 중간에 봇짐 싸고, 서울로 올라왔다. 산사에서 공부하려면 온갖 잡념을 극복할 수 있는 굳은 의지가 필요하다. 하지만 그 의지를 실천하는 것은 더 힘들다는 것을 깨달았다. 그 후로 나는 공부한다고 산사에 가는 일은 없었다.

황당한 알래스카 여행

　미국 뉴욕에 출장 갔다가 귀국 길에, 내가 탄 여객기가 비행 중에 고장이 났다는 안내방송이 흘러나온다.

　"알래스카 앵커리지 공항에 착륙해서, 수리하고 가야 합니다. 부품을 서울에서 가져와서 수리해야 하는 관계로, 좀 시간이 걸립니다."

　뜬금없는 기내방송에, 가슴이 덜컹 내려앉았다. 동승한 여행객들도 모두 숨죽인 듯 조용하다. 어디가 고장 나는지도 모르는 채, 비행기를 타고 하늘을 난다.

　'하늘에서 비행기가 추락하는 건 아닐까!'

　너무나 끔찍스럽고 무서웠다. 누구에게 물어볼 수도 없고 속만 태운다. 마음이 조마조마하다. 여객기는 안내방송 후에도, 한참을 날았다. 그리고는 아무 탈 없이 앵커리지 공항에 착륙하였다. 탑승객들은 모두 한시름 놓았다는 표정이다. 이제 살았구나 하는 모습이다.

　여행객들은 항공사가 제공하는 버스를 타고, 항공사가 지정해준 호텔로 갔다. 여행객들은 여객기가 고장 났다는 기내방송으로 두려움을 감추지 못하다가, 이제야 안도의 숨을 내쉰다.

　'여객기를 수리하는 동안 잠이나 실컷 자며, 쉬라는 것인가 보다.'

　그래도 나는 잠이 오지 않았다. 우선 호텔의 기념품 가게로 갔다.

아내에게 주려고 이곳 특산품으로 보이는 흑 진주 목걸이를 하나 샀다. 그리고는 호텔 밖으로 나와 한참을 무작정 걸었다. 이곳에 언제 다시 올 수 있겠나 하는 생각이 들었다. 알래스카 앵커리지에 관한 호기심이 발동한 것이다.

앵커리지는 집과 나무, 도로가 온통 눈으로 덮여있다. 멀리 보이는 산에도 들에도 눈이다. 길거리에서 만나는 사람들은 모두가 모자가 달린 털 잠바를 입고 다닌다. 그러나 이상하게도, 에스키모인도 루돌프 사슴코도 보이지 않았다. 크리스마스 시즌이라 그런지, 교회의 X-MAS 트리의 불빛은 더욱 돋보였다.

예기치 않았던 황당한 알래스카 방문, 내가 알게 된 사실이 하나 더 있다. 미국이 1867년 알래스카를 720만 불에 러시아로부터 구입하였고, 지금은 미국의 49번째 주가 되었다는 사실이다. 그때 러시아는 재정적으로 궁핍한 상태에서, 알래스카를 미국에 팔았다. 지금은 러시아가 크게 후회한다고 한다.

'뭐 재정이 궁핍하면 뭐라도 내다 팔아야, 먹고 사는 거 아닌가!'

그때 우리나라도 웃돈 주고라도 알래스카 샀으면, 큰돈 벌었을 걸 하는 생각이 들었다. 당시 조선은 경복궁 짓는 데도, 1년 재정의 절반을 쏟아부어야 했던 시절이다. 그러니 꿈같은 얘기다. 하지만 그 땅 샀으면, 좀 멀긴 해도 넓은 영토 큰 나라가 될 수 있었을 텐데….

호텔에 머무른 지 11시간 만에, 여행객들은 다시 비행기에 탑승했다. 아무런 일도 없었다는 듯이, 비행기는 앵커리지 공항을 이륙하여 서울로 향하였다.

지금 생각해보면, 설령 부품이 비행기 내에 있다 해도 어쩌겠나. 고장 난 여객기가 하늘을 날면서, 수리할 수는 없었을 거다. 그렇다고 앵커리지에는 부품이 없다. 그래서 서울에서 부품을 가져와 수리해야 한다면, 좀 문제가 있어 보인다.

여객기가 고장이 나서 중도에 착륙하는 바람에, 난생처음 알래스카 앵커리지 땅을 밟았다. 그 후 나는 알래스카에 다시 가보지는 못했다. 지금 생각해봐도, 그야말로 두렵고 황당한 여행이었다. 그래도 나에게는 "불행 중 다행"이었다. 아무튼 하늘을 나는 여객기의 고장인 만큼, 두려움이 더 컸었다.

'문밖에 나서면 저승'이란 말도 있다. '그야말로 아찔한 순간' 지금도 그때를 잊지 못한다. 우리는 어쩌면 내가 겪었던 어쩔 수 없는 그런 두려움을 운명이라고 생각하며, 하루하루를 살아가는 건 아닐는지.

서초문인협회 엔솔로지 2021 봄호 게재

흔들리는 바람의 꽃

나는 시는 바람의 꽃이라고 생각한다. 인간의 소망을 언어를 통해, 꽃으로 피어난 것 바로 그거다. 시는 꿈이기도 하고, 삶을 정화해주는 꽃이요 꿈이다. 인간의 감성을 정화(카타르시스)시켜, 정신생활을 맑게 해준다.

BC 4세기 그리스 시대에 벌써 아리스토텔레스는 시학(시론)을 썼다. 당시에는 시는 인간이 무언가를 모방 재현하는 서정이고 서사이고 극이었다. 서사시가 분화되어 소설이 되고 극시는 연극으로 분화되었다. 지금도 시 분류는 서정시 서사시 극시다. 르네상스 이후에는 그리스 시대의 고전주의에서 벗어나, 낭만주의 리얼리즘 모더니즘 등 여러 갈래로 시가 변모해왔다. 최근에는 인공지능 AI 소설가 "바람풍"이 나오고, AI 시인 "시아"도 등장하였다.

2022년 8월 12일 대학로 예술극장 소극장에서, 슬릿스코프(카카오 브레인 김근형 김제민) 개발한 인공지능 시인 시아(시를 쓰는 아이) AI 시 작품 5편을 연극으로 공연하였다. - 파포스, 시아 작, 김제민 연출, 리멘워커 제작

나는 이 뉴스를 접하고 시와 수필을 쓰는 작가로서, 정말 만감이 교차하였다. 언젠가 나는 시를 쓰는 컴퓨터를 만들어 보겠다는 공학 교수와 시 강좌를 같이 들은 적이 있다. 그때 나는 그분에게 "시마저 컴퓨터가 쓰면 시인은 뭐하며 사느냐."고 한마디 던졌다. AI "시아"가 공연한다는 소식을 듣고, 이제 올 것이 왔구나 하며 가슴을 쓸어내렸다.

'그럼 AI "시아"도 시인이란 말인가?'

시는 시인, 작품, 독자의 측면에서 평가된다. 그런데 시인이 AI라는 것은 달리 분석해보면, 우선 AI를 제작한 기술자가 있다. AI에 기존 시의 시어를 축적해놓고 조합해서, 시를 짓게 하는 소프트웨어 기술자도 있다. 그런가 하면 특정 시를 짓도록 하는 소재와 주제의 입력자(연출자)가 있다.

'그렇다고 이런 조력자들이 다 시인일까?'

'난 그렇게 생각하지 않는다.'

'그럼 AI로 작성한 시는 누구의 작품일까?'

내가 보기엔 AI의 작품이라는 생각이 들면서도, 기존 시의 복제품 같기도 하다. 그런데 신춘문예나 문예지에 AI가 등단하려면, AI도 공모나 시인의 추천을 받아야 한다. 그러려면 AI 시도 일반인과 똑같이 심사를 받아야 할 거다. 나는 아직 까지는 그런 소리를 들어본 적이 없다.

'AI 작품이라고 표시 안 하면, 심사하는 분은 어떻게 할는지? 궁금하다.'

연극이나 영화 미술 음악 건축 조각 예술에서는, AI를 조력자로 광범위하게 이용하고 있다. 미국에서는 AI 미술작품이 경선에서 선정되기도 하였다.

AI가 등장함으로써 앞으로 문학과 예술이 어떻게 변할지는 아무도 알 수 없다. 그럼 AI가 독자에게 감동을 주는 작품을 만들어 낼 수 있을까? 내가 보기엔 그럴 것 같기도 하다. 첨단 기술이 동원되어 제작하는 영화를 보면 더욱 그렇다.

시나리오 작가 달튼 트럼보의 작품 "공주와 평민"을 각색한 영화 "로마의 휴일"에서는 오드리 헵번이 주인공으로 나온다. 앤 공주는 공주로서의 로마에서의 꽉 짜여진 의례적인 행사 스케줄에 진절머리나 한다. 그래서 공주는 밤에 거추장스러운 옷가지를 벗어버리고, 몰래 숙소를 뛰쳐나온다.

공주는 로마 시내를 자유롭게 활보한다. 거리에서 낮잠도 자고, 아이스크림을 사서 돌계단에 걸터앉아 먹기도 한다. 마치 새장 속을 나와 창공을 나는 새와 같이 자유를 만끽한다. 그 모습을 보며 관객(독자)들은 너무나 즐거워한다. 영화 상영 이후 로마에 가면, 사람들은 오드리 헵번이 아이스크림 먹던 계단에 한 번 앉아보려고 야단이다. 사람들이 그 돌계단 자리가 공주 자리보다, 더 좋은 자리라고 생각해서 그런가 보다. 이 영화는 정말로 웃기는 희극영화다.

마가렛 미첼의 소설을 영화로 각색한 "바람과 함께 사라지다."를 보면, 비비안리가 주인공 스칼렛으로 나온다. 남북전쟁 당시 남부 조지아주에 사는 스칼렛이 사랑하는 동네 청년이 다른 여자와 결혼해버린다. 이에 스칼렛도 다른 남자와 결혼한다. 그러나 그 남자는 1년 만에 병사하고, 두 번째 결혼한 남자는 전사하였다. 세 번째 결혼한 남자와의 사이에 태어난 딸마저 사고로 죽었다. 불행한 비극의 연속이다.

그런데도 스칼렛은 결혼 전 동네 청년만을 생각한다. 그런데 어느 날 짝사랑하는 남자의 부인이 죽으며, "저 남자를 부탁한다."라는 말에 스칼렛은 너무 좋아한다. 그러나 그 남자의 마음은 이미 스칼렛에서 떠나있었다. 스칼렛을 진정 사랑했던 세 번째 남자마저 그 모습에 질려 떠나버린다. 그제 서야 스칼렛은 자기가 진정 사랑했던 남자는 세 번째 남자라는 것을 알고 너무 후회한다. 스칼렛은 사랑하는 사람은 바람처럼 다 떠나버리고, 남북전쟁도 북이 승리로 남부는 모든 게 바람과 함께 사라지고 말았다. 정말로 이 영화는 눈물 나는 비극이다.

내가 왜 이 작품들을 소개했나 하면, 인생사는 희극도 비극도 있기 때문이다. 그래서인지는 몰라도 그리스 시대에는 시와 극이 하나였고, AI "시아" 작품도 동숭동 예술극장에서 극화되어 공연되었다.

AI "한돌"이 이세돌을 비롯한 최고의 바둑기사를, 이긴 것은 너무 잘 알려진 사실이다. AI는 세계 바둑계를 제패한 후에 그만뒀다.

AI "시아"는 이제 시작 단계다. 그러니 그의 작품 활동이 언제까지 이어질지는 아무도 모른다. 그런데 앞으로 독자가 시인의 작품인지, AI의 작품인지 구별하기란 쉽지 않으리라는 것은 분명하다. 시는 시인의 감성과 이성의 조화로 엮어지는 것인데, AI가 이성이나 합리성은 몰라도 진정 감성을 갖고 있는지는 의문이다.

아니나 다를까 글 창작 AI "코치피티"를 실험해보니 "파친코" 스토리는 그럴듯하게 만들었고, "하얼빈"은 김훈의 간결한 문체를 따랐다. 시, 가사 등 함축적 글에서는 "오작동" "좋은 날" 마지막 세 번 반복으로 나오기도 하였다. "인과관계"는 잘 파악하고. 창의력은 떨어진다고 하였다. 문체까지 흉내 내는 AI 소설은 합격이나 시, 가사는 낙제라서, 창작자가 힘들어도 "창작도우미는 가능하다고 한다.

- 동아일보. 2022. 24 A22면

제1부 삶이 뭐 길래 75

아무튼 과학기술은 인간의 기본적 생활 영위 수단이다. 철학과 종교는 인간의 사유와 영적 영역이다. 문학과 예술은 인간 삶의 카타리스를 위한 감성의 영역이다. AI가 인간 사 체험도 안 해보고, 기술자가 주입해준 지식으로 시를 쓴다. 이런 해괴망측한 일이 다 있나?

'어쨌든 시마저 AI가 넘보면, 시인이 설 땅은 어디일까?'

늦게 시작한 문학 시 한 수 수필 한 편이 내 삶인 전부인걸, AI "시아"가 나를 슬프게 한다.

'흔들리는 바람의 꽃, 마음마저 흔들리게 한다.'

제2부

벚꽃 같은 인생

기니피그의 환생

 내가 살고 있는 반포동 한양아파트가 재건축으로 헐린다. 이제 우리 가족은 어디론가 이사를 해야 한다. 철쭉꽃 피는 오월까지는 집을 비워줘야 한다. 그럼 아파트 베란다에서 겨울을 보내고 있는 기니피그는, 어떻게 해야 할지 선택의 기로에 섰다.

 '새집으로 데리고 갈까? 아니면 내다 버릴까? 경비원에게 처치를 부탁할까?'

 기니피그(Ginea pig)는 찍찍 소리는 쥐, 앉아 있는 모습은 토끼, 무늬는 돼지와 비슷한 모습이다. 쥐보다 좀 크고 돼지보다는 훨씬 작다. 토끼보다도 좀 작다. 몸 전체 크기는 어른 주먹 두 개 포갠 정도다.

 우리 집 기니피그의 애칭은 제니다. 제니와의 인연은 5년 전에 양재 하나로 마트에 장 보러 갔을 때다. 호기심 많은 현이가 우연히 보고, 귀엽다고 구매하면서부터다. 내가 직장에 갔다 오면, 반갑다고 찍찍거리는 소리가 너무 좋았다. 그래서 제니가 잘 먹는 미나리, 오이, 사과를 사다 주곤 하였다. 처음에는 실내 거실 입구에 우리를 두고 길렀다.

 기니피그가 애완동물이나 반려동물같이 애교를 부리거나, 사람과의 교감을 나누지는 못한다. 그래도 관상용으로 가까이 두고 기르다

보니, 귀여운 기니피그를 보는 것만으로도 마음이 넉넉해진다. 털 색깔도 갈색으로 쥐도 닮고 순박한 토끼나 돼지도 닮았으니, 더욱 그렇다. 요새는 안타깝게도 냄새난다고 해서, 제니 우리를 베란다로 옮겨놓았다. 제니는 차디찬 겨울을 베란다에서 보내고 있는 셈이다. 먹이를 잘 주는 아내가 내다 볼 때만, 소리 높여 찍찍거린다. 제니가 하는 일이라고는 온종일 우리에서 홀로 물 마시고, 건초 먹는 게 전부다. 남미 칠레에서 야생으로 떼지어 다니는 동물이라서, 좀 안쓰럽기도 하다. 온종일 우리 속에 갇혀 홀로 산다는 것은 지겨울 만도 하다.

이사 갈 때 제니를 데리고 가느냐, 아니면 숲속에 놓아 주느냐 하는 문제를 놓고, 가족과 여러 차례 이야기를 나눴다. 기니피그가 떼지어 돌아다니는 동물이라는 점을 생각하면, 들판에 풀어 놓아야 할 것 같기도 하다. 그러나 숲속이나 아파트 화단에 놔두면, 고양이 밥이 될 것이 뻔하다.

'우리가 이사 가는 날, 제니를 어떻게 해야 할지?'

지금 정해진 것은 아무것도 없다. 집에서 생사고락을 같이하던 제니인데, 이사 갈 때 데려가야 할 것인지를 두고 걱정만 더해 간다. 어쩌면 조그마한 일이다. 그래도 이렇게 망설여지는 것은, 우리 집에 들어와서 5년 동안 좋든 싫든 맺어진 정과 인연 때문이 아닌가 싶다.

그러던 중에 참으로 이상한 일이 일어났다. 우면동 새집으로 이사하기 전날인 2014년 4월 15일, 멀쩡하던 제니가 갑자기 죽었다. 안타깝게도 내가 살던 한양아파트에서, 스스로 생을 마감한 거다. 우리 가족이 16년 동안 정들었던 아파트 화단에 묻었다. 새집으로 데려갈까 말까 하는 걱정거리를 덜어주고, 우리가 살던 옛집에 혼이 되길 원했던 같다. 죽은 제니를 다시 생각하니, 내 마음속에 제니가 자리

잡고 있었다. 그동안 제니와 나의 마음속의 끈끈한 인연이 아닐까
한다.

새로 이사 온 우면동 대림아파트는 10층으로 손 뻗으면 우면산이
닿을 거리다. 가까이에는 양재천이 흐른다. 며칠 전 아내가 양재천변
에서 네 잎 크로버 몇 개를 따 왔다. 그래선지 몰라도 새로 이사 온
우리 집 아파트 베란다 창문틀에 산비둘기 한 마리가 날아와 앉았
다. 반가운 마음으로 창문틀에 한줌의 좁쌀을 올려놓았다. 저녁 무렵
에 두세 번 찾아왔다. 우리 집에 날아온 산비둘기는, 그동안 반포 한
양아파트에서 아내가 미나리를 특식으로 주며 키웠던 제니가 환생
한 것 같았다.

'제니가 산비둘기가 되어 돌아왔구나!'

반포 한양아파트에서 갇혀만 살던 기니피그, 이제는 푸른 세상을
마음껏 날아다니는구나. 산비둘기의 간식으로, 가끔 좁쌀을 한 움큼
베란다 난간에 올려놓았다. 아파트 아래 전봇대에 앉아서 바라보다
가, 인적이 뜸하면 다시 난간으로 날아든다. 제니는 가까이 가면 먹이
를 달라 찍찍거렸는데, 산비둘기는 아직 신뢰가 쌓이지 않은 탓이다.

'새 우리를 사다가 베란다 창문 난간에 갖다 놓을까?'

산비둘기가 자유스럽게 드나들고, 밤에는 좋은 잠자리도 될 것 같
다. 새끼도 낳고 기를 수도 있겠지. 전생의 제니가 못다 한 외로움
과 자유스러움을, 환생한 산비둘기라도 만끽할 수 있으면 좋을 것
같다. 새로 이사 온 아파트 창틀에 찾아온 산비둘기를 보며, 옛집에
서 같이 지내던 기니피그 제니를 다시 생각하게 한다. 특별한 대화
나 교감 없이도, 제니가 내 마음속에 남아 있다. 그것은 기니피그와
의 만남과 산비둘기로의 환생, 어쩌면 전생에 우리 가족과 깊은 인

연이 있었던 건 아니었을까? 불교에서는 사람이 죽으면 영혼은 49일이면, 99%가 육신을 얻어 반복적으로 환생한다는 윤회설도 있긴 하니…….

2018. 12. 리더스에세이 문학회 "인연"에 게재

꿈의 제주여행

재경 부산 동아고 제17기 동기생 80여 명이 졸업 50주년 기념으로, 2019년 9월 24일부터 26일까지 제주도로 여행을 떠났다. 졸업동기생들과 같이 내 고향 제주에 여행을 떠난다는 것은, 나에게는 영원히 기억에 남을 이벤트다. 중학교를 졸업하고, 부산에 있는 고등학교에 시험 보러 간 지 53년 만이 일이다. 그래서 이번 제주여행은 나에게는 꿈같은 여행이다.

이스타 항공 비행기는 김포 파란별의 활주로를 힘차게 이륙하였다. 기다리던 꿈같은 여정이 시작되었다. 비행기는 광활한 파란 하늘 초록의 뜨락 파도가 넘실대는 북태평양 상공을 가로질러, 제주도로 날아간다. 반백 년만의 이번 2박 3일 동안의 제주여행은, 내 가슴을 한없이 설레이게 한다. 멀리 구름 사이로 보이는 한라산도, '어서 오라' 나를 반긴다.

부산에서 고등학교를 졸업하고 서울에 올라와 대학을 다닐 때만 해도, 내 고향 제주도에 가려면 2박 3일이 걸렸다. 기차와 배에서 하룻밤을 새워야만 하였다. 서울역에서 밤 보급열차를 타고 부산이나 목포로 내려가서, 저녁에 배를 탔던 시절이 눈앞에 아른거린다. 지금은 서울에서 비행기로 50분이면 제주도에 날아간다.

제주공항에 내리자, 공항 앞에 야자수 나무가 이국적인 분위기를 연출한다. 첫 관광지인 제주시 연동에 있는 한라수목원에 갔다. 고양이 모양의 광이 오름에, 너도, 나도 올라갔다. 멀리 보이는 제주 앞바다와 한라산은 예전의 모습 그대로다. 변한 것은 초가집이 전부였던 도심에, 아파트가 즐비하게 들어서 있다. 변한 게 하나 더 있다. 내 모습이다. 그동안 확 변해버렸다. 어렸을 때 소라 줍고 미역 감던 용담동에 있는 용두암을 구경하는 것으로, 첫날의 관광 일정은 마쳤다.

저녁에는 졸업 50주년 기념식과 오락프로그램으로 즐거운 시간을 보냈다. 조재동 회장의 기념사와 부산동기회장을 대신한 박옥봉 동기가 축사할 때에는, 장내가 숙연하기도 하였다. 먼저 간 동기들에 대해 묵념을 할 때는, 모두가 세월의 무상함을 느끼는 것 같았다. 장수경 동기와 오락사회자의 능수능란한 분위기 조성으로, 노년의 객기를 발산하는 노래와 춤으로 연회장이 시끌벅적하였다. 남편과 같이 온 부인들도 50주년을 축하한다고, 저마다 장기를 선보인다. 어쩌면 남편보다 더 오래 살면서, 이런 날을 기억 속에 영원히 간직하려고 흥을 더 돋우는 것 같기도 하다.

둘째 날은 아침에 일찍 일어나 룸메이트 박우진 동기를 룸에 남겨 둔 채, 홀로 숙소인 오리엔탈호텔에서 제주항 서부두 방파제로 산책하러 나갔다. 옛날 방파제 옆에서 수영하던 때를 잠시 회상해본다. 마침 제주항 위편 사라봉이 새벽노을에 젖어 아름다움을 뽐낸다. 바로 저 부두에서 53년 전 도라지호 타고, 부산에 시험 보러 떠났다고 생각하니 감회가 새롭다.

싱글만 태운 제1호 관광버스는 나의 선조가 살았던 해안마을과

'항파두리' 항몽 유적지를 지나, 서부 산업도로를 달렸다. 주변에는 크고 작은 오름과 억새풀이 초원을 덮고, 가을풍경을 연출한다. 민둥산 새별 오름도 보인다. 봄이면 불꽃축제를 열리는 오름이다.

한라산이 높다는 것을 말해주는 재미있는 설화가 있다. 효성이 지극한 한 젊은이가 어머니의 병환에 좋다는 흰 사슴을 잡으려고 한라산에 올라갔다. 백록담 정상에서 사냥하다가 그만 옥황상제의 궁둥이를 건드렸다. 옥황상제는 화가 나서 봉우리를 뽑아내 던졌다. 그 자리가 백록담이 되고, 던져버린 봉우리가 산방산이 되었다고 한다.

산방산 아래 바다 쪽으로 혈맥이 너무 좋아, 진시황보다 더 강한 황제가 태어날 것이라는 전설도 있다. 진시황은 이를 두려워해서, 신하 호종단을 탐라국에 보내 용의 잔등을 내려쳤다. 용은 바다로 못 가고 굉음을 내며 용머리 바위가 되었다고 한다. 만일 그 혈맥이 그대로 남아 있었다면, 지금은 중국대륙까지 호령하는 탐라제국이 되었을 거라고 생각하니, 너무나 아쉽다.

산방산 아래 운이 좋아야 갈 수 있다는 용머리 해안, 오늘따라 파도가 잔잔해서 해안가를 걸을 수 있었다. 해안절벽 아래 할망이 소라 파는 좌판에서, 소주 한잔 회 한 토막 걸치니 여독이 확 풀린다. 용머리 해안은 수천 년 동안 바위가 침식작용으로 떨어져 나간, 아픈 상처가 그대로 남아 있는 곳이다. 해안가 입구에 하멜이 탔던 '스페르베르호'의 모형도 외롭게 서 있다.

서귀포 앞바다에서 처음 타보는 유람선은 한라산과 해변을 조망하며, 문섬, 섭섬, 범섬을 들러보았다. 멀리 마라도가 보이는 북태평양의 드넓은 바다, 바라만 봐도 마음이 활짝 열린다. 한림읍 '더 마파크공원'에서, 제주 몽고야생말의 고장답게 펼쳐지는 광개토왕의 말의 현란한 공연은 스릴이 넘쳐나는 볼거리였다. 아쉽게도 기수는 모두 몽고인이다.

셋째 날은 동부산업 도로를 달렸다. 유년 시절 제주시에서 서귀포에 가려면, 해안도로로 돌아가야만 했다. 시간도 2시간 걸렸다. 제주시에서 한라산중턱을 깎아 서귀포로 가는 5·16도로를 뚫을 때는, 천지가 개벽한다고 좋아했던 기억이 새롭다. 2시간 걸리던 것이 40분으로 단축되기 때문이다. 어제와 오늘 달리는 광폭의 산업도로는, 옛날 5·16 도로와 비교하면 고속도로다.

제주시 구좌읍에 있는 '스카이 워터스커스' 공중 다이빙 쇼는 황홀한 볼거리이의 극치였다. 초가집과 똥 돼지가 남아 있는 '성읍 민속마을'을 돌아보며, 그 옛날 내가 살았던 초가집이 아련히 떠오르기도 하였다. 성산읍 중 산간부락에 있는 '일출랜드 테마파크'와 미천굴은, 제주도의 아열대식물과 화산 동굴의 모습을 나이브하게 감상할 수 있었다. 마지막으로 본 조천읍'에코랜드 곶자왈 숲'에서의 궤도 열차 타기는, 기차가 없는 제주도에서 말 그대로 기차를 체험할 수 있는 숲속의 향연이다.

2박 3일 동안의 제주 꿈속의 여행은, 도두동 해녀마을에서 전복죽 한 그릇으로 모든 여정이 끝이 났다.

제주도는 화산섬이며 북극성이기도 한 설문대 할망이 만들었다. 또 고양부 삼신이 삼성혈 땅속에서 솟아나서, 바다에 떠밀려온 벽랑국 세 공주와 국제결혼을 하였다. 그리고는 탐라국을 세 지역으로 나누어 다스렸다. 한라산은 영주산이라고도 부르는 영험한 산이다. 진시황이 서복을 보내 불로초를 캐오도록 했다는 재미있는 설화도 전해진다. 그래서 그런지 동기들은 몸에 좋다는 상황버섯 분말과 말 골수는 너도, 나도 많이 샀다. 그 모습에 팔순 구순 넘어 백 세까지 살겠다는 의지가 엿보인다. 이렇게 2박 3일 동안의 돌아올 수 없는 50주년 제주여행은, 동기들이 끈끈한 우정을 나누며 아쉽지만 마무리하였다.

이제는 이런 졸업여행이 60주년 100주년에, 다시 이루어지길 간절히 바랄 뿐이다. 그때 다시 제주도에 온다면, 동백꽃 피는 호젓한 올레길을 걷고 싶다. 태평양 파란바다에서 미역도 감아 보고, 한라산 백록담에 올라 사냥도 하고 싶다. 불로초도 캐고, 유배인의 고독한 삶도 체험해 보면서, 마라도 빨간 등대에 기대어 그대와 함께 낭만의 노래도 불러 보리라.

한라산 연가

한라산 봉우리 옥황상제 화가 나서
뽑아버린 그 지리에 은하수 담아내
별이 반짝이는 작은 호수 백록담

신선 태우고 다닌다고 목마른
흰 사슴 물 먹고 쉬어 가는 곳

봄에는 진달래 철쭉꽃 피우고 가을에는
빨강 노랑 옷 갈아입어 춤을 추며
태풍 막아주는 한라산 신비롭기만 하다.

영겁의 세월 동안 온갖 풍상 견디어내노라
얼룩진 반백의 한라산
오늘따라 억새꽃 핀 내 모습과 닮았네.

나의 관포지교

요즘 나의 생을 돌아보며 그동안 스스럼없이 지내온 친구에게, 이런 말을 넌지시 던져 본다.

"너와 나는 관포지교管鮑之交지, 안 그래?"

"글쎄 너부터 먼저 포숙이 돼야지……"

선뜻 관포지교라고 말하는 친구는 없다. 그리고는 더 이상 말도 이어지지 않는다. 그냥 얼굴만 붉혀진다. 그런데도 새삼스레 내가 관포지교라는 말을 꺼내는 이유는 무엇 때문일까? 나이 들며 그만큼 친구가 소중하다는 생각이 들어서다.

관포지교라는 말은 중국 춘추전국시대, 제나라에 살던 우정이 돈독했던 관중과 포숙의 친교 얘기다.

포숙은 그의 친구 관중이 제 몫을 더 크게 해도 관중을 욕심쟁이라, 관중이 사업에 실패하여도 어리석다고, 관중이 벼슬길에서 쫓겨나도 무능하다고 하지 않았다. 또 관중이 싸움터에서 도망쳐도 겁쟁이라고 비웃지도 않았다. 관중은 그런 포숙을 "생아자부모, 지아자포숙아야生我者 父母, 知我者 鮑叔兒也라고 하였단다.

포숙은 관중이 가난하였고 사업에도 실패하고, 벼슬은 시대를 못 만났고 늙으신 어머니를 모시고 산다는 것을 잘 알고 이해하였다. 맞다. 나도 포숙과 같이 나를 잘 알아주고 이해하는 그런 친구가, 진정한 친구라고 생각한다.

'그렇다면 내게는 관포지교처럼, 나를 알아주고 이해하는 친구는 없을까?'

그런데 나는 관중과 달리 사업이나 전쟁에 참여하지 않았다. 오직 공직생활만을 하였다. 공직이라는 게 시류를 잘 만나야 하는 것은, 옛날이나 지금이나 마찬가지다. 그러니 나에게 딱 맞는 포숙은 애시당초 있을 리 없다. 그래서 나의 관포지교는 내 처지를 알아주는 친구, 내 이야기를 잘 들어주고 이해하려는 친구, 내가 언제나 만나고 싶은 친구, 어딘가 같이 가고 싶은 친구라고 생각한다. 내게도 그런 관포지교는 있지 않을까 생각해본다.

어떤 이해관계가 있어도 순수하게 만날 수 있는 그런 친구라면, 진정한 우정을 나눌 수 있는 친구가 아닌가 싶다. 프랑스 수상록의 작가 몽태뉴가 말하는 우정은 "절제되고 한결같이 따뜻하고 변함없는 매우 부드럽고 온화하고 조금도 고통을 주지 않는 따뜻함"을 나눌 수 있는 친구라고 한다.

그런 친구라면 먼저 떠오르는 친구는, 옛날 고향 동네 친구다. 옛날 동네 친구 중에는 나를 알아주는 친구가 있었다. 아침에 일어나면 동네에서 같이 딱지치기 구슬치기 잣 치기 공놀이하고, 바닷가로 산으로 같이 놀러 다니던 친구다. 학교를 같이 다니며 더욱 가까워졌다. 나는 고등학교 다닐 때부터 공부한다고 고향을 떠났다. 그리고는 서울에서 가족을 이루어 살았다. 그래서 고향에는 자주 못 내려간다. 명절이나 친척 길흉사에만, 고향에 내려간다. 그래도 그럴 때면 그 고향 동네 친구는 늘 반갑게 손잡아준다. 그 고향 친구는 세월이 흘러가도 잊혀지지 않는다. 내가 부산 서울로 공부하러 떠날 때 부둣가에서 손수건을 흔들어주던 좌영문이라는 친구다. 그 친구는 나의 관포지교로 세월이 흘러도 잊혀지지 않고 뇌리에 남아 있다.

고교동기 B는 대학교 시험 치러 서울 내 누님 집에 와서, 숙식을 같이했음에도 연락이 끊겼다. C는 사시를 늦게 합격하고, 야밤에 자랑한다고 우리 신혼집에 찾아왔을 정도로 가까웠다. 관포지교가 될 수도 있었는데, 부산에 사는 관계로 소원하다. 대학원원 동기 중에 친한 친구 송 교수가 있다. 그도 부산에서 교수를 하는 관계로 소원하다. 고향이 아닌 곳에 멀리 떨어져 살다 보면, 소통이 잘 안 돼서 관포지교는 될 수 없는 것 같다. 직장 동료는 같이 근무할 때 일을 위해 협력하였던 거라서, 직장을 떠난 후에는 좀 서먹서먹한 것 같다.

대학 같은 과 동기 중에 사당동에서 가족이 딸기밭 하던 김운봉, 그 친구 대학 다닐 때 집에도 가보고, 산사에서 고시 공부도 같이하였다. 사시에 두어 차례 떨어지고 나서, 열사의 중동으로 돈 벌러 떠났다. 열심히 공부했는데 운이 따라주지 않은 것 같다. 너무 안타깝다.

그래도 그 친구가 인도네시아에 근무할 때는 우리 가족을 초대도 해주었다. 제주도에 문상도 홀로 오기도 했다. 시 낭송 잘한다는 내 말 한마디에 시 낭송 전국대회에 나간다고 야단이다. 그는 며칠 전에 김치까지 담아주겠다고 연락이 오기도 하였다. 길흉사에 서로 가 보고 해서, 지금까지 사귐이 이어지고 있다. 정말로 가기 힘든 새해 정동진 해돋이와 백령도도 같이 갔다 왔다. 그러니 나에게는 관포지교다.

나이 들며 새로운 친구를 만나는 것이 부담스러워지기도 한다. 그러다 보니 옛날 학교 친구가 더 소중한 것 같다. 사실 학교 친구라 해서, 다 관포지교라고는 말할 수 없다. 가끔 만나서 밥 같이 먹고, 자연스레 농담을 주고받을 수 있는 친구면 좋다. 취미가 비슷하면 금상첨화다. 먼저 연락이 오는 친구, 아니면 카톡 방에서 자연스레 잘 소통되는 친구가 더 가까워지는 것 같기도 하다.

　지금 나이엔 친구와 가벼운 산책이나 운동하고, 식사하며 삶의 이야기 나누다 보면 하루해가 스스럼없이 지나간다. 그렇다고 다 관포지교라고 말 힐 수는 없지만, 몇몇 친구는 준 관포지교다.

　옛날 관포지교 스토리 중에는, 관중이 포숙에게 어떠했는지에 대한 얘기는 잘 나오지 않는다. 미루어 짐작하건대 관중도 포숙의 처지를 잘 이해하고 알아주었을 거다. 나도 나의 관포지교 포숙의 처지를 잘 알아주고 이해해주어야 해야겠다. 왜냐구요? 친구는 누구나 소중하기 때문이라서.

내 인생의 노래

우리가 살아가면서, 노래만큼 삶을 평온하고 즐겁게 해주는 것도 없다. 노래 잘 부르는 거 그건 태고 때부터 인류의 소망이라고 할 수 있다. 그런데도 나는 어렸을 때부터 노래와는 좀 거리가 있었다. 왜냐고요? 노래 부를 때 목청만 돋우고, 음정과 박자가 잘 맞지 않아서다. 남보다 부끄러움을 더 많이 타서 그런 것 같기도 하다.

그런데 내가 단상 앞에 나가서, 부득이 노래를 불러야 했던 경우가 딱 한 번 있었다. 중학교 2학년 때다. 장학금을 받으려면, 당시에는 희망자는 전 과목 시험을 별도로 다시 봐야 했다. 음악시험은 실기 시험이다. 장학금 받을 욕심에 어설프게나마 "산타 루치아"를 불렀다. 얼굴이 화끈거렸다.

'그런 내게는 진정 "내 인생의 노래"는 없는 걸까?'

내 인생에서 노래에 관심을 가지게 된 것은, 성당과 관련이 있다. 1976년 강원도 삼척 군청에서 실무수습을 받을 때다. 나는 그때 미혼이라서, 연말연시에도 하숙집에 혼자 있어야만 했다. 그때 외로움을 달래려고, 성당에 몇 번 나간 적이 있다. 세례를 받은 건 아니지만 성당에 가면, 크리스마스 캐롤송이나 성가 부르는 소리를 듣는 것이 참 좋았다.

그런 내가 특별히 성당에 관심을 가지게 된 시기는, 내 나이 60세 가까이 돼서다. 나이를 먹어가며, 왠지 종교도 하나 있어야 한다는 생각이 들어서다. 아내하고 며칠 동안 의논한 끝에, 반포4동 성당에 같이 나가기로 하였다. 성당은 로마 교황청을 중심으로 세계교인이 하나로 연결되었다는 것이 마음에 들었다.

천주교인이 되려면 성경공부와 성경 필사를 해야 하는데, 너무나 따분했다. 그렇다고 중간에 그만둘 수도 없었다. 나는 성경공부가 끝나고 나서 스테파노라는 세례명을 받자마자, 곧바로 아내 이사벨라와 같이 성가대에 지원했다. 노래를 잘해서가 아니라 성당에 다니는데, 정을 붙이기 위한 방편이었다. 내 인생에서 처음으로 노래를 제대로 배우고 부르게 된 거다. 성가대에서의 프로는 지휘자와 반주자뿐이다. 성가대원은 젊을 거라는 예상과 달리, 연령이 50~70대 아마추어로 노래 기부자다. 단원은 오히려 회비를 조금씩 낸다. 성가책의 성가 외에도 이태리, 독일, 오스트리아 유명한 작곡가의 성가를 연습해서, 미사 중에 부른다. 성가는 4부 합창으로 부르고, 남자는 테너와 베이스로 편성되었다. 여자는 소프라노와 알토다.

나는 성가를 크게 불러야겠다는 욕심에서, 테너 파트에 참여했다. 얼마 지나 음정이 테너에 맞지 않는다고 해서, 베이스로 내려앉았다. 얼굴이 또 화끈거렸다. 성가대에서 노래 배우고 부르는 것이 힘들구나 하는 것을 뼈저리게 느꼈다. 성가대는 몸을 악기 삼아 성가를 부른다. 그래서 성가 연습이 필수다. 성가 연습은 일주일에 두 번 한다. 처음 성가대 지휘자는 외국에서 지휘를 전공하신 분으로, 성가를 좀 못 불러도 성가 부르는 것이 봉사이기 때문에, 크게 개의치 않는다는 눈치다.

그 지휘자가 가고 새로 성악을 전공한 바리톤 성악가가 지휘자로 왔다. 전과 달리 성가 부르는 시간이 길어지고 연습시간도 길어졌다. 매년 성가대 단원을 상대로 오디션을 본단다. 하느님이 성가를 잘 부르라고 한 것도 아닐 건데, 너무 힘들었다. 성가대는 시간 좀 여유 있는 분들이 봉사 정신을 발휘하여, 성가를 부르는 것으로 생각했던 게 잘못이었다. 아내는 내가 집에서, 열심히 성가 연습을 하지 않는다고 뭐라 한다. 지휘자는 이태리어 독일어같이, 뭔 뜻이었는지도 모르는 성가 가사의 발음을 똑똑히 내라고 한다. 교인들도 알아듣지도 못하면서 음정이 좋아 박수 친다. 그럼 가사는 왜 붙이나 악기로만 연주하고 말지 하는 생각이 들기도 한다. 단원들은 성가대에 오래 있어서, 대부분 성가를 잘 부른다. 성가를 잘 부르는 분은 뽐내기도 한다. 물론 나같이 부족한 사람도 있다. 성가를 잘 부르는 신자만으로 성가대를 구성할 거면, 모두 프로로 하지 하는 생각이 들기도 하였다.

그러던 차에 집을 반포동에서, 우면동으로 이사를 했다. 우면동 성당은 예쁜 작은 성당이다. 성가대원도 적었다. 지휘자도 아마추어다. 예전 반포성당과는 너무나 달랐다. 성가대에 또 들어가 볼까 해서 성가대 옆에 앉아 있었다. 지휘자가 눈치채고 나에게 성가대에 참여해 본 적이 있느냐고 묻는다. 나는 그냥 미소만 지었다. 지휘자는 예전 직장 동료 부인이었다. 친구 부인이 아니었다면, 바로 성가대에 지원했을 것인데 아쉬웠다.

나도 보란 듯이 노래를 제대로 배우고, 성가대에 다시 지원하려고 가곡교실에 나갔다. 가곡교실 S대 소프라노 교수는 연습하기 전에 좋은 말씀도 해주신다. 삶이 우러나도록 노래를 부르라고 한다. 가곡

가사는 시가 대부분이다. 가사가 갖고 있는 의미를 음미할 수 있어서 좋다. 합창으로 연습하지만 각기 독창처럼 부르라고 한다. 마음껏 소리 높여 부르는 것을, 교수님은 좋아한다.

가곡교실에서는 다른 사람에게 들려주기 위해 부르는 것도 아니다. 자기가 혼자 부르기 위해 배우고 연습한다. 3개월에 한 번은 작은 음악회도 연다. 청중이라야 가곡교실 수강생이나 가족이 전부다. 옷차림만은 배우 못지않다. 처음에는 작은 음악회에서 노래를 부르지 않았다. 너무 부끄러워서다. 아직 나 자신의 노래조차 찾지 못해서다.

큰 성당의 성가대는 프로처럼 성가를 잘 부르기를 원하기 때문에, 감정이 잘 우러나지 않는다. 가곡교실에서의 노래는 가사에 삶의 의미가 묻어난다. 그래서 나는 가곡교실이 더 좋은 것 같았다. 지금은 번거로워 가곡교실에도 나가지 않는다. 가곡교실마저 그만둔 후에는, 가끔 혼자 가곡 책을 보며 노래 가사를 외우고 음정을 익히는 게 전부다.

그동안 성당에 다니는 데 정을 붙이려고 성가대에 참여하고, 노래 교실에도 다녔다. 이제는 노래 부르는데, 어느 정도 친숙하게 되었다. 친구들 모임에서도 곧잘 노래를 부른다. 나이도 있는 만치, 이제 성가대에 나가는 것은 어렵다. 그래도 나름대로 자기에게 맞는 노래를 골라, 산책하면서 자연과 더불어 나 홀로 흥얼거린다. 가사가 주는 여운과 음정의 매력이 나를 즐겁게 한다. 성가대건 가곡교실이건 부르는 노래가 특별히 다른 것도 아니고, 모두 인생을 노래하는 것이 아니던가! 어렵사리 시작한 내 인생의 노래 "동무생각"을 불러 본다.

노병 대한 큰절

1996년 봄에, 미국 뉴저지주에 소재한 미국 회사 A 공장을 방문하였다. 공장이 있는 곳은 그림에서나 보던 전형적인 미국풍의 산촌마을이었다. 여인숙에 여장을 풀고 주변을 다시 자세히 살펴보았다. 야트막한 초원이 넓게 펼쳐져 있고, 숙소 근처에는 아주 작은 호수가 있었다. 조용하고 평화스러운 전경이다. 하룻밤을 새우고 나서, 새벽에 호수 근처로 산책하러 나갔다.

호수에는 물새들이 노닐고 야생화가 호수를 둘러싼 모습이, 한 폭이 수채화처럼 아름다웠다. 호수 주위를 산책하고 있었는데, 나이가 70은 들어 보이는 미국인 촌로 한 분이 나에게 다가와서 말을 건넨다.

"Korean?"

"Yes"

그제서야, 촌로는 한국말로 더듬더듬 말하기 시작한다. 그는 한국인을 알게 된 사연을 이야기한다.

"나는 한국전쟁에 참전해서, 대전 근처에서 북한군과 싸웠지요. 그때 같이 싸운 한국 군인도 있었답니다."

그는 당시 한국 사람들이 너무나 가난하게 살고 있는 모습을 보았다며, 눈시울을 붉혔다. 그분은 한국이 지금은 눈부시게 발전하였다는 것을 어렴풋이 알고 있었다. 내가 "한국이 많이 발전한 것은 맞습니다."라고 하니까 너무 반가워하며, 눈시울을 다시 적신다. 나도 눈시울을 붉혔다. 손을 꼭 잡았다. 그분에게 한국전에 참전해주신 데 대하여 감사하다고, 여러 차례 말을 하고는 헤어졌다. 나는 다시 출장 목적대로 일을 마치고 귀국했다.

'미국의 산촌마을에서도, 한 젊은이가 한국을 구하러 기꺼이 참전했다니!'

너무 고맙다는 생각이 들었다. 지금은 촌로지만 당시 젊은 나이에 이역만리 나라 이름도 생소한 한국 땅에 와서, 죽음을 무릅쓰고 싸운 것을 지금도 잊지 못하고 있다. 더군다나 한국말도 잊지 않고 조금이나마 떠듬떠듬 말한다.

'어쩌면 한국전에 참전했던 것을 그 촌로는 생애에 큰 보람으로 지금까지 간직하고 있는 건 아닐까?'

'그래서 나보고 일본인이나 중국인이냐 물어볼 수도 있었을 텐데도, 나를 보자마자 한국인이냐고 먼저 물어봤던 건 아닐까?'

사실 내가 미국에 처음 방문한 것은 1985년 워싱턴이다. 외국에 가면, 출장 목적 외에도 으레 시간을 내서 이곳저곳 둘러보게 된다. 그래야 그 나라 풍습과 사정을 조금이나마 이해하는데, 도움이 되기 때문이다. 그때 현지 주재관의 도움으로 웰링턴 국립묘지를 간 적이 있다. 주재관은 처음에 뭐 하러 웰링턴 국립묘지에 가느냐 하는 눈치였다. 그래도 내가 졸라서 갔다. 수많은 병사들이 비석이 세워진 미국 국립묘지는 우리나라 국립묘지 현충원과 크게 다를 바 없었다. 우리와 다른 것이 있다면 계급과 관계없이 비석이 모두 크기가 비슷하다는 거다.

그런 미국 웰링턴 국립묘지에 최근 우리나라 한 정치인이 찾아갔다. 워커 장군 묘 앞에서는 큰절을 올렸다고 화제가 된 적이 있다. 내년에도 또 간단다. 웰링턴 국립묘지에서, 서양에는 없는 땅바닥에 넓적 엎드려 큰절했으니 화제가 될 만도 하다. 워커 장군은 6·25 당시 미 8군사령관으로 낙동강 방어 전투를 성공적으로 이끈 장군이다. 그는 죽어서도 한국을 지키겠다는 말을 남긴 분이다. 그의 아들도 한국전에 참전하였다

나는 일본 연수 갔을 때 전 한국 주재 미국대사가 특강에서, "미국인은 2차 대전으로 형제를 잃었고, 한국전쟁으로 사촌마저 잃었다." 는 말을 들은 적이 있다. 전쟁으로 하도 많이 죽어서 그렇단다. "미국인이라 해서 어찌 전쟁을 두려워하지 않겠는가?" 그들은 청교도 정신으로, 오직 "자유와 민주" 수호를 위해 한국전쟁에 참가하였다.

미국은 세계 곳곳에서 전사자 유해발굴을 하고 있다. 최근에도 6·25 당시 장진호 전투 전사자 유골을 북한으로부터 인도받아, 하와이로 이송해갔다. 병사가 죽어서도 혼백만이라도 조국인 미국으로 옮기려는 노력으로 높이 평가할만하다. 우리도 월남전이나 6·25 당시 국군전사자 유해발굴을 적극적으로 추진하여야 한다. 발굴된 유골은 국립묘지에 안장하면 좋겠다.

오늘따라 동작동 국립묘지를 산책하며, 여러 가지가 생각난다. 그 중 하나는 미국 산촌마을에 출장 갔을 때, 그 미국인 촌로다. 그 촌로 같은 병사가 죽음을 무릅쓰고 6·25에 참전하여 남침을 막아 냈다. 그로 인해 오늘날 대한민국이 존립할 수 있었고, 지금처럼 발전된 나라에 살게 된 거 아닌가! 그러니 그 미국인 촌로는 조국의 은인

이자 나에게도 은인이라 하겠다.

　어느 정치인이 웰링턴 워커 장군 묘소에 큰절을 했다. 아니 나도 그때 미국인 촌로 노병에게 땅에 넓적 엎드려 큰절을 했었다면, 그분이 얼마나 좋아했을까! 은인에 대하여 말로만 하는 감사보다, 진심이 담긴 큰절 한 번 하는 감사 표시, 정말로 좋은 것 같다.

리더스 에세이 2019. 봄호 게재

백만 송이 장미

　길 가다가 좁은 골목 양옥집 담장 넘어 핀 빨간 장미꽃, 사람들은 누구나 좋아한다. 그럼요. 좋아하지 않는 사람은 아무도 없다. 눈이 부시도록 장렬하게 빛나는 장미꽃, 누구나 좋아한다. 꽃 중의 꽃이라고 불리는 장미, 한 송이도 아니고 백만 송이 장미꽃이라면 두말할 필요도 없다.

　그럼 찔레꽃도 장미꽃이라면, 사람들은 믿을까요? 믿거나 말거나 찔레꽃 노래 들으며, 나의 유년 시절을 회상해본다. "찔레꽃 붉게 피는 남쪽 나라 내 고향, 언덕 위에 초가삼간 그립습니다." 고향에 대한 그리움을 담은 백난아(본명 오금숙)의 찔레꽃 노래는 이렇게 시작한다. 백난아의 고향인 제주 한림읍 명월리에는 찔레꽃노래비도 있다.

　찔레꽃 노래 들으면 들을수록, 나는 고향이 눈물겹도록 그리워진다. 어색한 타향살이에다, 옆집 사람도 알 수 없는 아파트 생활 때문이다. 누구나 고향은 그립다. 보리가 익어가는 오뉴월이면, 내 고향 산천 여기저기 하얗게 핀 찔레꽃이 널려 있다. 노래가사에는 '찔레꽃이 붉게 피는'이라는 말이 있는데 좀 이상하다. 난 어렸을 때 하얀 찔레꽃만 봐서 그런 것 같다. 찔레꽃도 장미꽃이라 하니, 붉은 찔레꽃도 어디인가에 있겠지. 찔레꽃 노래 듣고 있노라면 산과 들 넘나들며, 찔레 순 꺾어 먹고 흥얼거리던 유년 시절이 눈앞에 아롱거린다.

찔레꽃은 장미꽃에 비하면 엄청 작지만, 다 같은 장미 속이다. 그런 하얀 찔레꽃 청순하게 보여 너무 좋다. 가을엔 팥같이 작은 빨간 열매 따 먹으면 달콤하다. 재미있는 것은 찔레꽃이 장미처럼 줄기에 가시가 총총히 박혀있다는 거다. 아마도 찔레꽃이 자기도 장미처럼 곱다고 생각해서, 얄궂은 뭇 사람으로부터 몸을 보호하려 생긴 것 같다. 그것도 모르는 난 어린 시절 찔레꽃을 마구 꺾어버렸다. 그러다가 가시에 찔리기도 했다. 지금 생각해보니 후회가 막심하다, 그냥 보기만 할걸.

서울에서는 찔레꽃을 보기란 쉽지 않다. 오뉴월에 옛 기와집들이 즐비하게 남아 있는 북촌 골목을 걷는다. 그럴 때면 되레 빨간 줄장미꽃이 담장 위로 어깨를 쭉 내밀고는, 예쁜 모습을 드러내 보인다. 그래서 장미꽃이 담장에 보이는 집은 어쩐지 우아하고 고풍스럽게 보인다. 그런지는 몰라도, 역시 장미는 담장을 타고 피는 줄장미가 보기에 제격인 거 같다. 나는 산과 들 덤불이나 담벼락에 핀 찔레꽃이 생각나서 더욱 그런가 보다. 이따금 공원에 가면 탐미적인 관목 장미도 형형색색 꽃이 피어 있는 모습 너무 보기 좋다. 장미를 제대로 보기 위해서, 아내랑 같이 관악산 호수공원에 있는 장미정원에 가보았다. 오뉴월이 지났는데도 장미정원에는 아직도 장미로 가득 차 있다.

장렬하게 빛나는 태양을 좋아하는 빨간 장미꽃, 볼수록 아름답다. 아무래도 젊음을 상징하는 꽃 중의 꽃이라서 그런 거 같다. 장미노래도 찾아보았다. '사월과 오월'이 부른 듣기 좋은 장미노래는 이렇게 시작된다. '당신에게선 꽃내음이 나네요. 잠자는 나를 깨우고 가네요.' 그럴듯하다. 불현듯 더 늦기 전에 장미꽃 한 송이라도 더 봐 두고 싶다는 생각이 들었다.

그래서 여기저기 장미원을 네이버에 검색해보았다. 그러다가 우연히 '백만 송이 장미원'을 발견하였다. 지금이 유월 말이라 장미꽃 보기에는 너무 늦은 거 같아서, 내년에 가 볼까 하다가 내친김에 백만 송이 장미원에 달려갔다. 길눈이 어두워 내비에 의존하는 아내의 운전 솜씨로 춘의역 근처 이곳저곳을 헤맸다. 겨우 찾아간 장미원, 실망스러우면 어쩌나 걱정이 되기도 하였다. 아닌 게 아니라 장미원에는 사람들이 별로 보이지 않았다.

백만 송이 장미원은 춘의산(105.6m) 산비탈에, 예상보다도 큼직하게 자리 잡고 있었다. 하지만 아쉽게도 장미꽃은 지고 있었다. 이곳저곳 장미원을 둘러보니, 오늘이라도 잘 왔다는 생각이 들었다. 빨간 장미, 노란 장미, 하얀 장미 크기도 색깔도 각양각색이다. 오래간만에 보는 백만 송이 장미 너무나 아름답다. 장미원에 장미가 활짝 필 때쯤이면 백만 송이 아니 천만 송이는 될 것 같다. 늘 그런 거지만 어김없이 이곳에서도 인증 샷을 찍었다. 아내는 아직도 청춘인 양팔을 활짝 벌리고, 몸짓까지 하며 포즈를 취한다.

"장미 향기 맡아봐 너무 진하게 나네."

"……"

나이 탓인지 내게는 향기가 나지 않았다. 장미를 앞에 두고도 그 고운 향내를 못 맡으니 속으로 서글프기만 하다. 장미원 한편에 자그만한 게시판에, 하얀 글씨로 '장미의 가시가 생긴 이유'을 써 놓았다.

옛날 그리스의 코린트란 마을에, 절세의 미모로 소문난 '로오 단테'라는 아가씨가 살고 있었다. 어느 여름날 로오 단테가 한꺼번에 쫓아온 구혼자를 피해 어느 신전에 숨어 갔었는데, 이들은 그곳까지 들어와서 로오 단테를 괴롭혔다. 그때 하늘을 지나던 태양의 신 아폴로가 이를 보고 노해 태양 빛을 로오 단테의 발밑에 쏘자, 그녀는 순식간에 장미나무로 변했다. 그러나 절개가 굳은 로오 단테는, 뭇 남성들이 자신의 몸을 함부로 만지지 못하게 하기 위해 가시를 생기게 하였다 한다.

그러고 보니 장미는 스스로도 예쁘긴 예쁘다는 걸 알고 있는가 보다. 진달래, 철쭉, 능소화, 벚꽃도 예쁘기로는 저리 가라는 나무 꽃인데, 가시만은 없다. 그렇다고 잘 꺾어 가지도 않는다. 하지만 장미만큼은 다르다. 장미를 보면 누구나 꺾고 싶은 마음이 생겨서다. 사람들은 장미꽃 한 송이는 사랑이 증표라 하고, 백만 송이 장미는 100% 사랑이라 해놓고는, 꺾으려고 달려든다. 그게 여의치 않으면 돈 주고라도 사려 한다.

그러니 로오 단테 장미가 돼서도 자기 몸 보호하기 위해, 날카로운 가시를 생기게 한 것은 맞는 것 같다. 남자건 여자건 가시 돋친 장미를 유독 좋아하는 사람도 있다. 아마도 자기가 로오 단테라고 생각해서 그런 거 아닌가 싶다.

그런데 재미있는 것은 우리가 먹는 산딸기도 장미에 속한다고 한다. 산딸기나무에도 가시가 줄기에 달려 있다. 딸기는 따먹되 줄기는 꺾지 말라는 것 같다. 오직 채소처럼 키우는 장미인 딸기만은 가시가 없다. 딸기는 아낌없이 달콤한 빨간 자기 몸을 내준다. 그러니 장미는 꺾지 말고 달콤한 채소 딸기를 많이 따먹어요. 예쁜 장미꽃은 다른 사람도 보게, 감상만 하는 게 좋겠죠. 나는 유년 시절의 찔레꽃 꺾던 추억이 생각나서 그런지. 내게는 백만 송이 장미는 너무 과분하고, 담벼락에 핀 빨간 줄 장미 한 송이가 더 좋은 것 같다.

2022 문학서초 26호 게재

백조의 호수

　겨울철에 우리 집 근처 양재천에 가면, 여울목에서 노니는 백조를 볼 수 있다. 천연기념물인 흰 큰고니를 백조라고 부른다. 여러 종류의 흰 새가 있지만, 백조가 제일 품격이 높아 보이는 새다. 흰 새는 두루미나, 왜가리, 흰 오리도 있다. 백조라고 불리는 큰고니를 실제로 구별하기란 쉽지 않다. 그러다 보니 흰 새 모두를 백조라 해도 틀린 말은 아니다. 내가 백조를 좋아하는 이유는 흰색이 주는 깨끗함과 순수함이다.

　언젠가 북경 여행 중에 백조의 호수를 소재로 한 차이코프스키의 발레, "백조의 호수"를 공연하는 모습을 보았다.

　처음에 잔잔한 물결 같은 배경음악이 은은히 흘러나온다. 스크린에는 숲속 호수를 실제처럼 보여준다. 무대에서는 백조 분장을 한 남녀 발레리나들이 숲속 호수에서 춤을 추는 장면, 너무나 아름다웠다.

　백조의 호수 관람객들은 숨소리도 내지 않고, 조용히 관람한다. 정말 나도 저렇게 백조가 되어 백조의 호수에서 평화롭게 노닐 수 있다면, 얼마나 좋을까 하는 생각이 들기도 하였다. 백조가 노니는 호수, 상상만 해도 너무 아름답다.

나는 친구들과 주말이면 청계산 이수봉에 등산을 곧잘 간다. 청계포럼 멤버들이다. 산행길 중턱에 노상카페가 있다. 막걸리 한 사발 마시고 기타반주에 노래 한 곡조, 그렇게 좋을 수가 없다. 이수봉은 그렇게 높지 않은 봉우리라서, 산책 삼아 오르기에 편하다.

청계산 이수봉에 올라갔다 다시 옛골로 내려올 때면, 으레 들리는 순댓국집이 있다. 순댓국에 막걸리 한 사발, 참 잘 어울리는 점심 메뉴다. 주인아주머니도 친절하다. 아주머니와 대화하다가, 그분 따님이 S대 성악과에 다닌다고 하길래, 내가 한마디 던졌다.

"사장님! 따님보고 차이코프스키의 발레곡에 나오는 백조의 호수에, 백조가 있는지 물어보세요. 다음에 우리가 여기에 다시 오게 되면 알려주시죠."

"그야 백조가 있으니까 백조의 호수라고 했겠지요."

"사장님 추측하시지 말고, 따님에게 꼭 물어보세요."

그 후 그 집에 다시 갔지만, 그 이야기는 더 이상 이어지지는 않았다. 그런 이야기를 나눈 것을 그 아주머니나 나나 까마득하게 잊어버렸던 거다.

옛날에 러시아 모스크바에 여행 갔을 때, 모스크바에 있는 백조의 호수에 간 적이 있다. 작지만 참 아름다운 호수공원이었다. 호수에는 물오리가 여기저기 먹이 사냥을 하며 헤엄치고 있었다. 하지만 백조는 보이지 않았다. 너무나 이상해서 안내자에게 물어봤다.

"백조의 호수에 백조가 보이지 않네요?"

"차이코프스키는 호수공원의 물오리가 백조라면, 얼마나 아름답겠나 하는 마음에서, '백조의 호수'라는 발레곡을 작곡했답니다."

"그렇군요?"

"백조의 호수" 발레에 나오는 숲속의 왕자와 공주도, 중세 독일을 그린 것이란다. 러시아 사람들은 중세독일이 러시아보다 더 낭만적이라 생각해서, 부러움의 대상이 되었기 때문이란다. 그러고 보니 실제로 백조가 없는 "백조의 호수"라고 해도, 그럴듯한 명칭인 것만은 분명하다.

나는 속으로 모스크바시민들은 허풍쟁이라고 생각했다. 더 가관인 것은 백조의 호수 말고도, 모스크바 대학으로 올라가는 70m 나지막한 언덕길을 참새동산이라고 부른다고 한다. 모스크바는 평지에 세워진 도시다. 그래서 70m 동산도 높다고 과장하려고, 참새도 숨이 찬다고 한단다. '참새도 숨이 찬다.'라는 말은 재치가 넘치는 풍자인 것 같기도 하다. 내가 모스크바 대학에 갔을 때에는, 캔버스 잔디에는 이곳저곳 젊은이들이 둘러앉아 여유로움을 즐기고 있었다.

모스크바시의 상징인 클레물린 궁전에는, 정원 안까지 들어갈 수 있다. 많은 관람객으로 붐비고 있었다. 물론 대통령 집무실도 거기에 있다. 러시아는 여름궁전과 겨울궁전도 따로 있는 나라였다. 모스크바 광장에서는 사람들이 평화롭고 한가로이 일광욕을 즐긴다.

왜 그런 나라가 조용한 아침의 나라를 3·8선으로 두 동강 내고, 그것도 모자라서 6·25 동족상쟁의 비극적인 상황을 만들었는지 알다가도 모를 일이다. 거대 국가의 탐욕이라고 보기에는, 너무 슬픈 역사다. 그런 소련은 60여 년 만에 망했다.

이제 다시 과거로 돌아간 러시아 사람들, 백조가 없어도 백조의 호수라 하고, 참새가 없어도 참새동산이라 하는 여유를 되찾게 됐다. 백조의 호수에 백조가 날아왔으면 하는 차이코프스키의 꿈도, 언젠가는 이루어질 날도 오지 않을까 하는 생각을 해본다.

　백조의 호수에 백조가 꼭 있어야 하는 것은 아니다. 그러니 백조가 있었으면 하는 마음은 여유롭다는 미적 연상이 되어, 더 좋은 것 같다. 최근 일어난 러시아와 우크라이나 전쟁은 나를 너무나 실망스럽게 한다. 더욱이 러시아가 자랑하는 차이코프스키의 고향인 우크라이나 트로스 안네츠가 러시아의 공격으로 폐허가 되었다. 독재자 푸틴의 욕심이라 생각하니 너무나 안타깝다. 그래도 러시아 사람만큼은 백조처럼 흰색이 주는 깨끗하고 순수한 생각을 갖고 있으리라 믿는다. 그것만이 차이코프스키의 백조의 호수처럼, 우리와도 진정한 우정을 나눌 수 있을 테니까요.

벚꽃 같은 인생

  오늘은 아침부터 온종일 봄비가 하염없이 내린다. 나는 집에만 있기에 너무 따분해서, 해 질 무렵 우산을 받쳐 들고 양재천에 산책하러 나갔다. 양재천변 앙증맞은 빨간 노상카페에서, 모카커피 한 잔을 사 들고 무지개다리 있는 데로 갔다. 다리 아래 개울에는 팔뚝만 한 잉어들이 여유롭게 노닐고 있다. 한강에서 올라온 잉어다.

  '한강에서 잉어가 어떻게 올라오느냐고요?'

  '양재천에 홍수로 물이 넘칠 때, 잉어가 한강에서 거슬러온단다.'

  봄철이라 건너편 양재시민의숲에는 벚꽃이 화사하게 피어 있다. 무지개다리와 화사하게 핀 벚꽃이 어우러져, 한 폭의 동양화와 같은 풍광이 연출되고 있다. 그 모습이 너무나 아름답다.

  벚나무 우듬지에는 벚꽃이 화사하게 피고, 벚나무 줄기에는 새잎이 파릇파릇 돋아나고 있다. 눈여겨보니 겨울에 눈물 먹고 꽃 피는 줄기와, 새잎이 돋아나는 줄기는 서로 달랐다. 이제 벌 나비를 유혹하는 꽃이 피고 나면, 진자리에 번식을 위해 버찌가 열릴 거다. 새로 돋아난 벚 잎은 햇살을 받아 자양분을 만들고, 가을에는 낙엽이 되어 떨어지면 땅을 기름지게 만든다.

  그리고 보면 벚나무의 삶도, 사람과 별 다를 바가 없는 것 같다. 다른 것이 있다면 사람은 생각하는 머리와 따뜻한 가슴이 있고, 벚나무는 오직 느낌으로 계절을 알고 살아간다는 것일 거다.

내가 중학교에 다닐 때는, 교정에 농구 경기를 하는 작은 운동장이 있었다. 그 한편에는 벚나무가 무성하게 자란다. 봄이면 벚꽃이 화사하게 피어 보기가 좋았다. 그런데 벚꽃은 일본 국화, 공식적인 국화는 아니고, 사쿠라는 일본 황실의 문장으로 새겨진 꽃이라고 하였다. 그래서 당시에는 나는 벚꽃을 좋다고 말하지는 않았던 같다. 벚꽃은 봄에 잠깐 피고 사라지는 꽃이고, 무궁화는 여름 내내 꾸준히 피고 지는 꽃이다. 그래서 우리나라 국화인 무궁화 꽃이 일본 벚꽃보다 더 좋다고, 사람들이 얘기하던 것이 새롭게 기억난다.

지금이야 창경궁을 복원하며 일본 강점기 때에 심어놓았던 벚나무를, 여의도와 서울대공원에 옮겨 심어놓았다. 벚나무를 가로수로 심은 곳도 많이 생겨났다. 봄이면 곳곳에서 벚꽃 축제가 열린다. 이상하게도 무궁화 축제 얘기는 들어본 적이 별로 없는 것 같다.

몇 년 전에 일본, 중국, 한국이 벚꽃의 원산지가 서로 자기 나라라고 주장하며, 논쟁을 벌인 적이 있다. 우리나라에서는 한라산이 왕벚꽃 나무의 자생지이고, 그 벚꽃이 일본으로 건너갔다고 한다. 제주가 고향인 나로서는 듣기에 참 좋은 소리인 것 같다. 그러나 내가 보기엔 꽃의 원산지 갖고, 호 불리를 가린다는 자체가 별 의미가 없어 보인다.

'벚꽃이 언제 사람보고, 벚꽃이라고 불러 달라고 하는 거 봤나?'

무궁화도 마찬가지다. 꽃나무는 꽃을 예쁘게 피워, 벌 나비를 불러들여 수정하고 열매를 맺는다. 새들보고 더 좋은 곳에 씨앗을 옮겨줬으면 하는 마음에서, 예쁘게 피는 꽃의 삶의 방식일 뿐이다. 오직 자기 생존과 번식을 위해, 꽃은 아름답게 피고 질뿐이다. 나라와 사람과는 별 관련이 없다.

중학교 다닐 때 작은 운동장에 핀 벚꽃을 생각하며, 지금 양재천 무지개다리 근처 양재시민의숲에 핀 벚꽃을 견주어 본다. 그때나 지금이나 벚꽃은 화사하고 아름답다. 그때는 피어오르는 꽃봉오리가 그렇게 좋았다. 지금은 봄바람에 꽃잎이 우수수 날리며, 땅에 떨어져 나뒹굴고 있는 모습에 마음이 더 간다.

인생도 벚꽃처럼 저마다의 자태를 뽐내며 활짝 필 때가 있다. 하지만 세월이 가면 벚꽃처럼 땅에 떨어져 나뒹굴게 될 때도 있다. 그것은 자연의 섭리일 거다. 양재천변에 화사하게 핀 벚꽃과 무지개다리가 어우러진 풍광이, 오늘따라 더욱 아름다워 보인다. 더욱이 저녁 무렵이라서 그런지 벚꽃이 더 돋보이는 것 같다.

벚꽃이야 해마다 지고 피고 한다. 우리네 인생 한번 가버린 젊음을 다시 돌이킬 수 없다고 생각하니, 너무나 서글퍼진다. 아무리 벚꽃 같은 인생이라 하지만, 벚꽃과 인생은 같은 것 같으면서도 다른 것 같다. 그래도 벚꽃은 저녁에 화사하게 핀다고 한다. 그래서인지 벚꽃은 시니어인 내 마음을 더 설레 이게 한다.

2022년 1월호 리더스 에세이 신년특집 게재

삶의 길목에서 백양로

삶의 길목에서 나의 인생 항로 백양로를 떠난 지도, 50여 년 세월이 흘렀다. 2023년에는 "연세대 졸업 50주년기념 재상봉행사"가 총장공관에서 열린다.

"누가 '세월이 강물처럼 흐른다.'고 했던가?"

바람처럼 파도처럼 미친 듯이 밀려오는 세월을 발 벗고 가슴으로 막아보려고 해도, 어찌 흐르는 세월을 막을 수 있겠나? 세월의 무게 앞에 머리는 반백이 되고, 얼굴은 주름살로 더덕더덕 삭으러들었다. 저 하늘에 빛나는 해와 달 별만이 예전 그 자리에서, 변함없이 나를 반겨주며 내 영혼을 달래준다.

내가 다녔던 연세대학교 정치외교학과는 해방되던 해인, 1945년 10월 6일 문과대학에서 태어났다. 1950년에는 첫 졸업생 44명이 배출되었다. 아! 정치외교학과 일제 강점기라면, 꿈도 꾸지 못할 우리 민족에게는 귀한 학과다. 8·15해방이 되자마자 신생 독립국가에 필요한 인재 양성을 위해 연세대는 발 빠르게 정치외교학과를 신설하였다. 1958년에는 미 제5공군의 지원으로, 광복관이 건립되어 그리로 옮겨졌다.

정치외교학과는 이제 70주년이 되었고, 졸업생도 5,000여 명이나 된다. 내가 대학에 들어갈 때인 1969년은, 대입 예비고사가 최초로 도입된 해이기도 하다. 다행스럽게도 관악산 바라보는 연세대에 합격하여, 내 삶의 길목에서 중요한 인생 항로인 백양로 위를 밟게 되었다.

특별히 특기가 없는 나는 정치학을 전공하면, 최소한 국회의원은 될 줄 알았다. 그러나 그것은 한갓 허망한 꿈이라는 것을 정치학개론 첫 시간에, 이 모 교수의 말을 듣고 금방 깨달았다.

"정치외교학과는 정치인이 된 후에 필요한 학문을 가르친다."

'그럼 국회의원 되는 방법은 가르쳐 주지 않는 거로구나.'

나는 속으로 너무 실망스러웠다. 동기생들이 자기소개를 할 때 재수생이 80%나 되고, 고교학생회장 출신이 26명이라는데 깜짝 놀랐다. 그때 저마다 장래 되고자 하는 부푼 꿈을 내비치기도 하였다. 동기생들이 지금은 그 꿈이 모두 실현되었기를 기대해본다. 세월이 한참 흐르고 보니, '정치가가 되려면 권력욕에 미쳐서, 수단과 방법을 가리지 않고 설쳐대야 한다.'는 것을 안 배워도 알게 되었다.

대학교 다닐 때는 정문인 백양로를 들락날락하며, 넓은 캠퍼스에서 소나무밭 청송대에서 낭만과 꿈에 부푼 젊은 시절을 보냈다. 나는 그 시절 여가를 이용해 등산부, 외교문제연구회 동아리에 참여했다. 한번은 경희대에서 개최한 문교부장관 연두교서 발표회에 참석하여, 장관처럼 모의 연설도 해봤다.

3선 개헌 반대, 유신반대, 교련반대 데모로, 어떤 때에는 한 학기동안 휴교령으로 학교 가는 것도 힘들었다. 졸업논문 쓰고도 지도교수 못 만나 애를 태운 적도 있었다. 데모는 정외과가 선봉장이다. 한번은 시위 진압경찰에 밀려 이대 근처 대로변 도랑에 빠진 적도 있었다. 그때 꼬리뼈를 다쳐 엄청나게 고생했다. 신촌 주막집에서 막걸리 먹고 돈이 없어, 붙잡히지 않으려고 서로 빨리 나가려 했었던 일도 생각난다.

친구 중에 사당동에서 딸기와 장미밭을 경작하던 친구가 있었는데, 그 친구 집에는 자주 놀러 가기도 하였다. 공부의 폭을 넓힌다고 법학과나 문과대학에서 형법과 중급독일어 성격심리학 헤겔철학 강의를 듣는 바람에, 학점은 썩 좋지 않았다. 다른 학과 학생에게는 점수를 잘 주지 않는다는 것을 나중에 알았다.

정법대 건물인 광복관 앞에 있는 벤치에 앉아 수업시간을 기다리던 시절이 엊그제 같아 보인다, 그런데 파도처럼 밀어닥친 세월은 반백의 방파제마저 무너뜨렸다. 대학 2학년 때, 고등고시 예비시험(당시는 고시는 대학졸업자만 응시 가능)에 합격하였다. 그래서 졸업 전에도 고시를 볼 수 있게 되었다. 광복관화백실 공부방에서 공부하며 데모도 하였다. 연고전이 있는 날 명동은 우리 연대의 맥주 파티장이기도 하였다. 맥줏값은 옆자리에 앉아 있는 선배들의 몫이었다.

대학교 3학년 때에는 여름방학에 친구와 같이 경북 청도군 적천사 도솔암에 고시 공부하러 간 적도 있다. 대학교 졸업식 날 고시와 겹쳐 졸업식에 참석하지 못한 것이 너무 아쉽다. 그렇게 나의 인생 항로는 졸업식장에도 참석 못 한 채, 백양로를 떠나야만 했다. 나의 인생 항로 백양로의 출발 시점은 연정 24기다. 고시를 더 보기 위해서는 군대를 연기해야 하는 다급한 상황도 있었다. 다행히도 전문대학원인 서울대행정대학원(졸업하면 주사)에 합격하였다. 마침내 1974년 제15회 행정고등고시에도 합격하고, 군대도 해군 장교(정훈관)로 복무하게 되었다.

그동안 국세청과 상공부에서, 국세 산업 통상 무역 에너지 산업 업무를 담당하였다. 공직생활을 통하여 훈 포장도 받았고, 말년에는 짬을 내어 박사학위도 받았다. 공직생활 중 결혼도 하였다. 정외과 은사 추헌수 교수 주례하고 MBC 아나운서의 사회로, 프레스센터에서 혼례도 올렸다. 그리고 1남 2녀 애를 낳았다.

나로서는 공직생활이 참 보람이 있었던 것 같다. 시류를 못 타 돈과 명예 권세는 얻지 못하였지만, 몽태뉴가 말하는 "명예를 얻기 위해 양심을 버리지 않는" 공직생활을 하였다. 행복한 삶 누구나 바라는 소망이다. 나의 행복을 위해 다른 사람에게는 불행을 초래할 수도 있다는 몽태뉴의 말이 새롭게 다가온다. 그만큼 행복한 삶은 쉬운 것이 아니라고 생각한다.

대학을 졸업한 후에는 한 달에 한 번 모이는 동기 모임에 가끔 나갔지만, 저마다 바빠서 얼굴 보기도 힘들었다. 그래도 졸업 25주년 행사에는 부부동반으로 참석하여 즐거운 하루를 보냈다. 그때만 해도 모두가 직장생활로 한창일 때였다. 그러던 것이 지금은 어느덧 사회의 은퇴자가 되었다. 이 시기에 시인과 수필가 문학평론가로 데뷔한 것 참으로 잘한 것 같다. 이제 시 한 수 수필 한 편을 내 인생의 흔적으로 남길 수 있게 되었다.

은퇴자가 하는 일정 중 하나는 병원에 가는 일이다. 가끔 세브란스 병원에 갔을 때면, 짬을 내어 광복관 앞에도 가봤다. 윤동주 문학 동산에도 가보고, 청송대 소나무 숲길을 걸어보기도 하였다. 그윽한 청송대 숲길, 내가 대학 다닐 때 하고 별반 차이가 나지 않는다. 어쩌면 변한 것이 있다면 내 마음과 모습이다. 저기 백양로를 걸어가는 활기찬 대학생 젊은이를 바라볼 때면, 더욱 그런 것 같다.

지금은 삶의 길목에서 나의 인생 항로인 백양로엔 은행나무가 심어져 있고, 백양목은 딱 한그루만 남아 있다. 그래도 내 머릿속엔 나의 인생 항로의 출발지인 백양로는 영원히 남아 있을 거다.

이제 꿈에 그리던 반백의 졸업 50주년을, 그리운 얼굴들과 함께 즐거운 마음으로 맞이하게 되었다. 나는 졸업 50주년이 새로운 출발이라 생각하며, 백양로를 걷고 청송대도 다시 힘차게 걸어보고 싶다. 그런 마음에서 연세대 건학 정신을 되새겨 본다.

'너희가 내 말에 거하면 참 내 제자가 되고, 진리를 알지니 진리가 너희를 자유롭게 하리라'는 성경 말씀(요한복음 8:31~32)을 바탕으로 진리와 자유의 정신을 체득한 지도자를 양성한다.

백양로

"개천에서 용 난다"는 말 믿고 소 팔고 논 팔아 등록금
대주시던 부모님의 은덕 가슴에 고이 간직한 채

백양로 캠퍼스에 날개를 펴고 청운의 꿈을 실현하리라는
굳은 의지 되새기며 "진리가 너희를 자유롭게 하리라"는
건학 정신으로 형설의 공을 쌓고 쌓았던 학창시절

때로는 캠퍼스를 박차고 거리로 나가 자유를 달라고 외치고
때로는 청송대 푸른 숲속에서 낭만을 즐기며

연고전이 열릴 때만큼은 어깨동무하고 목청이 터져라
응원가를 부르던 때가 엊그제 같은데
추풍낙엽처럼 떨어져버린 시간의 조각들

백양로를 뒤로 한 채 연세대 나왔다고 우쭐대며
조국과 사회에 몸 바쳐왔던 지난 50년 세월

눈앞에 보이는 재물과 권세 명예 다 얻겠다고 발로 뛰던
혈기왕성했던 젊은 시절
이제는 다 역사의 뒤안길로 내려놓고

백양로를 다시 찾은 졸업 50주년 동기생 머리는 백발이
성성하고 얼굴엔 잔주름이 더덕더덕 쌓여있는 모습 보며
세월의 무상함에 눈시울이 발갛게 달아오른다.

소망과 판타지 꿈

사람은 어느 누구도 타고난 자기 운명을 알지 못한다. 하물며 자기 운명도 모르는데, 다른 사람의 운명이야 어찌 알겠나! 하지만 운명은 눈에 보이지 않지만, 이 순간에도 포물선을 그리며 종착점을 향하여 날아간다. 그런 운명을 바꿀 수 있다. 그건 운명이 아닐 거다.

'그럼 자기의 운명은 조금이라도 바꿀 수 없는 것일까?'

저마다 타고난 사주팔자(연월일시)나 관상, 어느 누구도 바꿀 수 없다. 이건 맞는 말일까? 요즈음은 의술의 발달로 탄생일시나, 얼굴도 바꿀 수 있다고 한다. 사람들은 조상 묘 집터 이름도 잘만 쓰면, 운명이 달라질 수도 있다고 생각한다. 그래서 사람들은 택일 부적이나 굿으로 자기 운명을 바꾸어 보려고 한다.

'그렇다고 그것이 어디 쉬운 일인가?'

사람들은 학교입시나 취직시험을 보려고 할 때, 선거에 출마나 사업하려 할 때는 불확실한 미래에 대하여 궁금해한다. 그래서 그들은 조금이라도 위안이 되는 무엇인가를 찾아 나선다. 그들은 역술무속 신앙이나 종교의 믿음에, 자기의 운명을 걸기도 한다.

그러나 그것은 부질없는 꿈이고 소망일 뿐이다. 우리가 그냥 꿈이라고 말하면, 듣는 사람이 헷갈리기에 십상이다. 꿈이라는 말에는 서로 다른 두 가지 의미가 있다. "꿈같은 얘기 하지 말라."라는 말 중에는 미래의 소망vision과, 잠잘 때 꾸는 꿈dream이라는 서로 다른 의미가 혼재되어 있다. 젊은이가 꿈을 꾼다고 하면, 흔히 미래에 대한 바람이나 소망을 갈구한다는 의미일 거다.

"나는 내 고향 제주에서 청운의 꿈을 품고, 서울로 유학을 왔다."

이건 내 의지대로 꾸는 소망의 꿈이다. 나도 그랬다. 내가 어렸을 때 그 당시에는 같은 또래 동네 애들이, 대통령이나 장군 아니면 과학자가 되겠다는 꿈을 품었다. 요즈음은 그런 꿈을 꾸는 애들은 없다. 아무튼 자라면서 꿈은 작아지고, 현실에 맞는 꿈으로 변모해간다.

"'꿈은 실현된다고 한다.' 정말 그럴까요?"

그러면 얼마나 좋겠냐마는 꼭 그런 건 아닌 것 같다. 그래도 그렇게 소망을 가지는 것만으로도 성공의 열쇠다. 젊은 시절에 큰 뜻을 품는 꿈은 누구나 필요하다. 그런데 이상한 것은 나이 들어 생각해 보면, 젊은 시절의 꿈이 무엇이었고 실현이 되었는지는 아리송하다. 하긴 꿈을 이루었다고 뽐내는 사람도 있긴 하다. 내 경우도 젊었을 때 품었던 꿈이 실현되었다고, 딱히 말할 수 없다.

그래도 우리가 살면서 참 재미있는 꿈이 있다. 꿈만 잘 꿔도 호박이 넝쿨째 굴러들어와 살맛 난다는 말이다.

"돼지 꿈꿔서 시험에 합격했다."

"용꿈 꿔서 손자 봤다."

이건 꿈같은 소망vision이, 잠자며 꾸는 환상적인 판타지fantasy 꿈dream과의 만남의 결과다. 이런 꿈 이야기 들을 때면, 너무 부럽다. 그렇다고 좋은 꿈을 꾸는 것이 마음대로 되는 것도 아니다. 맨날 이상한 꿈만 꿔서, 꿈자리 사납다고 투정하는 사람도 있다.

'오죽하면 꿈을 해몽하는데도, 악몽은 반대라고 해석할까?'

꿈 해몽이 좋다고 하면, 한순간에 기분이 좋아진다. 아무래도 미래의 소망을 설계하는 꿈보다 더 재미있는 것이 있다. 어린 시절에 잠잘 때 꾸었던 귀신 나오는 꿈이나 호랑이 나오는 꿈이 더 흥미롭다. 이불 뒤집어쓰고 덜덜 떨던 그런 꿈이 내게 더 다가온다. 사람이 잠잘 때 왜 꿈을 꾸는지는 과학의 영역이라, 나는 잘 모른다. 그래서 네이버에 검색해본 꿈 이야기 한 구절을 인용해본다.

우리가 잠을 자는 동안에도 뇌는 끊임없이 활동하게 되는데요. 현실과 동일한 상황이 발생하기도 하며, 현실에서 일어나기 어려운 상황들이 보이기도 합니다. 또한 예지몽과 같이 미래를 미리 보는 꿈도 꿀 때가 있으며, 악몽과 기분이 좋아지는 꿈 등 다양하게 표현하게 됩니다.

"잠잘 때도 끊임없이 뇌가 활동한다." 그럴듯한 얘기다. 정신분석학자 프로이드Sigmund Freud도 잠자는 무의식의 세계에서도, 인간은 정상적인 작업을 한다고 한다. 그는 "꿈의 해석Dream psychology"에서 꿈의 재료는 최근 인상이나 사소한 것, 어린 시절에 남아 있던 기억들이라고 한다. 또 꿈의 목적은 소망의 충족이고 이를 통해 미래로 이끈다고 한다. 그만큼 우리 몸은 자면서도 쉬지 않고 일을 한다는 증거이기도 하다. 그래서 사람도 어떻게 할 수 없는 것이 환상적인 꿈인 셈이다.

내 경우 요즈음 밤만 되면 자주 꿈을 꾼다. 자다가 깨고 다시 자도 꿈을 꾼다. 그럴 때마다 꿈은 이어지지 않고 다른 꿈을 또 꾼다. 최근

내 꿈의 모티브는 과거에 있었던 것을, 각색한 꿈이 대부분이다. 가끔 엉뚱한 꿈도 있긴 하다. 자고 일어나면 금방 꿈은 달아나버린다. 기억에 남아 있는 것도 별로 없다.

내 몸이 자면서라도 쉬지 않고 꿈을 꾸고 있는 것은 참 좋아 보인다. 내 꿈은 과거에 있었거나 보고들은 조각들이라, 해석하기도 너무 쉽다. 이렇게 했더라면 하는 아쉬움의 꿈이고, 미래에 대한 꿈은 별거 없다. 또 꿈의 해몽도 필요 없다.

젊은 시절의 꿈인 소망과 잠자며 꾸는 판타지 꿈과의 환상적 만남, 그건 누구나 바라는 꿈의 세계일 거다. 어쩌면 인간은 젊은 날에 소망스러운 부푼 꿈이 있어, 삶을 더욱 풍요롭게 한다. 나같이 나이 들면, 과거를 돌아보는 꿈을 먹고 사는 건 아닌가 싶다. 그러니 세상 사람들이요. 좋은 꿈 많이 꾸세요.

영혼의 꽃

내가 어렸을 때 조상님 산소에 가면, 보랏빛 꼬부랑 할미꽃이 피어 있다. 산 담에는 하얀 찔레꽃도 하얗게 피어 있다. 가을에는 억새꽃 무리가 물결처럼 바람에 날린다. 조상님의 환생한 영혼의 꽃들이다. 성묘 갔다가 돌아올 때면 이런 생각을 해본다.

'언젠가는 나도 이렇게 자연으로 돌아가서, 예쁜 꽃으로 피어나리라.'

살아생전에도 꽃은 핀다. 그것은 삶의 꽃이요, 영혼의 꽃이다. 영혼의 꽃은 생사 구별이 따로 없다.

"내가 살고 있는 영원한 세상의 주인은 누구이고, 누가 만들었을까?"

"그야 신이 만들고 신이 주인이고, 창조주 하느님이다."

우주에 둥둥 떠다니는 우리가 살고 있는 지구의 주인도 마찬가지다. 하느님이 만물을 만들었다.

"고성능 망원경으로 밤하늘을 바라보면, 하느님이 보일까요?"

"그렇지는 않죠."

"그럼 바람은 보이나요. 바람이 보이지 않는다고, 바람이 없다고 말할 수 있나요?"

"그럼 눈에 안 보인다고 '하느님이 없다'고 말할 수 있나요?"

인공위성이 우주를 나르고, 미확인 비행물체도 있다고 한다. 인간이 외계에서 왔다고도 한다. ET도 그렇다.

"이 세상에 존재하는 삼라만상 만물이 영혼이 있다 하면 믿을까요?"

눈에 보이는 육신 말고도 눈에 보이지 않는 영혼이 있다. 살아 숨 쉬는 것은 육신이 따로 있다.

"영혼이 있으니 육신을 움직이는 건 아닐까요?"

창조주 하느님이 세상을 밝혀 준다고, 믿는 자에게는 신이 있고 종교도 있다. 이를 믿지 않는 자에게는 신도 없고 종교도 없다. 유신론자와 무신론자의 차이는 신을 믿느냐 아니냐의 차이가 있을 뿐이다. 인간은 태어나면서부터 어머니를 전지전능한 분으로 믿는다. 세월감에 따라 새로운 정신적 지주를 찾고, 사람들은 신의 존재도 믿게 되고 종교를 갖게 된다. 나는 이런 글을 네이버에서 읽은 적이 있다.

불교는 고苦의 원리와 자각의 방법과 무신론의 입장과 자력주의를 토대로 하는 이성理性의 종교요, 기독교는 죄의 원리와 신앙의 방법과 유신론의 입장과 타력주의를 토대로 하는 초超이성의 종교다.

이에 대해서는 무언가 생각해볼 만하기도 하다. 둘 다 죽은 다음 오는 세상 극락과 천당이 있다는 점은 같다. 그러니 죽고 난 다음에도 영혼은 저세상에서도 활동한다. 육신은 흙이 되어 자연으로 돌아간다. 영혼은 또 다른 육신으로 환생한다고도 한다.

프랑스의 작가이자 사상가인 사르트르는 철학논문 "존재와 무 1943"에서, 무신론적 실존주의의 입장에서 전개한 존재론으로 유명하다. 그는 제2차 세계대전 전후 시대사조를 대표한다. 신이 있다면 참혹한 전쟁이 있었을까 하는 사고다. 종교를 부인하는 칼 막스 같은 공산주의자들도 있다.

연세대 명예교수 철학자인 김형석은, 수필집 "백세를 살아 보니"에서 "종교는 아무도 가보지 못한 저 강을 건너는 두려움 때문에 필요하다."고 하였다. 종교는 어쩌면 이승과 저승의 갈림길에서 필요한 것인지도 모른다. 저 강을 건너는 것은 육신은 아니고 영혼일 거다. 그런지 몰라도 천진난만한 어릴 때는 엄마에 기대어 산다. 자라면서 자기 스스로 삶을 영위하고 꽃피우다가도, 나이 들면 종교를 믿는 자가 더 많아지는 것 같다. 나도 그렇다.

생과 사를 초월한 종교 그것은 영생을 바라는 사람의 마음일 거다. 어쩌면 영혼불멸의 법칙이 아니겠나. 진시황이 그토록 불로초를 구하려는 것은 육신의 영생을 바라는 욕망일 거다. 영생은 육신이 자연으로 돌아간 후에도 영혼은 영원하다는 거다. 나는 어렸을 때부터 제사를 올리는 조상신도 믿어왔다. 성황당에도 가보고 무당의 굿판도 보았다. 예배당이나 성당도 가보고, 절에도 곧잘 가봤다. 기독교 대학에서 성경공부도 하였다. 나이 들어서는 성당에 나가고 세례도 받았다.

나라마다 건국신화가 있다. 대부분 나라의 건국신화는 신이 하늘에서 내려왔다. 그리스신화에서는 신이 너무 많다. 신은 종교적 신과 철학자가 보는 신, 과학자가 보는 신은 다르다. 지금까지 과학이 발달했다고 하나, 물질을 조합시켜 생명체나 인간을 만들어 내지는 못하였다. 앞으로도 물질로 생명체를 만든다는 것은 기대하기 어렵다고 생각한다. 오직 신이 만든 생명체들이 결합하며 진화해갈 뿐이다.

과학자인 다윈은 진화론에 의해 사람은 아프리카 남방 원숭이에서 진화했다고 한다. 아직까지도 인류의 조상이 원숭이라 하지만, 400만년 전 오스트랄로피테쿠스 20만년 전 호모사피엔스 그 이상의 증거를 발견되지 않고 있다. 우주가 언제 생겼느냐 누가 만들었을까 하는 담론은, 아직 까지는 과학적으로 증명된 것은 없다. 오직 신화나 철학적으로 설명하고 있을 뿐이다. 신마저 필요에 따라 인간이 만든 것은 아닌가 할 정도다.

인간으로 태어나 예수님의 부활과 석가모니의 고행으로, 신의 모습을 보여주기도 하였다. 현존하는 세상의 소중함을 깨달아야 하지만, 창조주 하느님을 믿는 것은 영혼불멸의 영원한 세상에 살고 있다는 것을 믿는 것이기도 하다. 산과 들에 핀 꽃 한 송이에도 영혼이 깃들여 있다. 그것은 성령이기도 하다. 밤하늘에 반짝이는 별을 보라. 저 별도 영혼의 꽃이 아니던가!

인생무상 人生無常

그동안 틈틈이 왕릉과 공원 산책길을 걸으며, 내가 느꼈던 인생무상에 대해서 한번 생각해보려 한다. 먼저 조선을 창건한 태조 이성계의 무덤인 건원릉이다. 건원릉은 경기도 구리시 동구릉에 있다. 이성계 홀로 묻힌, 단 능이다. 왕비인 신의 왕후는 북한 개풍군에, 계비 신덕왕후는 서울 정릉에 따로 있다.

내가 건원릉에 찾아갔을 때는 가을이라, 무덤에는 가을바람에 하얀 억새꽃이 나부끼고 있었다. 어쩐지 그 모습이 외롭고 쓸쓸하게 보였다. 나는 건원릉을 보며, '조선을 창건한 태조 임금의 무덤이 이렇게 초라할 수 있나?' 하는 생각이 들었다.

이성계는 원명교체기에 위화도 회군으로 고려의 군권을 잡고 조선을 창건하였지만, '이빨 빠진 호랑이'라고 부르는 사람도 있다. 한양 천도는 무학 대사, 국호는 명나라, 정치는 정도전, 세자는 선덕 왕후가 정했다. 두 차례의 왕자의 난으로 태조 이성계는 왕위를 정종으로 또 태종에게로 넘어가고, 고향 땅 영흥으로 낙향하였다. 고향에서 조용히 여생을 보내려고 했다. 그러나 그곳에서 재기를 도모할까봐, 한양에 모셔오려고 혈안이었다. 그런데 모시려 간 분조차, 소식이 없었다. "함흥차사"라는 말도 여기서 나온 말이란다.

이렇게 고향에서 여생을 보내려고 해도, 이성계를 한양에서 가만히 놔두지 않았다. 다시 한양으로 불려와 말만 그럴듯한 태상왕에 앉혀 놓고, 창경궁 뒷방 늙은이로 살다가 돌아가게 하였다. 죽기 전에 유언으로 고향에 묻어달라는 말을 남겼으나, 그마저 이루어지지 않았다. 그 대신에 영흥에서 흙을 가져다 덮고, 억새를 봉분에 심었다. 누구의 아이디어인지는 몰라도 고향의 흙을 덮고, 억새를 심은 것은 그나마 다행스러운 것 같다.

임금도 권좌에서 물러나면 자기 뜻대로 되지 않는다. 하물며 우리 같은 범인이야 오죽하랴. 죽고 난 후 어떻게 해 달라, 그 건 꿈같은 얘기다.

'그럼 태조 이성계만 그런가?'

영조대왕은 조선 최장수 왕이고, 탕평책으로 유명한 임금이다. 그도 죽으면 유언으로 홍릉에 묻힌 첫 번째 왕비 정성왕후 곁에 묻어 달라고 하였다.

'그렇게 되었나요?'

영조대왕은 동구릉에 있는 원릉에, 계비 정순왕후 곁에 나란히 묻혀 있다. 정순왕후는 영조 나이 66세에 15세 나이로 왕비가 되었지만 순조를 대리해서 수렴청정을 하며, 천하를 호령했던 머리 좋은 여걸이다.

'왕비는 어떤가?'

수렴청정으로 권력을 마음껏 휘 둘렀던 여걸 문정왕후는, 죽으면서 선정릉에 있는 중종 곁에 묻어 달라고 유언을 남겼다. 그렇게 됐나요? 죽은 후에는 홍수에 묘가 잠긴다는 구실로 태릉 골짜기에 홀로 묻어 버렸다.

이렇게 영웅호걸 왕과 왕비의 능조차 죽고 나면, 생전의 뜻대로 묻히지 못한다. 무덤을 어디에 쓸 것인가는, 살아생전 남긴 유언과는 아무런 관련이 없다. 그저 참고만 할 뿐이다.

'근세에 들어서는 어떤가?'

필부는 화장 후 고향산천에 뿌리고, 군자는 후손들이 번창하라고 명당자리에 묻었다.

언젠가 서울 동작동에 있는 국립현충원 둘레 길을 한 바퀴 돌아봤다. 봄이라서 벚꽃이 화사하게 피었다. 아름다운 숲길이다. 현충원에는 구한말의 의병들과 강우규 의사, 유관순 열사와 같은 조국의 독립을 위하여 투쟁한 순국선열과 애국지사의 묘와 위폐가 있다. 또 위기에 처한 나라를 구하다 장렬히 산화한 국군장병, 학도병과 경찰관, 예비군 등 165,000여 순국선열과 호국영령이 있는 곳이다.

지난여름에는 한창 더운 어느 날, 지하철 타고 효창공원으로 산책하러 나갔다. 효창공원에는 김구 선생 기념관이 있었다. 예상과 달리 기념관은 크고 웅장하였다. 전시물을 관람하며 남 달리 조국애가 컸던 분이라는 생각이 들었다. 커다란 무덤도 있었다. 이동녕과 임시정부 요인들, 이봉창 윤봉길 의열사 묘도 있다. 효창공원도 마치 현충원 같았다.

우리 같은 보통사람들의 묘는 어떨까 해서, 망우리 공동묘지에 가봤다. 망우산 울창한 숲속 공동묘지 산책길을 걷다 보면, 이름 모를 묘가 많이 보인다. 가끔 유명한 사람의 묘지도 보인다. 죽기 전에는 유명하지 않았던 건 아닐까? 그런 건 아닌 것 같다. 독립유공자 묘역이 따로 있었다. 유관순 열사(분사묘) 도산 안창호 선생(이장 묘터), 시인 한용운, 소파 방정환, 오세창. 안타깝게도 시인 박인환, 화가 이중

섭, 소설가 계용묵은 어디인지 몰라 그림으로만 보았다. 모두 내로라 하는 유명한 분들이다.

망우리공원을 걷다 보면 물소리도 간간이 들리고 샘물도 여기저기 보인다. 죽은 사람도 목이 마른가 보다. 이상한 것은 가을이 돌아왔는데도 매미 소리는 잘 들리지 않는다. 매미도 너무 슬퍼서 눈물샘이 말라버린 건 아닌가 싶다. 이젠 망우리 공동묘지 명칭도 망우역사문화공원으로 바꾸어 부른다.

현충원과 효창공원 망우리 독립유공자 묘역은, 국가를 위해 희생한 유공자들의 무덤이다. 그들이라고 생전에 그곳에 묻어 달라는 유언을 남겼을까요? 그건 아닐 거다. 오직 그분들이 살아생전 행적에 따른, 존경의 표시다. 그분들에게 진정으로 위로가 되었는지는 아무도 알 수 없다. 우리야 그렇게 되길 바랄 뿐이다.

그분들이 소중한 삶을 국가를 위해 타인에게 귀감이 되는 삶을 살았다 해도, 죽고 나면 다 허망한 꿈일 거다.

지금은 죽고 나면 대부분 화장한다. 화장 후에는 재를 산천에 뿌리거나, 수목 아래 묻거나 항아리에 담아둔다. 물론 봉분을 만들기도 한다. 육신은 그냥 자연으로 보내주고, 화장하기 직전에 영혼은 알아서 하늘나라로 올라가라고 소리도 질러준다.

조선을 창건한 이성계는 생전에 "이렇게 될 줄 누가 알았겠느냐?"며 신세 한탄을 하였단다.

동구릉 숲 이성계 건원릉에 심어놓은 억새꽃이 오늘따라, 바람결에 날리며 울부짖는다. 그 소리가 마치 권력 무상, 인생무상을 외치는 메아리처럼 들려온다. 살아생전 소중한 목숨 바쳐 나라를 구하겠다는 열사들도, 군인들도 보통사람으로 살다간 사람도, 죽고 나면 한

되 박 하얀 재가 되어 흙으로 돌아간다. 그리고 사후에는 아무 말이 없다. 다 지나 놓고 보면, 삶은 다 허망한 꿈일 뿐이다.

가수 방실이가 부른 "서울탱고" 가사 중에, 이런 구절이 있어 가슴에 와 닿는다. "세상의 인간사야 모두 다 모두 다 부질없는 것, 덧없이 왔다가 떠나는 인생은 구름 같은 거" 노래로 부르면 눈물이 찡해요.

영웅호걸 왕릉과 공원 산책길을 걸으며, 오직 가슴 속에 남아 있는 단상은 "덧없이 가는 인생무상人生無常". '아! 시간은 사람을 키우기도 하고 죽이기도 한다고 누가 말했던가?'

인생 외롭지 않기

"외롭지 않기 위하여"라는 최승자 시인의 시의 한 구절이 생각난다. "외롭지 않기 위하여 밥을 많이 먹습니다." 아무리 곰곰이 생각해봐도, 밥 많이 먹는 것이 외로움을 더는 것이라는 최 시인의 말을 이해하는 게 쉽지 않다.

'혼밥이 외롭기 때문에 사람들과 어울려 밥을 먹는 것이, 외롭지 않을 텐데?'

나는 직장을 그만둔 후에, 혼자 밥 먹는 것이 외로웠다. 외로움을 달래기 위해서 골프나 당구를 치고 산에도 간다. 재미도 있고 친구를 만나 밥도 같이 먹게 되어, 외로움이 덜어지는 것 같다. 그렇다고 밥을 많이 먹지는 않는다. 혼자서는 더욱 그렇다.

골프는 영국의 양치기 목동이 양 떼를 돌보면서 심심풀이로, 막대기를 사용해 돌을 굴리던 데에서 유래한 운동이다. 우리의 자치기와 유사하다. 이에 비해 당구는 야외에서 하던 게이트볼에서 유래하였다. 프랑스 귀족들이 야외에서 노는 것은 남사스럽다 하여, 왕실 내 경기로 바꾼 것이란다. 우리나라도 당구는 일본 강점기에, 할 일 없는 순종 임금이 궁궐에서 심심풀이나 하라고 들여온 운동이다. 당구대도 궁궐 내에 처음 설치되었다. 그러니 당구는 귀족 스포츠다. 나비넥타이 매고 당구 하는 모습도 흔히 볼 수 있다. 언젠가 나도 나비 넥타이 매고 당구장에 갔었다. 친구들은 의아하지만, 주인아줌마는 좋아한다. 아마도 당구장이 품격이 있어 보여서인 것 같다.

외국에 나가보면 수영이나 테니스가 고급 스포츠다. 우린 목동들이 돌 굴리는 골프를 고급 스포츠로 과대 포장되어 있다. 캐디제도 때문인 것 같기도 하다. 필드에서 골프채를 캐디가 메어주고 골프 치며 차량으로 이동한다. 그건 우스꽝스럽기까지 하다. 골프채 어깨에 메고 다니면, 운동도 되고 건강에도 좋을 텐데.

골프나 당구는 말벗과 같이하기 때문에, 외롭지 않다. 운동 후에는 친구끼리 밥을 같이 먹는다. 밥 먹으면서 서로 인생 얘기를 하다 보면, 최 시인처럼 외로움도 사라진다. 그 맛에 운동하는 건지도 모른다. 골프는 사전에 예약하고, 멀리 이동하는 관계로 좀 번거롭다. 돈도 좀 든다. 당구장은 동네마다 있어, 돈도 많이 안 든다. 대부분의 당구장은 경로우대다. 요즈음에는 나는 주로 당구 모임에 나간다. 아직도 초보 수준이지만 그래도 당구 경력만큼은 오래다.

대학에 입학하자마자 같은 과 동기 이완승이라는 고수에게서 배웠다. 그 친구는 300 다마를 쳤다. 그때 우연히 그가 나에게 물었다.

"너 당구 몇 치냐."

"나 당구 못 친다."

그러자 그는 내가 당구 한 수 가르쳐 줄게 하며, 나를 명동 어느 당구장으로 데려갔다. 그는 300을 나는 30을 놓고, 한게임을 쳤다. 한 수 한 수 배우면서 쳤다. 그래도 내가 당연히 이기리라 생각했지만, 결과는 정반대로 내가 졌다.

골프와 당구는 숙련된 기능이 필요해서, 장기간 연습을 해야 실력이 는다. 정신운동이고 육체운동이기도 해서, 그날의 컨디션에 따라 성적이 크게 차이가 난다. 골프는 벌타, 당구에서는 벌점이 흥미롭다. 골프는 최소점수로 공을 홀에 넣어야 한다. 공을 물에 빠뜨리거나 필드 밖으로 나가게 치면, 어김없이 벌타가 주어진다. 당구도 엉뚱한 공을 맞히거나, 한 공도 못 맞히면 벌점을 받아서 그만큼 더쳐야 한다.

재미있는 것은 자기가 생각한 대로 공을 보내지 못하거나 못 맞추면, 곧잘 실수라는 말을 한다. 우리는 골프나 당구를 치면서, 실수와 실력을 구분 못 한다. 사실 실수는 없다. 바로 그것이 실력이다. 당구는 상대가 있는 운동이고 공도 3~4개이기 때문에 상대의 실수와 실력에 따라 달라질 수도 있다. 골프는 오직 자기와의 경기다.

우리 인생도 골프나 당구처럼 실수의 연속일지도 모른다. 그것이 실력이지만 실수로만 보기 때문이다. 실수를 딛고 다시 일어나는 데는 용기가 필요하다. 매사 준비를 잘하여 실력을 쌓아 인생의 실수를 줄여나가면 좋지만, 나에게는 이제 다 지난 일이다. 지금은 심심풀이로 칠뿐이다. 요즘은 골프는 손을 놓았고 흥미도 잃었다. 당구는 고교당구 모임에서 3등 해서 큐대도 하나 받았다. 그렇다고 당구 실력이 크게 는 것은 아니다. 당구는 골프와 달리 칫수를 접어주기 때문이다.

대학 다닐 때, 내게 당구를 가르쳐줬던 그 친구가 생각난다. 그때 어떻게 미리 알고 직장 그만뒀을 때, 외로움을 달랠 수 있는 당구를 나에게 가르쳐 줬는지. 지금 생각해보면, 정말 고맙다. 그 친구는 상도동에 살던 친구였다. 대학 졸업 후에는 미국 뉴저지주에 살았다. 최근에는 사업상 인도에 갔다가 다시 LA로 왔다고도 한다. 그동안 당구 실력과 같이 좋은 삶을 살고 있으리라 생각한다.

그 친구 서울에 한 번 오면, 그가 학창시절에 살던 상도동에 있는 국사봉에도 같이 한번 올라가고 싶다. 그러고 나서 그때 나하고 당구를 처음 쳤던 명동당구장에 가서, 나비넥타이 매고 당구 한 게임을 하고 싶다. 또 최승자 시인처럼 외롭지 않기 위하여, 같이 밥을 많이 먹고 싶다. 밥 많이 먹으면서, 그동안 살며 겪었던 인생의 실력과 실수에 관한 이야기를 많이 나누련다. 그러면 외로움은 저절로 달아날 게 분명하다. 그다음에 오는 것은 무엇일까? 행복한 노년의 삶이 아니겠나!

문학서초 25호 게재

지리산 종주산행

지리산 노고단에서 천왕봉까지 거리는 40㎞나 된다. 산길이라서 종주하려면 1박 2일이 걸린다. 우연한 기회에 친구들과 같이 지리산 종주 산행에 나섰다. 노고단을 출발하여 삼도봉, 토끼령, 칠선봉, 연화봉을 거쳐 장터목산장에서 하룻밤을 잤다. 이튿날 새벽녘에 천왕봉에 올라가서 해돋이를 보고, 백무동으로 내려왔다.

지리산 종주는 산 고개와 산봉우리를 올라갔다 내려갔다 반복하는, 지루하고 힘든 산행이다. 친구들과 함께 앞서거니 뒤서거니 이야기하며 걸으니, 조금이나마 지루함은 덜 수 있었다.

산봉우리를 내려갈 때는 심신이 풀리기도 하지만, 산봉우리를 다시 오를 때에는 너무나 힘들었다. 그래도 산봉우리를 오를 때에는 땀이 나고 힘들지만, 봉우리에 오른다는 희망에 부풀기도 하였다. 산봉우리에서 내려올 때는 이것이 마지막이라 생각하며 걸었다. 어쩌면 지리산 종주산행이 우리가 가야 하는 인생길과 닮았다고 생각하니, 내 몸에 엔돌핀이 마구 솟아나는 것 같기도 하였다.

지리산 종주산행을 인생과 연관시켜보면, 우리의 삶도 다 그런 것 같다. 오르막이 있는가 하면 내리막도 있다. 오르막에서는 정상에 오른다는 기대감으로, 내리막에서는 아쉬움을 뒤로한 채 내려온다.

하룻밤을 자는 장터목산장에서는, 밤하늘에 빛나는 무수한 별을 볼 수 있었다. 도심에서는 좀처럼 볼 수 없는 장면이다. 아침에 해돋이를 보기 위해 서둘러 일어나 산길을 걷기 시작했다. 힘든 것도 잊은 채, 달리다시피 걸어서 마침내 1,918m 천왕봉 정상을 밟았다. 잠시나마 정상 정복이라는 성취감을 만끽할 수 있었다.

천왕봉에서 해돋이를 보는 것은 쉽지 않다. 우리 일행은 다행히도 날씨가 좋아 정상에서 일출을 볼 수 있었다. 저 멀리 운해가 깔린 산속에서 솟아오르는 태양을 향해 큰 소리로 저마다 소원을 빌었다. 산에서도 솟아나는 태양을 보니, 태양이 바다에서만 떠오른다. 그건 아닌가 보다. 하기 사 저 멀리 구름바다 운해 모습은 장관이다.

천왕봉은 일제 강점기에는 천황봉으로 바뀌었다가, 다시 천왕봉으로 그 명칭을 원래대로 되찾았다고 한다. 산봉우리 이름 갖고도 이랬다저랬다 참 웃기는 이야기다.

"실패는 없고 실패라는 성공이 있을 뿐이다."

어느 과학자가 한 말이다. 지리산 종주도 올라갔다 내려갔다 하는 어려움을 잘 참아내야만, 천왕봉 정상에 올라갈 수 있다. 지리산 정상에는 이전에도 두 번이나 정상에 오른 적이 있다. 그때는 당일치기라서 천왕봉 정상에서 해돋이를 볼 수는 없었다. 저 멀리 첩첩산중에서 솟아나듯 봉우리 위로 떠 오르는 태양의 모습은, 황홀하고 너무나 신기하다.

산에서도 해가 뜬다. 그 모습 보려고 지리산 정상에 사람들이 오르는 건 아닌가 싶다. 우리 인생도 마찬가지가 아닌가! 정상에 오르기까지는 많은 실패의 난관을 극복해야 정상에 오를 수 있다. 하지만 정상에서 머무르는 시간은 한순간이다. 산행은 정상에서의 성취감이, 하산에서의 상쾌함이 남아 있다. 그러나 우리 인생은 정상에서는 환희의 순간이지만, 하산에서는 공허함만이 남아 있을 뿐이다.

펄 벅 작가의 사랑

　나는 네이버를 검색하다가, 우연히 펄 벅 기념관이 부천에 있는 것을 발견하고 깜짝 놀랐다.

　'펄 벅 작가가 한국과 무슨 인연이 있길래, 미국이 아닌 우리나라에 그것도 부천에 기념관이 있을까 하고 너무 궁금하였다.'

　그래서 나는 언젠가 한 번 펄 벅 기념관에, 꼭 가봐야겠다고 마음먹고 있었다. 장마가 좀 잦아든 2022년 7월 어느 날. 나는 별일 다 제쳐놓고 노벨상 수상 작가 펄 벅(Pearl S. Buck;1892~1973) 기념관에 찾아갔다. 나는 솔직히 지금까지, 펄 벅 작가의 생애나 작품에 대해서, 구체적으로 아는 것이 없었다. 그 유명하다는 소설 '대지'조차 읽어보지 못했다. 지금 곰곰이 생각해보니, 펄 벅 작가가 이런 얘기를 했다는 건 어디선가 들은 것 같다.

　"미국 사람은 마차에 짐을 잔뜩 실고도, 마부가 말이나 마차에 올라타서 유유히 간다. 한국 농부는 소달구지에 볏짐을 싣고, 농부는 볏짐을 지게에도 나누어지고 간다. 그만큼 한국인은 말 못 하는 짐승에게도 배려를 한다는 거다."

　오늘 부천 성주산(216.5m) 기슭 소사 복사골, 옛날 유한양행 부지에 있는 펄 벅 기념관에 가서 새롭게 안 사실이 하나 더 있다. 펄 벅 작가는 1967년에 "소사 희망원"을 설립하여, 1,030명의 혼혈아와 고아들을 돌봤다. 그 인연으로 부천시가 2006년에 펄 벅 기념관을 설립하였다고 한다.

아늑한 숲속에 자리 잡은 펄 벅 기념관에는 펄 벅 작가의 동상이 있고, 여러 전시물이 진열되어 있다. 전시물 중에는 한국을 소재로 한 소설책도 있었다. '한국서 본 두 처녀(1951)' '새해(1968)' '살아 있는 갈대(1968)'다. 미국인이 영어로 한국을 소재로 소설 썼다. 그건만 봐도 펄 벅 작가는 한국에 대해서 범상치 않다는 걸 알 수 있다.

지금부터 50년 전에 그의 소설 '살아 있는 갈대' 책머리에, "한국은 고상한 사람들이 사는 보석 같은 나라이다. Korea is a gem of a country noble people"라고 적혀 있다.

"당시 가난한 한국 상황에서, 이런 말이 어디서 나왔을까?"

너무 신기할 뿐이다. 펄 벅 기념관에서 돌아오며 주변을 살펴보니, '펄 벅 문화거리'라는 펜 말도 붙어 있다. 나는 부천역에 있는 교보문고에 들려, '살아 있는 갈대 T h e Living Reed' 한 권을 주문하고 집에 왔다. '펄 벅 평전'도 사고 싶었지만 품절이란다.

그러고 보면 펄 벅 작가는 인생의 절반을 중국에서 살았다. 1931년에는 중국의 빈농 왕룽이 흙과 삶을 그린 소설 대지(The good earth)를 내놨다. 그로 해서 1938년에 노벨문학상을 수상하기도 했다. 펄 벅 작가는 미국인이면서도 중국에 오래 살아서, 본인 스스로를 "정신적 혼혈아"라고 하였단다. 어쩌면 그는 인류가 모두 혼혈아로 되어간다고 예언하였다. 그래서 1949년에는 '웰캄 하우스'를 설립하여 전쟁으로 인한 혼혈아의 입양과 차별금지를 외치며, 인권보호 운동을 전개하기도 하였단다.

다음은 1962년 미국 대통령 케네디가 노벨문학상을 수상한 미국 작가들을 초청한 자리에서, 케네디와 펄 벅 작가가 나눈 대화다.

"요즘 어떻게 지내십니까?"

"한국이 배경인 소설(살아 있는 갈대)을 쓰고 있습니다."

"아이고, 골치 아픈 나라인데… (우리는 손을 떼고) 일본한테 맡기는 게 좋지 않을까 싶습니다."

이에 대해서 펄 벅 작가는 정색을 하며, 이렇게 말했다고 한다.

"대통령이란 자리에 있으면서, 한국 사람들이 얼마나 일본을 싫어하는지도 모르고 그런 말씀을 하십니까!"

"농담입니다."

펄 벅은 내가 가장 사랑한 나라는 미국에 이어 한국이라고 말하기도 하였단다. 그가 입양한 7명의 아이도 대부분 한국계다. 그만큼 펄 벅이 한국에 대하여 남다른 애정을 갖고 있는 단면을 보여주는 증표라 하겠다.

이 정도면 펄 벅 기념관이 한국에 왜 세워졌는지, 이해될 만하다. 사실 6·25 참전 기념탑은 간혹 볼 수 있다. 하지만 펄 벅 작가와 같이 전쟁 혼혈아에 관심을 두고 돌 본 외국인은 쉽게 찾아볼 수 없다. 더구나 한국 관련 소재로 소설까지 썼다 하니 놀랍기만 하다. 그는 1934년 중국에서 나온 후에는 중국에 가고 싶어도 외국인을 싫어하며, 반공주의로 찍혀 못 들어간다고 하였다. 그래서 한국에 더 애정이 간 것 같기도 하다.

내가 주문한 펄 벅 작가의 소설 "살아 있는 갈대"가 드디어 집에 도착하였다. 별일 제쳐 놓고, 나는 눈이 침침할 정도로 며칠 동안 부리나케 소설을 읽어 내려갔다. 소설을 읽으면서도 펄 벅 작가가 우리나라의 역사와 문화를 이렇게 잘 알지 하며, 놀랍기가 한두 번이 아니다. 소설 속에서 주인공 '일한'이 아직 어린 아들 '살아 있는 갈대 연춘'에게 이런 말을 한다.

"그때 나는 속이 빈 갈대이긴 하지만 살아 있는 것이며, 오래된 뿌리에서 새롭게 솟아난다고 했었지. 그리고 우리나라에서 죽순은 대장부의 굳건한 기상을 상징한다고도 했었다. … 죽순을 짓밟기는 쉽지만 만들기는 어렵다."

이 말은 구한 말, 주변 강국에 둘러싸여, 조선인이 흔들리는 갈대처럼 갈팡질팡하던 모습을 비유한 말이다. 그리고 최후에는 조선은 일제에 강점되고 말았다. 소설 속 주인공 '일한'은 그런 조선 사람들의 힘든 모습을, 4대에 걸쳐 그려내고 있다. 그들을 통해 갖은 고초를 겪으며, 조선인이 독립하려는 서글픈 역사적 모습을 잘 담아낸 것 같다.

펄 벅 작가는 1882년 조미 통상조약 이후 해방 무렵까지, 우리나라 근세사를 섬세하게 꿰뚫고 있었다. 정치외교학과를 다녔던 나마저 부끄러워할 정도다. 그러면서 펄 벅 작가는 미국이 그 조약을 성실하게 지켜서, 조선을 오늘날까지 보호했더라면 하는 아쉬움도 소설에 담고 있다. 한마디로 사실에 가까운 소설이다. 물론 미국도 나름대로 애로가 있었을 거다.

오늘 펄 벅 기념관 방문과 그의 소설 '살아 있는 갈대'를 읽고 나서, 나는 펄 벅 작가 그를 제대로 알게 되었다. 나는 펄 벅 작가의 한국에 대한 남다른 사랑과 박애 정신을 다시 생각하게 한다.

'펄 벅 기념관은 왜 부천에 있을까? 이에 대한 답은 이미 나와 있다.'
'그러니 우리나라에 펄 벅 기념관을 세운 것은, 너무나 당연한 것

이 아니겠나!'

　나는 오늘 펄 벅 작가가 평생 동안 소설을 무려 80여 편이나 쓰면서, 혼혈아 보호라는 인권운동을 생생하게 전개한 것을 보았다. 나도 문학인이 한 사람으로서, 작가의 삶이 어떠해야 하는지에 대해 조금이나 깨닫게 되었다.

제3부

세상 엿보기

나인의 말 한마디

광해군이 제주 유배지에서 버릇없이 구는 나인內人 계집종에게 질책했을 때, 계집종이 광해군에게 되받아친 말이다.

"영감! 이전에 임금 자리에 있을 때, 무엇이 부족해서 아랫사람에게 음식까지 부탁해 김치판서, 잡채참판서 라는 말까지 만들어 내게 했소? '영감이 임금 자리를 잃은 건 자업자득'이지만, 우리는 무슨 죄로, 이 가시덩굴 안에 갇혀 있어야 한단 말이오?"

이런 말을 듣고도 광해군은 말이 없었단다. 폐위된 임금이라 해도, 전직 임금에게 나인이 "영감"이라고 불렀다는 것부터가 범상치 않다. 사실 광해군은 조선 임금 중에 가장 멀리 제주로 유배 간 임금이다.

그 옛날 광해군이 제주도로 유배 갔다고 해서, 내가 제주도에 내려갔을 때, 아름아름 어렵게 찾아낸 것은 이것뿐이다. "광해군 적소터"라는 조그마한 표지판이다. 제주특별자치도 제주시 중앙로 국민은행 제주지점 유리 창문틀에 놓여 있다. 그 밖에 주변을 살펴봐도 광해군과 관련된 유물은 보이지 않았다.

인조반정으로 폐위된 광해군의 죄명을 보면 참으로 점입 가관이다. '혼난무도昏亂無道', '실정백출失政百出'이다. 인조반정으로 폐위된 후, 광해군은 강화도 교동에 위리안치되었다. 그 후 다시 유배지를 제주도로 이감되었다. 제주에서 5년여 동안 귀양살이하다가, 67세를 일기로 병사하였다. 죽은 지 2년 후에 시신은 다시 경기도 남양주로 옮겨졌다.

조선시대 제주 유배는 사형 다음 엄한 형벌이다. 한양으로 돌아올 수 없고, 삼천리 밖 제주에서 죽을 때까지 살라는 무거운 형벌이다. 오늘날로 치면 무기징역에 해당한다고 할 수 있다. 임금 했던 분의 위리안치 장소 터에 뭔가 있을 법도 한데, 아무것도 보이지 않으니 좀 이상하긴 하다. 제주도에서는 유배 임금에 대해서, 뭐 평가하기가 곤란해서 그런 것 같기도 하다.

광해군은 임해군과 영창대군을 죽이고, 인목대비를 경운궁에 격리했다. 명 청 교체기에 조정 중신들 간에 명분론과 실리론이 대립하였던 시기다. 최근에는 '광해'라는 영화도 나왔다. 이에 따라 사람들은 당시 광해군의 실리외교를 긍정적으로 평가하기도 한다. 광해군의 폐위를 당쟁의 희생양으로 보는 사람도 있다. 글쎄 정말 그럴까? 하는 의문이 가기도 한다.

어찌 됐건 나인이 광해군에게 되받아친 말은, 오늘을 사는 우리에게도 귀 닮아 두어야 할 말이다.

"영감이 임금 자리 잃은 건 자업자득이지만……"

광해군이 임금 재위 시, 그때(임금 재위 시) 잘하지 않고 뭐 했느냐는 거다. 혼난무도와 실정백출의 죄를 짓지 않았으면, 이런 수모를 받지 않았을 거 아니겠나 하는 얘기다. 나인도 안타까움에서 한 말일 거다. 달리 보면, "죄인인 저 영감(광해군)이 지금 나(나인)를 꾸짖을 자격이나 있나?"라는 불만을 토로한 말일 거다.

옛날이나 지금이나 공직자는 재직 시나 퇴직 후에도, 백성으로부터 평가를 받는다. 하물며 국정의 최고 책임자는 더욱 그렇다. 하지만 높은 지위에 있는 사람들은 권세가 영원할 것이라고 착각한다. 높은 자리에 있을 때 일을 올바르게 해야 한다는 것은 너무나 당연하다.

그런 의미에서 나인이 광해군에게 "임금 자리에 있을 때 잘하지"라는 말을 되새겨 볼 필요가 있다. 폐위 뒤에도 유배되어 위리안치의 형벌을 받는 죄인이라는 사실을 모르고, 광해군이 나인에게 함부로 꾸짖었다. 그건 말이 안 된다. 나인의 말 한마디는 오늘을 사는 공직자에게도, "모름지기 자신의 소임을 바르게 해야 한다"는 귀중한 가르침이다. 나도 공직자였으니까 그렇게 생각한다.

남산 둘레길을 걷다

사람들은 남산 관광은 케이블카 타고 정상에 올라, N 타워 전망대에서 서울의 풍광을 조망하는 것으로 생각한다. 그건 남산을 보는 것이 아니라, 서울 시내를 바라보는 거다. 서울에 사는 사람이면, 어디서나 남산타워가 있는 남산을 보며 살아간다. 그래서 누구나 남산을 잘 안다고 생각한다. 사실 그 건 남산의 겉모양을 보는 것에 불과하다.

나도 서울에 50년 동안 살면서, 남산 정상에는 여러 번 올라가 봤다. 하지만 남산 둘레 길은 있다는 것조차 몰랐다. 남산 둘레 길을 걸어본 친구가 앞장서서, 자랑스럽게 둘레 길을 설명한다.

"남산을 제대로 보려면, 장충단 공원에서 출발하여 한옥마을로 한 바퀴 돌아오는 둘레 길을 걷는 것이야."

그 친구는 7.8km나 되는 둘레 길을 걷는 것이, 남산을 제대로 볼 수 있는 거란다. 그 친구 말대로 애국가에 나오는 "소나무로 철갑을 두른" 남산을, 오늘 한 바퀴 돈다. 남산 둘레길 초립에는 장충공원이 있다. 구한말 현충원인 장충단이 있다. 이 사실을 아는지 마는지 비석에는 비둘기가 평화롭게 먹이 사냥을 하고 있다.

황제의 나라 대한제국 임오군란 갑신정변 을미사변 때, 애석하게 죽은 충신에 제 올리는 제단이다. 나라 무너지고 그 자리에 벚꽃 심어 공원이 돼버린 비운의 13년 제국 현충원이다. 이제 다시 나라 되찾고 제단과 비문 바로 세운 지 오래건만, 찬 서리 내린다고 찾아오는 사람이 뜸하니 쓸쓸함만 더 한다.

공원에 가면 으레 있는 독립투사의 동상도 어김없이 있다. 이준 열사 동상, 유관순 열사 동상, 독립선언문 탑, 안중근 의사 동상을 볼 수 있다. 김소월 시비도 있다. 일제 강점기 독립투사의 동상과 시비를 보면, 마음이 뭉클해지기도 한다. 저절로 주먹도 불끈 쥐게 된다. 다 나라를 사랑하는 마음일 거다.

우리 산우회 일행은 장충동 공원 언덕배기를 지나, 남산 숲속에 들어섰다. 남산의 속 모습을 보기 위해서다. 수풀이 빼곡히 우거져 있어, 숲 밖의 서울의 모습은 보일 듯 말 듯하다. 서울 한복판에 이런 숲이 어디 있었나 할 정도다. 우거진 수풀 속에서 꿩 꿩 소리가 들린다. 갑자기 꿩 한 마리가 푸드덕 소리 내며 숲속을 날아간다. 그들만의 보금자리에, "사람들이 왜 들어왔나?"라고 소리치는 것 같다. 둘레 길을 걷다 보니, 숲속에 피어난 들꽃들도 볼 수 있었다. 그런가 하면 잘 가꾸어진 꽃들도 있다. 뿐만 아니라 조상님들의 숨결이 새록새록 다시 살아나는 것 같기도 하다.

남산 둘레길을 걷다가 깜짝 놀란 것이 하나 있다. '거꾸로 세워진 일제의 데라우치 총독의 이상한 비석'이다. 같이 걷던 친구들도 너무나 의아한 모습이다. 비석이 거꾸로 넘어졌나. 이리저리 살펴보니, 넘어진 게 아니었다. 일부러 사람들에게 관심을 끌도록 거꾸로 세운 것 같다. 그럴 수도 있겠지 하면서도, 너무 감정에 치우친 건 아닌가 하는 생각이 든다. 이웃 나라를 침략한 것에 대하여는 마땅히 규탄

받아야 한다. 그렇다고 비석을 거꾸로 세워놓았다고, 속이 후련하고 더 기억한다, 그건 아니라고 생각한다. 그것보다는 비석에 그 사람의 행적을 자세히 기록해 보여주는 것이, 오히려 좋지 않을까 생각해본다. 더 중요한 것은 다시는 침략을 받지 않도록 철저히 대비해야 한다는 거다.

이상한 비석을 보면서, 친구들 간에 많은 대화가 오갔다. 모두가 안타깝다는 생각이다. 우리는 일본으로부터 침략받은 것에 대하여도, 한 번쯤 "내 탓이요"라고 생각해봐야 한다. 우리가 세계의 역사의 흐름을 제대로 읽지 못하고, 산업화가 뒤처진 결과 국력이 허약했던 건 아닌가? 그래서 일본에 병합되었던 건 아닌가? 라는 생각도 한 번쯤 해봐야 한다. 지금도 일본이 진심 어린 사과하지 않겠다는데도, 맨날 사과하라는 말을 한들 무슨 소용이 있겠나? 그것보다는 우리도 강한 나라가 되면 그뿐인데.

'스스로 강해지는 것이, 극일하는 것이 아니겠나?'

'극일하는 방법은 무엇일까?'

역도산 김신락은 일본 프로 레슬링을 넘어 세계를 제패했고, 바둑기사 조치훈의 일본바둑계를 평정하였다. 삼성전자가 일본 소니를 보기 좋게 누른 것처럼, 우리가 잘살고 강해지는 것이 극일이라고 하는 사람도 있다. 그러면 우리가 가만히 앉아 있어도, 일본은 찾아와서 사과할 게 뻔하다.

"와룡 묘가 뭐지. 요상한 이름도 다 있네."

"그저 누구더라. 아~저~ 제갈공명."

"제갈공명 와룡 묘를 여기다 해놨지?"

묘라기보다는 사당인 것 같기도 하다. 조선 선조 때 평양에 와룡 묘를 세웠고, 남산에는 조선말에 엄 상궁이 만들었다고 한다. 일제 강점기에 불탄 것을 다시 복원했단다. 그럼 '와룡 제갈공명 묘를 우리나라에 왜 마련한 것일까?' 나라가 워낙 어지러우니, 제갈공명의 지혜라도 빌리고자 하는 토속신앙의 발로가 아닌가 싶다.

남산 둘레 길의 마지막은 남산 한옥마을이다. 남산 한옥마을 둘러보니 조선시대 한양에 온 것 같다. 한복차림의 여인네가 여기저기 보인다. 외국 관광객도 보인다. 조선시대 한양의 남촌 마을이다.

남산 둘레길을 걸으며 보는 남산은 남산 그 자체를 보는 것이라고 생각된다. 멀리서 남산을 바라보는 남산도 아니고, 남산 정상에서 서울 보는 것도 아니다. 둘레 길에서의 남산은 남산 그 자체를 뛰어넘어 무언가를 보는 거다. 이번 남산 둘레길 걷기는 우리 조상의 자연과 살아가며 겪었던 숨결을 느끼게 하였다. 그런 점에서 또 다른 남산의 숨 쉬는 모습을 본 것 같았다.

당신이 새라면

1653년 네덜란드 범선 스페르베르호가 대만에서 일본 나가사키로 가던 중, 제주도 서귀포 앞바다에서 태풍을 만나 전복되었다. 승선자 64명 중 절반은 바다에 빠져 죽었고, 36명이 표류 됐다가 제주 관아에 잡혀갔다. 천재지변으로 표류한 선원들, 그들이 가고자 하는 곳으로 돌려보내 줘야 하는 것은 당연하다. 이상하게도 당시 조정은 선원들을 풀어주기는커녕 한양으로 압송하였다. 당시 조선왕이 취한 조치는 이랬다.

당신이 새라면 너희가 가고자 하는 곳으로 날아갈 수 있다. 하지만 우리는 나라 안으로 들어온 이방인을 나라 밖으로 내보내지 않는다. 적당한 식량과 의복을 제공해줄 테니, 이 나라에서 여생을 마쳐라.

이런 황당한 일이 다 있나! 이전에 조선에 와있던 말이 통하는 벨테브레는 하멜 일행에게 이렇게 전했다고 한다.

"외국인을 국외로 내보내는 것은 이 나라의 관습이 아니므로, 여기서 죽을 때까지 살아라."

참 이상한 관습도 다 있다. 조선은 다른 나라에 알려지는 것을 원하지 않았다. '왜 그랬을까?'

아마도 우리나라가 외침을 하도 많이 받아, 국내정세와 지형을 외국에 알려지는 것을 두려워했던 것 같다. 태풍 만나 조난당한 선원을 그들이 원하는 곳으로 보내주지 않았다는 것은, 오늘날 시각으로 보면 국제법 위반이다.

우리나라는 931번이나 침략을 받았다. 하지만 우리가 다른 나라를 정복한 경우는 대마도 2차례, 여진과 거란 정벌 서너 차례밖에 없었다. 당시 네덜란드는 대만, 인도네시아를 지배하고, 일본과 교역하는 산업이 발전한 선진국이다. 하멜 일행을 통하여 국제정세를 잘 파악할 수 있었음에도, 나라의 문을 굳게 닫아 버렸다. 그 결과 조선은 은둔의 나라가 돼버렸다. 너무나 안타까운 일이다.

나라에 기근이 들어 식량이 모자라자, 하멜 일행은 다시 전라도 강진, 여수로 유배시켜 노동을 하게 하였다. 하멜 일행 중 일부 14명은 몰래 배를 만들어 일본으로 탈출하였고, 네덜란드로 돌아갔다. 하멜은 1668년 표류기라는 기행문을 발간하였다. 조선이 서양에 처음 알려지게 된 책이다.

하멜 일행은 귀국 후 네덜란드 정부가 조선의 정세를 파악하고, 교역을 희망했다. 조선은 거부했다. 그 당시 일본은 네덜란드를 통해 국제정세를 파악하고, 선진기술을 받아들여 훗날 산업화의 밑 걸음이 되었다. 우리는 그 후에도 은둔의 나라로 계속 남아 있었고, 끝내는 일제 강점기라는 혹독한 대가를 치렀다고 생각하니, 너무나 슬퍼진다. 지난 일이지만 은둔의 나라 정말 듣기 싫다.

"당신이 새라면, 너희가 가고자 하는 곳으로 훨훨 날아가라."

그럴듯한 말 같지만, 사람은 새가 아니다.

리더스 에세이 2019. 여름호에 게재

백령도 여행

나는 예전부터 기회가 되면, 서해 최북단 섬 백령도에 한번 가보고 싶었다. 2019년 가을 어느 날, 큰마음 먹고 친구랑 같이 백령도 가는 배편을 예약했다. 그런데 가는 날이 장날이라던가 하필이면 예약한 그 날, 태풍이 불어 아쉽게도 예약이 취소되고 말았다. 그 후로는 코로나19 대유행으로, 백령도 가는 꿈은 접어야 했다.

그렇게 한두 해 세월이 흘러갔다. 2022년 봄에는 오미코론 코로나가 걷잡을 수 없이 기승을 부렸다. 이제 백령도에 가는 꿈은 접어야겠구나 하며 너무 아쉬워하고 있었다. 그런데 웬걸 정부는 코로나 전염병 등급을 낮추고, 풍토병으로 전환해버린다. 거리두기라는 해괴한 나들이 제한도 폐지한다고 한다.

그러니 내가 그렇게도 가고 싶었던 백령도에 가는 꿈을, 다시 실행에 옮길 수 있게 되었다. 백령도에 가려면 인천 연안 여객터미널에서, 배로 4시간 정도 가야만 한다. 옛날에는 11시간 걸렸다 한다. 요즈음 KTX 타면 부산도 2시간 30분이면 가는데, 멀긴 먼가 보다.

백령도 여행 그것은 푸른 바다에 갈매기를 앞세워 가는, 꿈같은 여행이다. 오늘은 꼭두새벽에 일어나 배낭을 둘러메고, 전철 타고 동인천역에서 택시로 갈아타고 인천 연안부두 여객터미널로 달려갔다.

늦으면 배도 못 타고, 백령도 가는 꿈은 또 접어야 한다.

> 백령도는 인천항에서 북서쪽으로 178*km* 떨어진 서해 최북단 섬
> 으로, 동경 124도 53분, 북위 37도 52분에 위치한다. 북한의 장연
> 군에서 약 10*km*, 장산곶에서 15*km* 떨어져 있다. 섬 면적은 51.18평
> 방*km*이고, 최고봉은 업죽산으로 184m다.
>
> (네이버 검색)

그런데 내가 타고 갈 코리아킹호는 서해바다에 긴 안개로 대기 상
태다. 그러다가 2시간이나 늦은 10시 30분에 가까스로 출발하였다.
백령도 가는 바닷길은 풍랑이 심해 뱃멀미라도 하면, 너무 힘들다.
오늘은 바람도 내가 탄 줄을 어찌 알았는지. 코리아킹호는 안개 속
을 뚫고 잔잔한 바닷길을 미끄러지듯, 쾌속으로 백령도를 향해 달려
간다.

나는 조금이나마 지루한 마음을 달래보려고 백령도 오가는 바닷
길에서, "국가란 무엇인가?"에 대해서 생각해보기로 하였다. 백령도
가면서 그렇게 무거운 화두를 꺼내느냐고 누가 묻는다면, 나는 이렇
게 답하려 했다.

"나는 이념이 다른 남북 분단 상황에서 서해바다 최북단 백령도를
지키는 것은, 대한민국을 지키는 거라고 생각한다. 더구나 잊을만하
면 NLL이 어쩌고저쩌고 천안함 폭침 연평도 포격 등, 귀가 따갑도록
들어 왔다. 그래서 나는 그곳에 가보려고 하는 거라고"

백령도는 해외지만, 배 탈 때 주민등록증만 보여주면 된다. 백령도
가 황해도 땅이지만, 지금은 인천시 옹진군 관할로 어엿한 우리나라

영토라는 것을 의미한다. 우리가 진짜 해외에 나갈 때는 다르다. 여권도 있어야 한다. 여권은 국가를 다시 생각하게 하는 증표다. 대한민국 여권에는 다음과 같은 글귀가 쓰여 있다.

대한민국 국민인 이 여권 소지인이 아무 지장 없이 통행할 수 있도록 하여 주시고, 필요한 모든 편의 및 보호를 베풀어 주실 것을 관계자 여러분께 요청합니다.

대한민국 외교부 장관

이렇게 영어로도 쓰여 있다. 이 글귀를 읽을 때면, 나같이 애국심이 강한 사람은 가슴이 뭉클해진다. 여권을 보면 국가 존재의 중요성을 새삼 느끼게 한다. 우리나라 국민은 그걸 믿고 외국에 나가서도 자유스럽게 여행을 한다. 국가란 영토가 우선 있어야 한다. 그다음에는 그곳에 사는 사람이 있고, 다스릴 권한도 있어야 한다.

오늘 백령도에 가보려는 것은 그걸 확인하고 싶어서다. 어쩌면 마음속으로 조국을 잠깐이나마 지키려고 가는 것이기도 하다. 나는 해군 출신이라, "바다를 지켜야만 영토가 있다."라는 해군가의 한 구절을 늘 기억하고 있다. 여객선을 타고 서해를 거슬러 올라가다 보면, 소청도가 맨 먼저 나온다. 여객선이 잠시 멈추고 승객들이 내리고 탄다. 작은 언덕에는 흰 글씨로 소청도라고 크게 쓰여 있다. 조금 더 가니 대청도도 나온다.

내가 탄 코리아킹호가 조금 더 항해하자, 백령도가 바다에 둥둥 떠 있는 모습을 훤히 드러내 보인다. 옹기포항 언덕 높은 곳에도, 어김없이 큰 글씨로 하얗게 백령도라는 문패가 걸려 있다. 마침내 여객선이 백령도 옹기포항에 도착하고, 나는 그렇게도 가고 싶었던 백령도 땅에 첫발을 내디뎠다. 인구는 13천명 주민은 5~6백 명이고 나머지는 군인으로 해병대가 제일 많지만, 육해공군도 와 있단다. 인천시 옹진군 백령도 면사무소도 있다 하니 주권도 있는 것 같다.

백령도에 맨 먼저 방문한 곳은, 연화리 해안가 언덕 천안함 장병 위령탑이다. 2010년 3월 26일 천안함 폭침 때, 46명 국가를 수호하다 희생한 장병들의 혼을 달래기 위한 충혼탑이다. 두 번째 방문지는 오늘 온 목적이기도 한 서해 최북단 백령도기념비다. 여기서 여행객들이 제각기 인증 샷을 찍었다. 통일을 바라는 통일기원비도 서 있다. 백령도는 해방 후 그어진 38도 바로 밑에 있다. 6·25로 38도 이남인 황해도 옹진반도가 북으로 넘어갔으니, 바로 바다 건너에는 북한 땅이다. 손 뻗치면 닿을 거리다. 나 같이 서울 사는 사람이라면 꼭 가봐야 할 우리 섬이다. 오늘 여행객 중 80%는 시니어 할머니다. 할머니들이 우국 충성심이 더 큰가 보다.

백령도 하면 떠오르는 것이 또 하나 있다. 인당수다. 심청이가 아버지의 눈을 뜨게 하려고, 공양미 삼백 석에 팔려 가 몸을 바다에 풍덩 던진 연봉바위가 있는 곳이다. 효녀 심청 동상과 그 앞바다를 내려 보니, 내 눈에도 눈물이 찡 돈다. 옛날 풍랑이 심한 백령도 앞바다를 오가는 상선들을 위해서, 무사통과 기원을 비는 안전기원제를 올렸다. 안전기원제의 제물이 된 심청의 거룩한 효심은 옥황상제 마음마저 감동을 줬다. 그래서 옥황상제의 령에 따라, 용왕은 효녀 심청을 연꽃으로 환생시켰다는 부활의 바다다. 심청각에서 인당수를 바라보니 용궁이 있는 바다라서 그런지, 바닷물이 더 파란 것 같다. 어쩌면 바닷속의 청와대가 있는 거 같기도 하다.

심청각 앞 저 멀리 북한 땅 장산곶이 훤히 보인다. 포성 소리는 들리지 않았지만, 잔잔한 바다가 금방이라도 출렁거릴 것만 같다. 바닷바람에 해당화만이 소리 없이 넘실거린다. 이곳에는 "백령도에 와서"라는 커다란 시비가 하나 있다. 시비 앞에서 사진 한 장을 찍었다. 그리고 나서 시를 자세히 읽어보고는, 나는 깜짝 놀랐다. 왜냐구요? 백령도에 온 내 마음과 똑같아서다.

그중에도 "여기 오지 않고 나의 조국을 절반도 말하지 말라" 이 구절을 읽을 때는 가슴이 뭉클하였다. 백령도 와보지 않고 조국의 절반인 대한민국마저도 안다고 해서는 안 된다는 의미인 것 같다. 그만큼 백령도는 우리에겐 소중한 섬이고 영토다. 그리고 보니 나는 정말로 오늘 백령도에 온 것이, 너무나 잘한 것 같다.

백령도에 와서

여기 오지 않고
나의 시대를 말하지 말라

여기 오지 않고
나의 조국을 절반도 말하지 말라

여기 오지 않고
너의 애 타는 사랑을 말하지 말라

오천년의 백령도

여기와,
저 심청 인당수의 수평선을 보아라
한밤중
온통 파묻히는 소리를 들어라
비로소 가슴 가득히
너이고
나인
백령도 아침 햇빛 맞이하라

2015년 5월 12일 고은

 유람선을 타고 촛대바위 병풍바위 장군바위 사곶 천연비행장 콩돌 해안으로, 이어지는 서해바다 해금강 두무진의 절경을 눈에 담았다. 수십 억 년 걸려 만들어진 천연기념물이 너무나 신기하고 볼수록 눈이 휘둥그레진다. 이렇게 보기 좋은 풍광이 우리나라에도 있었다니, 감탄사가 절로 나온다. 백령도가 물범 서식지답게 제 모습을 보여준다. 수많은 갈매기도 덩달아 춤을 춘다. 그런데 비행기가 뜨고 내릴 수 있는 사곶 모래 해변이 천연기념물로 지정된 후에는, 비행기가 뜨고 내릴 수 없단다. 너무 이상하다.
 저 바다 건너면 나의 중시조 고려 충신 김만희 할아버지의 고향이며, 묘가 있는 황해도 월성현이 있다. 휴전선으로 갈라져 가고 싶어도 못 간다. 나는 우연한 기회에 황해도 개성공단에 한번 가봤다. 휴전선을 넘을 때는 안내원이 말을 주의하라고 한다. 다 같은 민족인데, 말까지 주의하라고 한다. 참 이상도 하다. 북한에서 점심 먹을 때나 공단 근로자 일하는 모습을 둘러볼 때도, 말 한마디 못 했다. 이것이 남북 분단의 현실이다.

국가를 다시 생각해본다. 사회주의 체제는 국가가 평균적 삶을 보장한다고 유혹해서 백성을 바보로 만드는 제도다. 그런 제도 아래서는 일을 열심히 하려는 사람은 없다. 어차피 나누어주는 것이 똑같으니 말이다. 자유 민주시장경제체제는 인류가 만든 최선의 국가정치제도다. 그러나 경제가 발전함에 따라 양극화로 생긴 간극을 메우기 위해서, 저 소득층이나 사회적 약자에 대한 적극적 정부 지원은 필요하다. 사회주의 방식은 국가가 지나치게 국민을 간섭하여, 모든 국민이 가난을 초래케 하는 몰염치한 제도라 하겠다.

최근에는 북한이 핵미사일을 개발하여 연습한다고 펑펑 쏘아댄다. 북한은 우리는 상대가 안 되니 미국과 협상하자고도 한다. 이런 가운데 국내에서조차 대북정책에 혼선을 빚고 있다. 너무나 안타깝다.

우리 경제정책도 애매모호한 사회주의를 모방하려는 세력도 있다. 참으로 걱정된다.

내가 국가에 필요한 납세와 국방의무를 다한다.

'그러면 정부는 국가를 잘 지켜주고 나에게 간섭을 하지 않고, 정말 행복을 갖다줄까요?'

그렇지는 않은 것 같다. 헌법에 보장된 권리마저 잠자는 국민에게는 무용지물이다. 다 그런 건 아니겠지만, 요즈음 권력을 잡은 위정자 중에는 위선과 무능으로, 투표와 여론을 호도해서 국민을 괴롭히기 일쑤다. 권력자는 시혜를 베푼다고 하지만, 늘 국민의 호주머니 터는 데만 열중한다.

오늘 마음이나마 우리 영토 백령도를 지키려 오가는 뱃길에서, "국가란 나에게 무엇인가?"에 대해서 생각해봤다. 그러나 그에 대한 답은 나도 잘 모르겠다. 하지만 "국가는 국민을 괴롭히는 괴물이 되어서는 안 된다." 이 말 한마디는 꼭 남기고 싶다. "국민은 권력자에 대해서, 늘 감시자가 되기도 하여야 한다고."

　오늘 백령도에 와서 더 위안이 되는 것이 하나 있다. 1896년에 세워졌다는 자유를 상징하는 중화동교회를 보았다. 연대 설립자 언더우드가 이곳 교회의 초대 당회장이라니 너무 놀랍다. 백령성당도 있다. 아쉽게도 사찰은 스님이 돌아가셔 문을 닫았다고 한다. 백령도 주민들이 어업에만 종사한다. 그건 아니고 주민의 절반은 논농사와 밭농사를 짓는다니, 백령도가 절대 작지만은 않은 섬인가 보다. 무엇보다 물범과 갈매기가 백령도를 지켜주는 모습이 너무 보기 좋다. 백령도에도 종교의 자유가 있는 자유 민주 대한민국의 영토임을 확인할 수 있었다. "돈 쓰러 외국 가는 골프광들을 위해 여기에 골프장 하나 지으면 많이 오려나?" 여기도 해외인데. 포격 소리 없이 조용히 잔잔한 파도 소리만 들리는 이번 백령도 여행은, 너무 의미 있는 즐거운 여행이었다.

세상 엿보기

청명한 어느 가을날, 아름드리 느티나무가 붉게 단풍으로 물든 아파트 산책로를 걷고 있었다. 갑자기 어디선가 새들이 요란스럽게 짹 짹거린다. 새소리가 너무 크고 시끄러워, 나는 가던 길을 잠시 멈췄다. 자세히 살펴보니 새들이 하늘과 맞닿은 커다란 느티나무 우듬지에서, 저들끼리 큰 소리로 싸우고 있는 것 같았다.

'하필이면 내가 사는 아파트 단지에서, 새들이 싸우는 것일까?'

곰곰이 생각해보니 새들이 저들끼리 싸우는 거 같지만, 누가 옳은지 나보고 심판해보라는 것 같았다. 나는 새들이 야물 치게 싸우는 소리에, 귀를 기울여 뭐라 하는지 들어보았다. 새들이 보금자리 집 놓고 싸우는 것 같았다. 어쩌면 새들이 사람들을 흉내 내는 것 같기도 하다. 사실 새는 사람 말고 집을 짓고 사는 유일무이한 동물이다. 그러니 집터 갖고 싸울 만도 하다.

요즈음 서울 강남 아파트 집값 잡겠다고 거짓말하며, 맨날 설전 벌이는 정치꾼들 모습과 꼭 빼닮았다.

임차인과 임대인을 갈라치기하고, 재산세에 더해 종부세란 이중과세로 폭 증세 폭 규제로 전국 집값만 올려놓고 나 몰라라 한다. 국민 혈세가 어디 집값 잡는 수단인가요? 집이 어디 국가 거라도 되나요?

지금 세계는 나날이 변하는 제4차 산업혁명시대라고 한다. 모든 것이 인공지능 자동화되고, AI 로봇이 사람 대신 일을 한다. "바람풍"이라는 AI 소설가도 등장했다. 의사소통도 얼굴 안 보고 SNS로 한다. 사람들이 참 살기 좋은 세상이다.

'이렇게 좋은 세상에 살면서도, 우리나라 사람들의 행복 지수가 올라가나요?'

하루가 다르게 변하는 세상이지만, 변하지 않은 게 하나 있다. 사람들의 머릿속에 든 이념과 사고방식이다. 저마다 자유롭고 행복해질 수 있는 공동체의 삶의 방식이다. 우리 공동체는 그동안 "자유민주주주의 시장경제체제"라는 이념체제를 선택하여 성공하였다. 하지만 이를 좀 먹는 이념을 가진 사람들이, 양극화를 미끼로 우리 주변과 내부에 독버섯처럼 생겨났다. 그로 인해 우리의 행복지수는 올라가지 못하고, 있는 것조차 까먹고 있다. 너무나 안타까운 현실이다.

우리 역사를 거슬러 올라가 보면, 조선은 애석하게도 19세기 20세기 국제정세의 흐름을 제대로 읽지 못하였다. 그 결과 서양 선진산업기술문명을 제때 받아들여 국력을 신장시키지도 못하였다. 그로 인해 우린 제대로 싸워 보지도 못한 채, 일제 강점기라는 치욕스러운 역사를 남겨 놓았다. 새로 생겨난 사회주의 신봉자들도 일제 강점기에는 독립운동에 참여하였다. 이로 말미암아 8·15 해방 후에는 동서냉전과 마르크스 공산주의 물결에 휩싸여, 남북 분단과 6·25라는 동족상쟁까지 치러야만 했다.

최근 우린 이러한 역사적 사실조차 잊어버린 것 같다. 자유 민주에서 자유를 빼자거나, 뜬금없이 죽창가가 나오기도 한다. 친일이니 반일이니 하며, 때늦은 남 탓으로만 돌리려는 비겁한 행태 정말 개탄스럽다. 반공을 색깔론으로 무시해 버리려고도 한다. 위정자들은 편 가르기와 갈라치기로, 분열과 갈등을 조장하기 위해 잔꾀도 부린다.

'일제의 침략이 나쁘다는 것 모르는 사람 어디 있나?'

그것을 극복하고 더 강해지려고 노력해야 하는데도, 분열만 조장하려 한다. 새로운 세계질서 흐름 속에 옛것만 보고 비난하면, 어쩌자는 것인지 참으로 딱하다. 소련과 동구권의 공산 국가들이 1980년대에 들어와서, 체제경쟁에서 밀려 붕괴하였다. 지금은 자본주의를 접목한 중국과 북한 정도가 독재 공산체제를 유지하고 있다. 이를 보면서도 "모두가 똑같이 일하고 살자는 실현 불가능한 공상적 사회주의" 이념을 들먹거린다는 것은 난센스다. 우리는 아직도 토지와 생산수단의 공유화에 귀를 기울이는, 어리석은 이념을 가진 사람들이 있다니 너무나 부끄럽다. 그들이야말로 우리 사회를 좀먹고 갈등을 조장하는 사람들이다. 너무나 한심스럽다.

조선 대한제국 일제강점단절기 미군정 대한민국으로 이어지는 대한민국의 정통성마저 부정하려고도 한다. 일제 강점기에 상해 임시정부까지 두고 독립 투쟁을 해왔음에도, 때늦은 친일이니 반일이니 하니 낯 뜨겁다. 반공과 자유 민주 산업화에 과정에서 공과가 있는 위정자의 집권 사실조차 부정하려 든다. 더구나 대한민국의 존재 자체가 중단된 것처럼 비판하는 부류도 있다. 너무 서글퍼진다.

지금도 선거 때만 되면 표 얻으려 허황된 공약으로, 백성을 호도하고 갈등을 조장하여 분노케 한다. 갈등을 조정하여 밝은 미래로 나가야 할 정치가, 오히려 갈등을 조장하니 너무나 한심스럽다.

'지금까지도 대한민국의 정통성마저 부정하려는 논쟁을 벌여서,

뭘 어떻게 하려는 것인지?'

'대한민국의 정통성을 무너뜨리고 좌파니 우파니 다투고, 이념과 국호를 바꾼다. 그래서 체제와 애국가를 바꾸면 행복해지나요?'

새로운 AI 시대와 코로나로 인한 양극화의 심화로, 시장경제에 취약한 경제적 약자를 두텁게 보호 지원하는 제도적 장치는 필요하다. 그런데도 한편에서는 상대를 향해서 엉뚱하게, 속을 뒤집는 소리만 하는 낡은 이념에 갇혀 오도 가도 못하는 부류도 있으니 너무 딱하다.

통일도 북한이 "자유민주주의 시장경제체제"를 채택하면, 통일은 안 되더라도 남북한의 평화로운 인적 물적 교류는 가능하다. 그렇다 보면 통일도 자연스레 올 거다. 맨날 불꽃놀이 하듯 펑펑 쏘아대는 북한의 핵미사일 보고도, 어설픈 퍼주기식 통일 망상에 골몰하는 사람들도 있다. 너무나 실망스럽다.

세상 엿보기 두 눈으로 보면 잘 보이고 세상도 잘 보일 텐데도, 한 눈으로만 보려는 사고는 사라져야 한다. 그런 날이 빨리 오기를 기다려본다. 오늘따라 새들이 우리를 비웃기라도 하는 듯, 아파트 단지에서 쨀쨀거리는 소리가 크게만 들리는 것 같아 가슴이 아프다.

세상의 분노 삭이려면

언젠가 유럽 여행 중에, 창밖을 내다봤다. 널따란 포도밭에 탐스러운 포도가 주렁주렁 열려있다. 포도송이마다 살찐 포도알이 빼곡히 박혀있다. 그 모양을 보고 내 마음마저 한없이 풍요로웠다. 내가 탄 관광버스가 어느 시골 마을을 지날 때였다. 담장 너머로 보이는 메마른 석류나무에, 달랑 빨간 석류 하나가 달려 있다. 그 모양을 보고 내 마음마저 한없이 외로워졌다.

지금 우리가 사는 21세기는, 인공지능 AI 디지털시대라고 한다. 뿐만 아니라 세계가 하나로 유 무선으로 거미줄처럼 연결되어 있기도 하다. 누구나 마음만 먹으면, 언제라도 세계 곳곳을 자유스럽게 여행할 수 있다. 참 좋은 세상이다.

우리나라에도 외국인이 매년 천만 명이 찾아오고, 우리도 그만큼 외국 여행을 간다. 그런가 하면 2백만이 넘는 외국인이 우리와 같이 일하며 살고 있다. 우리 동포도 700만이 이상이 외국에 산다. 지금은 국제결혼도 일상화되어 있다. 며칠 전에는 큰 처제 아들이 프랑스 신부를 맞아 결혼하였다. 그걸 어찌 알았는지, 펄 벅 작가는 예전에 "인류가 모두 혼혈아로 되어간다."고 예언하였다. 그것만 보면 세상이 너무 평화로워 보인다.

그러나 지금 우리가 사는 세상은 국경을 초월해서 세대 간, 지역 간, 이념과 인종 간 물질적 정신적 양극화로, 분노가 들끓는 세상으로 변질되어 가고 있다. 참으로 아이러니한 현상이다.

'마치 달콤한 포도알이 갈등과 분노에 차 있는 모양으로 보이고, 빨간 석류가 씹히는 뿌드득 소리가 분노의 소리 같이 들린다고나 할까?'

영국의 윌리엄 워즈워드 시인은 그의 "무지개"라는 시에 "어린이는 어른의 아버지"라는 시구를 담고 있다. 이에 더해 나는 "젊은이는 어른이 할아버지라고 덧붙이고 싶다." 왜냐하면 급속도로 변화하는 디지털시대에는, 어른보다 젊은이가 주도적으로 새로운 것을 창조해 나가서다.

나이를 먼저 묻지 않는 구미 선진국과 달리, 우리는 아직도 사람을 하나의 인격체로 보지 않고, 나이를 먼저 따진다. 유교문화가 남아 있어서다. 급속히 변화하는 세상에서 사회적 세대 간 갈등을 해소하기 위해서는, 참신한 30~40대 젊은 지도자가 나와서 갈등과 분노를 해결할 필요도 있다.

최근 우리나라 한 젊은이가 집권당 대표가 되었다. 그러나 기성세대 정치인과 소통이 잘되지 않아, 갈등을 겪기도 하였다. 구미 선진국에서는 대통령도 총리도 당 대표도 젊은 사람이 하지만, 별문제가 없다. 미국 케네디 43세 대통령, 프랑스 마크롱 39세 대통령, 핀란드 산나 마린 34세 여성 총리가 그렇다. 코미디언 출신 43세 젤렌스키 우크라이나 대통령은 군사 강국 러시아의 침공을 끈질기게 막아 내고 있기도 하다. 최근에는 수낵 영국 총리도 42세다. 이태리도 40대 여성 총리다.

'내가 보기엔 디지털시대에 잘 대처하려면, 젊은이가 어른보다 더 나을 수도 있다는 생각이 든다.'

물론 젊은이가 나이 든 어른들과도 잘 어울려야 하는 것은 필수다. 요즘은 별 이유도 없이 증오가 넘쳐나는 세상이라고 한다.

'그럼 증오 없는 세상은 누가 만들어 갈까?'

정신분석학자 프로이트는 인간은 자기방어를 위한 사랑과 증오(공격본능)를 같이 갖고 있다고 한다. 사랑이 자기보호를 위한 소극적 방어라면, 증오는 자기보호를 위한 적극적인 방어수단이란다.

"증오는 상대를 죽이거나 부숴버리고 싶은 마음"이다. 이런 증오가 전쟁의 근원이다. 전에 서울 현충원에 월남전에 참전하였던 친척 장례식에 갔었다. 그곳에는 수십만 전쟁 희생자들이 잠들어 있었다. 우린 두 차례 세계대전과 6·25 동란 월남전의 참상을 너무나 잘 알고 있다.

우리같이 보통 사람들이 보기에는 특별히 증오할 이유도 없는데, 독재자는 자기방어를 위하여 외국과의 전쟁을 좋아한다. 내부 단속을 위한 수단으로 전쟁을 이용한다. 최근 러시아 푸틴 대통령이 우크라이나 침공이 그렇다. 중국같이 일당 독재가 패권을 놓고 세계를 위험스럽게 만들고 있기도 하다.

러시아 대통령 푸틴의 최근 핵 위협 발언은, 핵전쟁이라는 세계 종말의 신호탄이 될 수도 있다. 그런데도 핵보유국이거나 잠재적 핵보유국이 더 위험스럽다. 자원보유국이 석유 가스의 부존자원을 무기로 세계 경제를 혼란스럽게 하고 있다. 대만 문제와 미·중 패권 경쟁도 두렵다. 이런 것들이 다, 지역 간 이념 간 독재자의 증오라면, 누가 분노하지 않겠는가?

산업화에 따른 부작용으로 하루가 멀다고 폭우와 폭설, 태풍과 허리케인 광풍이 분다. 북극 빙하와 알프스의 만년설이 녹아내린다. 코로나같이 이상한 전염병이 돌기도 한다. 산업화로 생긴 지구온난화에 기인되고 있다. 태양광 발전한다며 푸른 숲을 마구 망가뜨려서, 되레 환경을 파괴하기도 한다. 공연히 박쥐를 잡아먹어 2~3년 동안 코로나 덫에 걸려 전 세계가 혼돈에 빠지기도 한다.

'분노에 차 있는 세상, 누가 이 열기를 식혀줄까?'

1932년 평화를 위한 아인슈타인과 프로이트의 서신 대화에서, 프로이트는 "문화의 발전과 전쟁 참화의 불안"이 평화를 가져온다고 하였다. 국경을 초월해서 물질적 정신적 양극화로, 사람들이 세대 간, 지역 간, 이념과 인종 간 골이 점점 깊어만 가고 있다. 이를 해결하는 것은 평화를 추구하려는 문화의 발전이라는 거다.

'그럼 문화를 창조할 문학과 예술의 위치는 지금 어디에 있을까?'

인공지능 AI 출현으로 문학과 예술 활동에도 큰 변화를 초래하고 있다. 디지털 문화는 사람들이 아무런 생각 없이 쾌락만을 받아들이게 한다. 인터넷에는 저자도 필자도 없는 사이비 문학작품이 떠돈다. 작가의 윤리나 숙면 없이 복제된 글귀가 나돈다. 그것을 모르는 독자는 그대로 받아들이고 만다. 누가 그랬어 하면 독자의 답변은 인터넷이라고 말한다.

그동안 AI 디지털시대에, 과학기술의 발전에 인간의 삶을 편하게 만들어 주는 것은 분명하다. 그러나 과학기술이 우리 정신세계를 점하는 철학과 종교를 흔들고 있다면 큰일이다. 더욱이 인간의 정신을 정화시켜주는 문학마저 위태롭게 한다고 생각하면, 분노하지 않을 사람이 어디 있겠나? 지금 내가 사는 세상은, 탐스러운 포도송이와 석류처럼 풍요와 메마름이 혼재되어 있다.' 그러니 세상의 분노 삭이려면 어떻게 해야 하나? 그에 대한 답은 문화의 발전, 그중에도 인간의 감성을 카타리시스 해주는 문학과 예술의 융성밖에 뭐가 또 있겠나?

잃어버린 리생이 마을

　제주시 해안동 리생이 마을은 1948년 11월 28일, 마을 전체가 불에 타버린 잃어버린 마을이다. 지금도 리생이 마을은 텅 빈 옛날 모습 그대로다.

　'왜 그렇게 됐을까?'

　해방 후 미군정 때인 1947년 좌익세력이 제주북국민학교에서 3·1운동 기념행사를 하였다. 행사 후에는 제주시 중심가인 관덕정 앞에서, 시가행진을 하였다. 이를 구경하던 어린이가 시가행진을 해산하려던 기마 경찰에 의해, 밟혀 죽는 불상사가 일어났다. 이를 기회로 삼아 좌익세력은 제주도 곳곳에서 준동하기 시작하였다.

　1948년 4월 3일 새벽에는, 좌익 폭도들이 제주도 12개 경찰지서를 불 지르며 무장봉기를 하였다. 경찰은 폭도들을 진압하기 위해서, 낮에는 경찰, 밤에는 폭도들 세상이 돼버린 중산간 부락에 사는 주민들을 해변가로 이주하도록 명령하였다. 그런 후에 제주 중산간 부락이 대부분 불태워졌다. 그뿐만 아니라 자기 집을 지키려던 사상과 이념이 뭔지도 모르는 양민들이 대량 학살되기도 하였다.

　최근에 대학로 극장에서, 공연한 제주 북촌마을의 4·3 참상을 다룬 뮤지컬 "동백꽃 피는 날"을 보았다. 제주 4·3을 어렴풋이 알고 있었던 나는, 정말 눈물 없이는 볼 수 없는 뮤지컬이었다. 주인공 언니가 4·3 때 손을 놓아 버려 끌려가다, 죽은 여동생이 묻힌 동백나무 곁을 언니는 떠나지 못한다. 그래서 홀로 동백꽃 마을의 재개발을 반대하는 할망이 다된 언니 "분임"의 처절한 목소리를 담고 있었다. 동백나무마저 너무 슬퍼서 그런지 꽃이 피지 못한 채 그대로 서 있다.

4·3사건의 실화를 다룬 뮤지컬이었다 지금은 4·3사건 조사도 이루어지고, 어느 정도 진상이 규명되어 명예 회복도 이루어지고 있다. 그렇다고 당시 주민의 고통과 죽은 넋을 충분히 달랠 수는 없다. 불타버린 리생이 마을의 옛 집터에 남아 있는 양애만이, 리생이 마을의 당시 아픔을 그대로 간직하며 자라고 있을 뿐이다.

제주시 해안동 리생이 마을은 하늘에서 용이 내려와, 새끼를 낳고 하늘로 올라갔다는 전설적인 마을이다. 해안동 하면 해변가 같지만 그건 아니고, 바다가 잘 보이는 언덕이라는 의미다. 해안동 리생이 마을은 제주시 서쪽 외도동 바닷가에서, 6km 정도 한라산 쪽에 있는 중산간 부락이다. 300여 년 전에 조성된 마을로 120여 가구 500여 주민들이 밭농사와 목축업을 하며 살았단다.

노루가 물 먹고 가는 노루물과 물이 마르지 않는 독승물이 있어서, 살기가 좋았다고 전해온다. 학동들이 글 읽는 소리가 그칠 날이 없었단다. 그러던 리생이 마을은 4·3사건으로 마을 전체가 불에 타 버렸고, 주민들은 바닷가 근처로 이주해야만 했다. 나도 그때 바닷가 근처 외도동에서 태어났다.

우리 증조부님이 살았던 리생이 마을, 옛 집터에는 아직도 양애가 자라고 있다. 양애는 다년생으로 잎이 좀 큰 난초와 비슷하다. 죽순과는 색깔이 다르고 크기는 죽순에 비해 아주 작다. 엄지손가락보다 조금 크다. 양애는 초가집 처마 밑에 자란다. 늦가을에 적갈색 새순이 돋아나면 사람들이 따먹는 채소다.

나는 내 친가와 외가가 모두 리생이 마을이 고향이다. 내 몸에도 그곳의 흙 내음이 묻어난다. 증조부님이 살던 리생이 마을 옛 집터에서, 양애 몇 뿌리를 캐다가 서울에 갖고 와서 화분에 심었다. 매일 물을 주니 초록 잎이 돋아난다.

'가을이 되면 적갈색의 새순도 돋아나겠지!'

'양애 순의 고풍스러운 맛을 느껴 볼 수도 있겠지!'

그런 생각에 빠져보았다. 아닌 게 아니라 가을이 되어, 양애 순이 돋아나 한두 개 따먹었다. 어렸을 때, 고향에서 된장에 찍어 먹었던 그 맛이다. 이제 고향에 안 가도 고향의 향기를 맡아 볼 수 있게 되었다.

옛 집터 울타리 돌담 아래 해마다 자라나는 양애 순을 집에서도 맛본다. 그 양애 순 향기에 옛 고향마을의 고풍스러움과 아픈 사연을 함께 느끼게 되었다. 해방 후 좌우익 갈등이 멀리 제주도까지 슬픈 상처를 안겨 주었다. 그 한복판에 내 고향 리생이 마을도 있었다니 참으로 안타깝다.

이제 가을이면 내 고향 잃어버린 리생이 마을의 슬픈 사연을 알고 있는, 화분에 심어놓은 양애의 새순을 따먹게 된다. 양애 순의 향을 맛보며 지난날 이념 갈등으로 희생된 조상님들의 넋을 달래보리라.

보랏빛 양애

독승물 노루물 물맛 좋아 학동들이 서당에서
글 읽는 소리 넘쳐났던 리생이 마을
4·3으로 잃어버린 조상님의 옛 집터

돌담 밑에 다소곳이 피어난 보랏빛 양애
꽃봉오리 부처님의 제자 반특의 환생인가
돌아온 조상님의 영혼인가

불타버린 옛집 처마자리 밑에 올해도
탐스럽게 새순이 포동포동 돋아난다.
혹시나 양애 꽃말처럼 건망증에 걸린 것이
아니라면 떠나버린 집주인이 다시 찾아오나
가다리는 건 아닐까.

오랜만에 찾은 조상님이 살던 곳 잃어버린
리생이 마을 적막함에 등골이 오싹하다.

으레 그러리라는 오류

강원도 원주에 있는 한지테마파크에 갔다. 한지韓紙 하면 생각나는 것은, 창호지나 문에 붙이는 문풍지다.

'그래서 테마파크에 별거 있겠나?'

그곳 전시관을 둘러보면서, 내가 미처 알지 못했던 한지에 대한 새로운 사실을 알게 되었다. 우리가 흔히 갖고 다니는 지갑은 가죽으로 만들었을 거라고 연상되겠지만, 한지로 만든 지갑紙匣에서 유래했단다. 아닌 게 아니라, 지갑의 지자는 한자로는 종이 지紙 자다. 누에실로 명주(비단)는 종이 보다 오래간다고 생각하겠지만, 실제는 한지가 곱으로 오래간다고 한다. 지천견오백紙千絹五百이다.

한지를 여러 겹으로 만든 가벼운 갑옷도 전시되어 있다. 한지로 만든 갑옷을 입은 장군 모형도 있었다. 칼 차고 있는 그 모습이 늠름하다. 한지가 그만큼 질기고 단단해서, 갑옷도 만들 수 있다는 것을 보여주는 모형이다.

한지테마파크 해설자는 백지라 부르는 한지는 흰색이라서 붙인 명칭이 아니라고 한다. 백지는 닥나무를 백번 손질해야 한지를 만들 수 있다는 의미라며, 그만큼 한지 만드는데 손이 많이 간다고 이야기다.

오늘 한지에 대한 새로운 사실들은, 그냥 지나칠 수 없는 소중한 지식이다. 그로 인해 내 생각에도 오류투성이가 많다는 것을 새삼스레 일깨워줬다. 그동안 한지에 대하여 갖고 있던 내 생각이라고는, 문짝에 바르는 창호지나 문풍지 정도로만 생각했던 게 큰 잘못이다.

나는 이번 한지 테마파크 전시물을 관람하면서, 새로이 알게 된 것이 하나 더 있다. 바로 우리가 '으레 그러리라'는 생각은, 사실은 그렇지 않은 것도 적지 않다는 거다. 우리는 어떤 주장을 펼 때, 특별한 근거 없이 그러리라는 생각만 갖고 이야기하는 경우가 많다. 이제부터라도 나부터 좀 더 신중해져야겠다고 다짐해 본다. 그것만이 내 생각의 오류를 다른 사람에게 그대로 옮겨가는 것을 막아줄 테니까.

우리는 살다 보면 각종 모임에서 목소리 큰 사람이 많다. 자기주장이 옳다는 것을 관철하려는 방편이다. 그중에는 특정 분야의 전문가도 있지만, 그렇지 않은 경우도 많다. 가끔 모바일 검색까지 하며, 자기주장을 펴는 사람도 있긴 하다. 결국에는 목소리 큰 사람의 이야기로 귀결된다. 나중에 집에 와서 사실을 확인해보면, 그때 그 이야기는 대부분 맞지 않는다.

자기 생각의 오류를 걸러내지 못하면, 다른 사람에게도 오류를 그대로 옮겨간다. 그러니 '으레 그러리라'는 생각만으로 자기주장을 펴는 것은, 신중할 필요가 있다. 지천견오백紙千絹五百, 오늘 내가 한지 테마파크를 돌아보며 느낀 크나큰 소득이기도 하다. 덧붙인다면 "너무 아는 체하지 말라." "출처도 불명료한 글 퍼 나르지 말라"는 두 구절이 가슴에 와 닿는다.

전쟁고아 돌봄이

6·25가 일어나자 영국에서 유학 중이던, 한 중년 여인이 급거 귀국했다. 그녀는 서울 동대문구 휘경동 보육원에서 전쟁고아를 돌봤다. 1950년 12월 중공군이 물밀 듯이 내려올 때, 그분은 미군을 졸라서, 일본 주둔 미군 수송기를 이용하여 고아 907명을 제주도에 긴급 공수하였다.

제주도에 내려온 전쟁고아는 제주도 애들과는 억양이 다르고, 누추한 옷차림에 누런 코가 항상 코밑에 흘러내렸다. 그 애들이 나타나면, 제주 토박이 우리 동네 애들은 길옆으로 얼굴을 돌리며 지나갔다.

동네 애들이 그들을 놀리고 괴롭혀서 맨날 싸웠다. 그들은 토박이 애들보다도 더 못 먹는데도, 동네 애들과 싸움에서는 지지 않았다.

'그런 힘이 어디서 나왔을까?'

'부모를 잃고 낯설은 제주에서, 생존을 위한 몸부림이 아니었겠나.'

보육원 원장은 군부대를 찾아다니며, 강냉이(옥수수) 가루를 얻어다가 하루에 두 끼의 죽을 쒀서 고아들을 먹이며 살렸다.

"나무뿌리라도 먹어야 산다. 잡초처럼 모질게 살아야 한다."

원장은 고아들에게 곧잘 했던 말이란다. 우리 동네 애들은 철조망이 처진 군 막사 같은 보육원 안을, 몰래 들여다보곤 하였다. 그들은 늘 줄 서서, 항구에 죽을 받아먹었다. 너무나 불쌍하게 보였다. 고아들이 배고픔을 달래기 위해 마을로 나오기라도 하면, 마을 사람들은 그들을 보며 무서워하였다. 혹시라도 나쁜 일을 저지르지 않을까 해서다.

6·25는 제주에도 전쟁고아와 피난민으로 넘쳐나고, 핍박한 삶을 더 핍박하게 하였다. 전후 보릿고개로 불리는 가난이 어느 정도 물러난 1970에, 보육원은 서울 인근 송추지역으로 옮겨졌다.

'또 한 해가 지나간다. 지금도 생각나는 고아들의 누추한 모습, 지금은 그 애들은 어떻게 됐을까?'

보육원 원장 황온순(2000~2004) 여사는 전쟁 중에 아들과 남편도 잃었다고 한다. 그런데도 전쟁고아를 돌보는데, 일생을 다 바쳤다. 그는 2004년 104세 나이로 돌아가셨다. 천수를 누리고 하늘나라로 가셨다.

전쟁은 부모를 잃은 고아를 만들어 내고, 그들을 돌볼 손길이 필요하다. 황 원장 그분이야말로, 그 누구도 쉽게 실천할 수 없는 부처의 자비를 베푼 분이 아니었겠나? 그래서 천수를 누렸으리라……

나는 생전에 황 원장을 만난 적도 본적도 없다. 하지만 6·25와 보육원 하면 그분을 뇌리에 떠오르는 것은 무엇 때문일까?

조그마한 표지석

광화문에서 그리 멀지 않은 종로구청 정문 옆 땅바닥에, 「정도전 집터」라는 조그마한 표지석이 있다. 세종대로 뒷골목이긴 하나 옛날이나 지금이나 서울의 중심가다. 서초구청 뒤편에는 「정도전 산소 터」라는 표지석도 있다. 산소 터가 있는 곳은 양재동 서초구청 뒤편 우면산 초립이다. 두 표지석은 너무 작아서, 행인이 무심코 지나칠 수도 있다.

정도전 집터 표지석은 내가 다니는 직장 근처에 있었고, 산소 표지석은 내 집 근처에 있는 것을 길 가다가 우연히 발견하였다. 정도전 집터와 산소 터라면, 기념관이나 추념비라도 있을 법도 하다. 주변을 살펴봐도, 그런 흔적은 찾아볼 수 없다.

정도전은 조선 개국공신이다. 그는 법전으로 「조선경국전」을 사적으로 저술해서 태조 이성계에게 받쳤다. 조선을 왕권과 신권의 조화로 민본정치를 구현하려 하였다. 왕과 신하(재상)는 역할이 다르다. 왕은 국보로서 세습이 되고 신하(재상)를 임명한다.

그는 왕은 세습되기 때문에 유능할 수도 있고 그렇지 않을 수도 있지만, 재상만큼은 항상 유능한 인재를 등용할 수 있다고 보았다. 정도전은 조선 건국을 주도했지만, 민본정치는 제대로 구현해보지도 못하였다. 왕권의 강화를 주장하는 이방원(태종)에게 죽임을 당하였기 때문이다.

'조선은 왕권 강화를 주장했던 이방원이 의도대로 왕권이 강화되었을까?'

그렇지는 못한 것 같다. 훌륭한 재상 이름이 나오긴 한다. 그것도 전부가 그렇다고는 말할 수도 없다. 왕은 분명히 들쑥날쑥한 것 같다.

정도전이 살던 집도 산소도 세월이 지나며 흔적도 없이 사라졌다. 세월이 가면 어차피 그렇게 될 거다.

'그렇다면 지금에 와서, 정도전 표지석을 왜 만들었을까?'

고조선을 잇겠다는 조선은 압록강, 백두산, 두만강까지 영토를 확장하였다. 그러나 조선의 최후에 남긴 것은 일제에 병합되었고, 남북 분단으로 지금도 미해결로 남아 있다.

'무엇이 잘못되었을까?'

'정도전이 죽임을 당하지 않았더라면, 민본정치가 일찌감치 실현되었을 것이 아닌가!'

'또 유능한 신하가 많이 등용될 수 있는 토양이 마련되고, 우리 역사도 달라지지 않았을까?'

오늘날에도 집권자는 선거를 통해서, 고위공직자는 임용과정에서 검증을 받는다. 유능한 인재를 등용하기 위해서이다. 그게 쉽지는 않은 거 같다. 옛날이나 지금이나 고위공직자에 대해서는 죽은 후에도, 그 사람의 행적을 찾아내 그 사람을 평가하기도 한다. 정도전도 다시 살아온 것은 아니지만, 600년이 지난 지금 새롭게 평가받고 있다.

정도전의 집터와 산소 터는 조그마한 표지석을 들러보며, 그의 민본정치를 다시 생각해본다. 오늘날에도 고위공직자 임명 시, 공직 부적격자라도 자기 편 사람이면 임명하는 것을 볼 수 있다. 너무나 안타깝다. 임명권자마저도 "문제가 있는 사람이 일 더 잘하더라."라고 말을 내뱉기도 한다. 이런 어처구니없는 황당한 말 정말 듣기 싫다. 위정자는 그런 말보다는, 정도전의 민본정치를 한 번 더 되새겨 볼 만하지 않을는지.

출세가 뭐 길래

오월 화창한 어느 봄날, 나는 한강 인도교 남측 산책길을 걷고 있었다. 길옆 담벼락에는 장미꽃이 활짝 피어 있다. 어찌나 예쁜지 가던 길을 잠시 멈추게 한다. 자세히 살펴보니 장미꽃이 저마다 예쁘다고 뽐내며, 얼굴을 쑥 내민다.

언젠가 TV에서 동물의 왕국 영상을 보고 있었다. 초원의 맹수도 그들의 무리에서 권세를 잡으려고, 저들끼리 혈투를 벌이는 장면을 볼 수 있다. 운동 삼아 한강 변을 걷다 보면, 낚시꾼이 물고기를 유인하려고 떡밥을 강물에 뿌려 넣는 것을 볼 수 있다. 물고기들은 그때를 놓칠세라 쏜살같이 먹이 있는 데로 모여든다.

자연에서도 이렇게 명예나 권세와 재물을 얻기 위해서, 저들끼리도 치열한 경쟁을 한다. 어쩌면 이게 자연의 이치다.

'하물며 만물의 연장이라는 영특한 인간들이 모여 사는, 인간사회에서야 오죽하랴'

"출세가 뭐 길래" 사람들은 태어나서부터, 평생 동안 출세에 매달려 경쟁하며 살아갈까? 출세出世 한자로는 세상에 나온다는 말이다. 그러니 엄마 뱃속에서 나오는 것만으로도 출세다. 그러나 그렇게 믿는 사람은 아무도 없다.

출세 영어로는 success로 표기된다. 좀 어색한 것 같기도 하다. 사람들은 사회에 나오면, 누구나 명예 권세 재물을 얻으려고 혈안이다. 자연에서보다도 훨씬 냉혹하고 치열한 것이 인간사회다. 승자가 있으면 패자가 있고, 패자가 있으면 승자가 있다. 명예를 얻기 위해서는 부단한 노력이 필요하다. 권세를 얻기 위해서는 양심을 버리는 한이 있더라도, 수단과 방법을 가리지 않고 뛰어들어야 한다고 한다. 재물을 얻는 것도 이와 크게 다를 바 없다.

사람이 인간으로서의 기본적 욕구는, 먹고 사는 생리적 욕구다. 그것이 끝이 아니다. 그것이 어느 정도 충족되고 나면, 그다음에는 사회적 욕구가 생겨난다. 사회적 욕구는 다른 사람보다 월등히 나아지겠다는 욕망이다. 이를 달성하는 것을 출세라 할 수 있다.

"그렇다고 출세가 꼭 행복을 가져다줄까요?"

"그렇지는 않죠."

몽태뉴는 그의 수필집 수상록에서 "나의 행복은 남의 불행을 초래할 수도 있다고 한다. 또 행복은 그 사람이 죽을 때 봐야 안다고도 한다." 그러니 출세했다고 그렇게 뽐낼 것만도 아닌 것 같다. 남에게 보여주려는 화려한 이력보다는, 남을 따뜻하게 배려하는 성품이 더 좋을 수도 있다.

나폴레옹이 영웅이라 하지만, 그로 인해 많은 사람이 죽어갔다. 에디슨같이 부단한 연구로 인류에 남을 발명을 한 사람도 있긴 하다. 나라를 팔아먹었다고 죽어서도 욕만 먹는 사람도 있다.

이렇게 역사에 남는 인물 중에는 명예로운 인물도 있고, 오명을 남긴 인물도 있다. 그러니 괜히 유명해지려는 것 보다, 무명으로 지내는 것이 속 편할 수도 있다.

'어차피 육신이야 한줌의 흙으로 돌아갈 거 아닌가?'

영혼은 불멸한다고 하니, 죽으면 구름이 되어 하늘로 올라갈 거다. 권력과 돈은 가지고 있을 때, 좋게 쓰면 좋은 것이고, 나쁘게 쓰면 나쁜 거다. 권력과 돈은 좋은 점도 있지만, 잘못하면 욕먹기에 십상이다.

사람들은 출세하려면 실력과 배경, 시류를 타야 한다고 한다. 맨주먹 불굴의 의지로 걸어온 명망가도 있긴 하다. 아부와 아첨도 실력이라는 말도 있다시피, 줄타기를 잘해서 출세한 사람도 있다. 풀 한 포기에도 영혼이 있다 하는데, 영혼 없는 공직자도 있다. 출세를 위해서라면 이리저리 왔다 갔다 하며, 주관 없는 공직자도 있다. 열심히 공부와 일을 해서, 권위를 획득하는 공직자도 있긴 하다.

고시에 합격하여 공직생활을 중간관리자부터 시작하였고, 지금은 은퇴생활을 하는 친구에게 물어봤다.

"넌 언제가 가장 좋았다고 생각하나?"

"난 공직생활 4~5년 차 정도인 것 같다. 그 이상 되면, 이런저런 눈치를 다 봐야 한다고 한다."

그 말은 나에게도 맞는 말인 것 같다. 요즘 "공정과 상식"이라는 말이 사람들 입에서 자주 회자된다. 오죽해서 그런 말이 나왔을까? 하는 생각을 해본다. 나도 아둔해서 시류에는 잘 타지 못했던 것 같다. 그래서 명예, 권세, 재물과는 거리가 멀었던 삶이 아니었던가 싶다. 지금 와서 생각해보면, 그것이 오히려 편한 삶을 누린 것 같기도 하다. 그러니 이런 물음에도 주저 없이 답을 할 수도 있게 되었다.

"세상에서 가장 꼴 보기 싫은 사람은 누구일까?"

"그거야 출세하면 겸손할 줄도 알아야 하는데, 뭐 잘났다고 스스로 자랑하며 우쭐대는 사람이지."

　아무튼 인생 70을 넘고 보니, 버릴 것이 많아졌다. 그래도 새삼스레 뭔가 남기고 싶은 것도 생겨났다. 늦게 배운 시 한 수 수필 한 편은 꼭 남기고 싶다. 시와 수필은 작가의 직간접 체험을 묘사하고 진술하여, 자기 판단을 독자에게 시험해보는 것이라고도 한다. 물질적인 것은 죽음과 동시에 소유권이 자동 이전된다. 진리를 담은 책도 과학이 발달하면 변할 수 있지만, 문학은 영원히 변하지 않는다고 한다. 해강 김한진 시집 "삶이 뭐 길래"는 이미 출간되었고, 이어 수필집 "삶의 길목에서 백양로"도 곧 출간된다. 거기에 나오는 시 한 수 수필 한 편은, 내 삶의 단편이고 영원히 변하지 않는 나의 작품이고 흔적이다.

　지금까지 이 글의 주제 "출세가 뭐 길래." 그에 대한 답은 사람마다 다르므로, 독자에게 맡기는 게 좋을 것 같다. 덧붙인다면 출세가 곧 명예와 행복을 가져다주는 것만은 아니라는 것을.

상우회보 Goods Friends, 2022 No74 게재

코로나 덫에 걸린 인간

　서초 몽마르트 공원에 있는 꽃나무에, 작은 거미 한 마리가 촘촘히 그물망을 짜놓았다. 거미는 그물망 한구석에 숨어서, 먹잇감이 걸려 들기를 기다리고 있다. 무심코 날아가던 노랑나비 한 마리가 그물망에 걸려들었다. 빠져나가 보려고 발버둥 치는 나비, 너무 애처롭다.

　요즈음 명석한 두뇌를 가진 인간도 나비처럼 코로나 덫에 걸려, 헤어나지 못하고 있다. 인간이 몸보신한다고 먹은 박쥐 속 코로나, 영양 좋은 인간에 달라붙어 종족 퍼뜨린다고 분주하다. 코로나가 촘촘히 쳐놓은 그물망인 박쥐의 덫에, 인간이 꼼짝없이 걸려들었다. 2019년 말 중국 우한에서 인간이 박쥐 먹고 전파된 코로나로, 전 세계 사람들이 떨고 있다.

　우한에서 나비처럼 코로나가 날갯짓하며 생긴 미풍, 태평양 건너 허리케인 토네이도로 변하였다. 눈에도 보이지 않는 한갓 미물인 코로나 팬데믹으로 2년 넘게 전 세계가 혼돈의 늪에 빠져들었다.

　'박쥐가 무슨 죄가 있나?'

　'인간이 몸보신하기 위해, 멀쩡한 박쥐 잡아먹고 생긴 일인데'

　박쥐야 코로나와 공생한 것뿐이다. 중국이 전 세계에 신속히 위험 경고를 하고, 우한과 외부와의 교통을 차단했어야 했다. 그리고 나서 방역을 철저히 했더라면, 전 세계로 코로나가 전파되는 것을 미리 막을 수 있었을 텐데. 너무나 아쉽다.

코로나 팬데믹은 사회적 거리두기라는 생소한 방역대책으로, 인간의 연을 끊어놓았다. 수필가 피천득은 "장수"라는 수필에서, 장수하려면 인간은 인연을 많이 맺어야 한다고 하였다. 그런데 사람과 사람 사이에 사회적 거리를 둬야, 코로나에 안 걸리고 오래 산다는 생소한 율법까지 생겨났다. 매일같이 코로나 확진과 죽음으로 고통을 받는 소식을 접하다 보니, 너무나 슬프고 두렵다. 사회적 거리두기 1~4단계로 종교시설이 문 닫고 스포츠 경기는 무관 중으로 열린다. 음식점 카페 노래방 여러 가게가 졸지에 영업시간이 단축되었다. 소상공인들은 죽겠다고 아우성이다. 공원과 산에 가보면, 정자나 쉼터에 앉지 말라고 테이프로 묶어 놓은 것 보고 깜짝 놀랐다.

'그럼 어디에 앉으란 말인가?'

동경 올림픽은 1년 연기되었다가, 어렵사리 무관 중으로 치러졌다. 그래도 일본이니까 그렇게라도 올림픽을 개최한 거 아닌가 하는 생각도 해본다. 국제회의도 화상으로 개최되고 있다. 멀쩡한 공항 활주로에는 날개를 접은 여객기가 즐비하게 앉아 있다. 전 세계를 거미줄처럼 이어 주던 항공로가 막혀버렸다. 그렇게도 좋아하던 해외여행이 중단되고 항공사와 여행사는 죽을 지경이다.

자연과 더불어 살던 인간이 산업화와 도시화로, 환경파괴가 급속히 증가하고 있다. 탄소 배출량 증가에 따른 기온상승으로, 극지방 얼음이 녹아버리는 일이 일어나기도 한다. 그런 가운데 몸보신이라는 이름으로 박쥐마저 잡아먹는 바람에, 코로나가 인간에 전파되었다.

어쩌면 코로나는 자연이 인간에 대한 경고인 것 같기도 하다. 아니

신이 내린 경고일지도 모른다. 교회와 사찰도 문을 닫은 것을 보면 알 수 있다.

이제는 백신과 치료제 개발로 코로나19와 정면 승부에 돌입했다. 그러나 나라마다 백신 공급이 원활치 못하여, 제때 백신 주사를 맞지 못하고 있다. 우리나라도 백신 때문에 어려움을 겪기도 하였다.

그러다 보니 코로나19 감염은 현재도 진행 중이다. 2021년 8월 29일 현재 전 세계 발생 환자는 총 214,221,860명(사망 4,468,691명)이다. 우리나라도 248,568명(사망. 2,279명)이다. 이러한 코로나가 인간에게 전염이 언제 진정될지는 아무도 모른다. 하지만 감기나 독감처럼 우리 몸에 기생하며 발병할 가능성 큰 것 같다. 벌써 위드 코로나라는 방역이 검토되고 있다. 코로나와 같이 산다는 말이다.

그럼 코로나 델타나 오미크론 변이처럼 전이가 빠른 코로나도 나왔다. 백신을 맞고도 코로나가 감염되는 돌파 변이 바이러스가 등장하여 방역에 어려움을 겪고 있다. 앞으로 전개될 양상은 아무도 예측하기 어렵다. 중세 흑사병, 근세 콜레라, 천연두처럼 물리치는데 많은 희생이 따른 전염병으로 남을 것 같다. 물론 언젠가 코로나도 인간이 물리칠 수는 있을 거다. 나도 우연히 코로나에 걸려 봤지만, 어쩌면 우리 모두가 코로나에 걸려봐야 면역이 생겨날 것 같기도 하다.

그럼에도 불구하고 이번 코로나19 덫에 걸린 우리 인간에게, 무슨 의미를 던져 줬는지는 한 번쯤 생각해볼 필요가 있다. 아무리 의학이 발달 되었다 하더라도 자연을 함부로 건드리면 안 된다. 박쥐에게는 아무런 영향을 주지 않는 코로나가, 인간에게는 큰 위험을 가져다주고 있다. 교통이 발달로 전 세계로 연결된 것이 오히려 방역에 위험이 되고 있기도 하다. 코로나 방역을 위한 사회적 거리두기가 먹고사는 문제와 직결되고 있다는 점도 잊어서는 안 될 것 같다.

 코로나가 무서운 것은 인간의 행복을 가져가 버린다는 거다. 종교 시설의 중단은 인간 정신세계까지도 혼란을 초래케 하였다. 이번 코로나 덫은 인간 스스로 파놓은 굴레이고, 확산도 인간이 파놓은 이동 편리라는 굴레로 빠르게 번져나갔다. 그러니 AI 시대에도 한갓 미물인 코로나가, 오히려 인간에게도 한계가 있다는 사실을 새삼 깨닫게 해주고 있다는 건 분명하다.

풀리지 않는 수수께끼

　가을이 발갛게 익어가는 한탄강 주상절리 십리 길을 걸었다. 강 언덕 절벽에 놓은 출렁다리 위를 한 걸음 한 걸음 걸을 때마다, 천 길 낭떠러지로 떨어질까 봐 나는 간담이 서늘하다. 강 한복판에 홀로 서서 한탄강을 지켜주는 고석정이. 오늘따라 더 외로워 보인다. 고석정을 달래주려는 듯, 아우라 꽃들은 방실방실 밝은 미소를 띠고 있다. 남북이 두 동강이 난 휴전선을 아는지 모르는지, 한탄강은 임진강과 한강을 사이좋게 만나려 합수머리를 향해 덩실덩실 춤을 추며 달려간다.

　어쩌면 한에 맺힌 듯 출렁대는 한탄강의 물줄기를 바라보면서, 나는 우리에게 풀리지 않는 수수께끼가 불현듯 머리에 떠올랐다. 남북통일이다. 해진 어둠이 깔린 철원 "노동당사"엔, 애잔한 불빛에 치열했던 흔적이 아직도 그대로 남아 있다. 6·25 때 총탄에 송송이 뚫린 벽 구멍이다. 마침 그 앞에 뱀 한 마리가 갈 길을 잃어버린 듯 헤매고 있다. 그걸 보니 남북 분단의 현실을 더 실감하게 되었다. 사실 이곳은 내 친구 K 선친이 일제 강점기에 만주 하얼빈에 이주해서 살다가, 6·25 때 남으로 내려오다 잠시 머물렀던 곳이기도 하다. 그때 내 친구도 전란 통에 이곳 철원에서 태어났다. 그러니 그 친구는 선친이 쏟아지는 총탄을 온몸으로 막아 내며 태어난 행운아다.

우리는 80년 가까이 남북이 분단된 채 살면서도, 남북통일은 기미조차 보이지 않는다. "우리의 소원은 통일", "통일은 대박이다." 하면서도, 남과 북이 통일의 실현을 위한 노력에는 손 놓고 있다. 남과 북은 통일해야 한다는 말만 그럴듯하게 늘어놓으면서도, 상호교류도 전무하다. 휴전선을 눈앞에 두고 오직 총부리만 겨눌 뿐, 먼 나라 불 보듯 한다.

지금은 단일민족이라고 부르는 거조차 민망스러울 정도다. 세계 여러 나라를 마음만 먹으면 자유롭게 여행할 수 있는 세상이다. 하지만 북한만큼은 예외다. 우린 이런 물음에 대해서는 수수께끼가 되어버린 지 오래다.

"우리의 소원인 통일은 언제 오려나?"

"누가 남북통일이라는 수수께끼를 풀 수 있을까?"

이런 질문에 대한 답변은 매우 어려운 담론이 되어버렸다. 그래도 나는 인간의 정신적 미를 창조하는 문학인으로서, 통일 문제를 풀기 위해 지금부터 심사숙고해 보려고 한다.

세계는 지금도 지구 저편에서, 러시아와 우크라이나 간에 전쟁을 하고 있다. 어쩌면 왜 싸우는지조차도 아리송한 전쟁이다. 그러나 이로 인해 세계가 흔들리고 있다. 세계 곡물값이 오르고, 석유 가스값도 치솟는다. 코로나 팬데믹에 겹쳐 세계 경제도 어려움에 부닥쳐 있다.

그래도 밤낮으로 러시아와 우크라이나는 대포를 뻥뻥 쏘아댄다. 강자의 독식이나 약자의 저항이냐, 누가 최후의 승자가 될 것인지 아무도 모른다. 2022년 2월 24일 시작한 전쟁은 벌써 반년이 지나고 있다. 그렇다고 누가 나서 특별히 전쟁을 말리는 사람도 보이지 않는다. 소련의 부활을 꿈꾸는 독재자 푸틴과 코미디언 배우 출신 대통령 간에 혈투는 현재 진행형이다.

지난 세기 두 차례 세계대전으로 5,000만 명이 죽고, 우리나라는 6·25 동족상쟁으로 250만 명이 죽고도 휴전 상태다. 세계 몇 나라는 일본을 항복시킨 히로시마 원자폭탄의 수백 배에 달하는 수소폭탄을 보유하고 있다. 우리 머리 위에 있는 북한은 원자폭탄을 만들어, 시험한다고 미사일을 쏘아대며 으르렁거린다. 이러한 것들이 모두 인간이 증오와 파괴 본능에서 생겨난 것이라 하니 너무 서글프다.

백령도 심청각 앞마당 고운 시비에는 이런 구절이 있다. "여기에 와보지 않고 이 시대를 말하지 말라" 밤에도 저 수평선에 바닷물이 서로 싸운다. "한밤중에 피 묻히는 파도 소리 들어라." 그것이 너와 나고 그로 해서 "백령도 아침 햇빛 맞이하라" 이 얼마나 처절한 남북 갈등의 현실인가!

1932년 국제연맹의 요청으로 상대성이론을 발견한 아인슈타인은, "전쟁을 피하기 위하여 어떻게 하면 좋은가?"라는 장문의 편지를 정신분석학자 프로이트에게 보냈다. 이에 대한 프로이트의 답변은 이렇다.

인간은 자신의 몸과 생명을 보호하고 싶은 본능이 있다. 에로스적 본능과 공격적 본능이다. 사람과 사람 사이의 감정과 마음의 유대를 만들어 내는 것은 모든 분쟁을 억제하게 한다. 문화의 발전이 촉진되면 전쟁은 종언하는 데 앞으로 나간다.

그런데도 세계 2차대전은 일어났다. 지금은 세계정부 같은 UN이

창설되었지만, 전쟁은 멈추지 않고 있다. 문화도 발전했지만, 전쟁 무기도 발전하였다.

우리나라는 조선 말기 대원군의 쇄국정책으로 서구 열강의 침탈을 막아보려고 했다. 그렇게 됐나요? 동학 난을 막는다고 청국 군대를 불러들이니, 일본 군대마저 슬그머니 들어왔다. 미국과 교역 대가로 우리를 보호받으려 "조미우호통상조약"을 체결하였다. 러시아를 믿고 아관파천도 해봤다. 하지만 근대화에 늦어 힘없는 조선 어떻게 됐나요? 결국에는 서구 열강을 대신한다는 일본에 강점되고 말았다.

우리는 상해임시정부를 세우고 독립 투쟁도 하였다. 해방 무렵엔 광복군도 창설하고, 좌우합작까지 하면서 독립을 위해 투쟁하였다. 그래서 우리가 바라던 독립이 뜻대로 되었나요? 강자의 입맛대로 영토는 두 동강 나고, 6·25 동란으로 250만 명이 죽었다. 500만 명 이상이 이산가족도 생겨났다. 그러니 지금 우리에겐 남북 평화적 통일이 대박이라는 것은 틀림없다.

"그럼 오늘날 통일을 막는 장애 요인은 무엇일까?"

그것이 바로 풀리지 않는 통일의 수수께끼를 푸는 열쇠다. 내가 보기엔 남북한 이념 차이와 주변국의 견제다. 이에 하나 덧붙인다면 남북한 교류를 막는 북한의 핵 개발이다. 이념의 차이는 소련의 공산체제와 동구권 공산주의 실험으로 판가름 났다. 중국도 자본주의를 도입한 마당에 남한이 북한식 공산주의로 간다. 그것은 상상조차 못 할 일이다. 오직 북한의 3대 세습을 단절하고 자본주의 자유민주 체제로 전환하는 길밖에 별도리가 없다.

그럼 이웃 국가들은 한반도의 통일을 원할까요? 중국 러시아 일본 과거 행태를 보면 그렇지 않다. 만일 통일 후에 우리가 자기편에 선다는 것을 확신한다면 찬성할 것이다. 불행하게도 우리나라도 그럴 리가 만무하다. 북한이 체제 보장을 해주면 핵 개발을 포기할까요? 그럴듯한 말이지만, 우리나라든 다른 나라든 그것을 보장하기란 결코 쉽지 않다. 중국이라도 자유민주체제로 전하면 모를까?

오늘날 남북의 현실은 통일은 고사하고 대화부터 동문서답이니, 참으로 답답한 현실이다. 2022년 8·15광복절과 윤 정부 100일을 맞이하여, 대화의 물꼬를 터보려고, 북한에 담대한 구상을 발표하였다. 그러면서 그 조건으로 제시한 것은, "(북한의 비핵화에 대한) 확고한 의지만 보여주면, 우리가 할 수 있는 것을 다 도와주겠다.". "이에 대해 북한은 노동당 부부장 김여정을 통해서, "세상에는 흥정할 것이 따로 있는 법, 우리의 국체인 핵을 경제협력과 같은 물건 짝과 바꾸어 보겠다는 …… 구상"이라고 맹비난하였다.

지금 남북 소통이 이 정도니, 나도 말문이 딱 막힌다. 그래서 이 정도로 나는 이 시대에 풀어야 할 통일담론을 수수께끼는 중지하려고 한다. 왜냐구요? 나도 모르니까. 언젠가 영특한 우리 후손이 나와 피 한 방울 흘리지 않고, 수수께끼를 풀어주길 바랄 뿐이다. 나는 실패했지만, 이 문제를 풀어줄 문학인이 나온다면, 금상첨화고 노벨문학상은 따논 당상이다.

뜬구름은 155마일 휴전선 위로 유유히 흘러가고, 철새는 계절 따라 거리낌 없이 철조망을 넘나든다. 북에서 내려오는 한탄강과 합수한 임진강물과 남에서 흘러드는 한강 물이 서해바다에서 하나로 섞이며, 반갑다고 덩실덩실 춤을 춘다. 그럼 살기 좋은 금수강산 우리의 소원인 통일은 언제 오려나? 이제 풀리지 않는 수수께끼는 앞에 시 한 수로 마무리하려 한다.

한탄강은 흐른다

고려 태조 왕건의 쿠데타에 밀려
강 건너 드르니로 쫓겨나며
궁예가 탄식했던 한탄강

강 한복판엔 외로이 선 고석정
임꺽정이 활차고 지켜주고

현란한 아우라 꽃은 작은 미소로
달래준다.

휴전선 넘어 평강 땅에서 발원한 한탄강
천리 낭떠러지 주상절리 십리길

저물어가는 가을이 아쉬운 듯
발갛게 익어가는 단풍 보려고
구름처럼 밀려든 사람들

깎아지른 듯한 절벽에 동여맨 출렁다리
위를 엉거주춤 한 발 한 발
내디딜 때마다 간담이 서늘하고

어스름 밤에 보이는 잿빛 "노동당사" 벽엔
구멍이 숭숭 뚫린 6·25 흔적

오늘도 동족의 아픈 상처 지우려는 듯
한탄강 강물은 한강 물과 합수하려
쉬지 않고 출렁대며 흘러간다

월간 心象 2022년 11월호, "시인과 세상"에 게재

황당한 공덕비

봄철에 송파 석촌호수에 가면, 화사하게 핀 벚꽃이 너무나 아름답다. 그걸 보려고 봄철에는 사람들이 석촌호수에 많이 모여든다. 나도 석촌호수에 벚꽃 구경하러 여러 차례 갔었다.

언제가 석촌호수에 갔을 때다. 웬걸 호수로 내려가는 숲속에, 커다란 비석이 하나 덩그러니 서 있었다. 그냥 이름 모를 무덤이거니 하고, 무심코 지나칠 수도 있는 곳이다. 나는 찬찬히 비석을 들여다보다 깜짝 놀랐다. 그냥 지나칠 수 없는 의미심장한 비석이었다. 황당한 청 태종 찬양공덕비다

요즘 국사 교육에 대한 논쟁이 일고 있다. 이번에는 "역사교육의 국정교과서라야 하나 하는 문제다." 이런 논쟁은 잊을만하면, 툭 튀어나오는 얘기거니 할 수도 있다. 그러나 우리나라 5천년 역사를 살펴보면, 자랑거리도 많다. 하지만 이에 못지않게 잊지 말아야 할 황당한 역사적 사실도 있다.

내가 보기엔 조선시대의 경우, '삼배구고두례', '아관파천', '한일합병'이라는 생각이 든다. 그중에도 '삼배구고두례三拜九叩頭禮'는 병자호란에서 조선이 패하여, 인조가 청 태종에 대한 항복의 예다. "임금이 눈물을 흘리면서 청 태종에게 3번 절할 때마다, 이마를 땅에 3번

부딪치며 소리가 나도록 절하는 의례다." 그야말로 통탄할 일이다. 그를 보는 백성이야 오죽했으랴.

역사책에서는 무심코 지나칠 수도 있다. 나는 이곳 석촌호수에 들릴 때면, 언제부터인가 황당한 공덕비를 한 번 더 들여다보곤 하였다.

"왜 이런 해괴망측한 이런 일이 일어났을까?"

일본이 명을 치기 위해 조선에 길을 열어달라는 명분으로, 임진왜란이 일어난 지 불과 30년밖에 안 되어 일어난 일이다. 이번에는 청나라로부터 침공을 받았다. 큰 전쟁을 치렀으면 철저하게 외침에 대비했어야 함에도, 조선은 그렇지 못하였다. 남한산성으로 피난 가서 싸우려 했으나, 식량과 물자 부족으로 항복할 수밖에 없었다고 한다. 참으로 안타까운 일이다.

조선은 명 청 교체기에 명분론에 집착하여, 청에 대한 외교적 노력이 부족하였다. 그 결과 청과는 제대로 싸워 보지도 못하고, 군사력 열세로 청에 항복하고 말았다. 전쟁에서 지고 굴욕적으로 송파구 삼전도에 황당한 "대청황제공덕비"를 세웠다.

'전쟁에 패한 나라가 이긴 나라 황제에게 공덕비라니, 이 무슨 황당하고 해괴한 일인가!'

'병자호란으로 청의 속국이 되었지만, 청이 조선을 지켜줬나요?'

국가는 스스로 지키려는 자만이 지킬 수 있다고 한다. 오늘날 시각에서 보면, 국력이 약하면 아무 소용이 없다. 국력은 외교력, 군사력, 경제력이다. 그것에 하나 더 보태면 정신력으로 국민의 단합과 애국심일 거다. 지금은 어떨는지? 다시 한번 생각해본다.

"'대청 황제 공덕비'가 어디에 있고, 왜 세워졌고, 그것이 무엇을

의미하는지를 아는 백성이 얼마나 될까?'

'역사교육 따로 있나요?'

자랑스러운 역사적 사실에 관한 이해를 높이는 것도 중요하다. 이에 못지않게 황당한 역사적 사실들을 둘러보고, 되풀이되지 않도록 다짐하는 것은 더 중요한 것 같다. 송파 석촌호수에 서 있는 공덕비, 한국 사람이라면 꼭 가봐야죠. 글자는 마모되어서 잘 보이지 않지만, 인터넷에 검색해보면 금방 알 수 있지요.

휴전선 근처 신라왕릉

신라 왕릉은 모두 경주에 있다. 그건 틀린 말이다. 경순왕릉은 경기도 연천군 임진강 건너, 휴전선 남방한계선 근처 고랑포에 있다. 나도 지금 여기 와봐서 알고 깜짝 놀랐다. 으레 신라 왕릉 하면 경주에 있는 것으로 나도 생각하고 있었다. 그럼 왜 여기에 있는 걸까? 너무나 궁금하였다.

신라 56대 경순왕은 "백성이 더 이상 괴롭힘을 당하는 것을 막기 위해서라는 명분으로, 고려의 왕건에게 신라를 넘겨줬다." 이로써 천년의 신라 역사는 문을 닫았다.

그 후 천년의 세월이 또 흘렀다. 경순왕릉은 세월의 흐름 속에 잊혀지다가 조선 영조 때, 묘지석이 발견되어 복원됐다. 6·25 동난 후, 무심코 한 병사가 우연히 지뢰밭에서 무덤을 발견하여 오늘에 이르렀다. 마모된 묘지석은 고랑포 물가에서, 동네 아줌마들이 빨래판으로 사용하던 것을 회수하였다고 한다. 참으로 어처구니없는 일이다. 비석을 빨래판으로 사용하면, 딱 맞을 것 같기도 하다. 왕릉의 묘석이라 해서, 항상 잘 보존되어야 할 이유는 없다.

신라 경순왕은 후백제 견훤이 경주에 쳐들어와서, 경애왕을 자결하도록 한 후 세운 왕이다. 말하자면 경순왕은 백제의 꼭두각시인

셈이다. 그런데도 나라는 고려에 기부했다 하니, 기이한 일이다. 견
훤이 괴롭힘 때문일 거라고 추측이 간다.

　왕위에 오른 경순왕은 어느 날 나라의 장래에 대하여, 신하들과 밤
샘 토론을 하였다. 신하들과 큰아들 마의태자가 반대하는데도 불구
하고, 신라를 봇짐에 싸매고 개성으로 가서 고려에 기부해버렸다. 서
기 935년이다. 그 결과 경순왕은 태자보다 높은 벼슬인 정승공에 책
봉되고, 경주를 식읍으로 하는 사심관에 임명되었다. 왕건의 딸 낙랑
공주와 혼인하여 고려의 외척이 되기도 하였다. 왕의 굴레를 내려놓
아서 그런지 몰라도, 경순왕은 93세까지 장수하였다.

　경순왕은 죽기 전에 식솔과 따르는 사람들을 데리고. 경주로 내려
가려고 했단다. 그러나 불어나는 사람들에 놀라, 고려 조정에서 이를
막으셨다. 혹시 신라 부흥을 도모할까 봐서인 것 같다. 경순왕 후손
인 내 친구에게 물어봤다.

　"너의 조상인 경순왕 능 어디 있는지 알아?"

　"당연히 경주에 있겠지."

　"아니야, 휴전선 근처 고량포에 있어, 가봐야지."

　내가 그 친구에게 그의 조상 묘가 있는 곳을 알려준 거다. 그 후 그
친구 묘에 가봤는지는 물어보지는 않았다. 나라를 대표하는 왕이 직
접 나서서 싸워 보지도 않고, 신라를 기부해버린다는 것은 너무나
무책임한 것 같다. 경순왕은 개성 도라산에 올라 경주를 바라보곤
했다는 것으로 봐서는, 신라를 아주 잊지는 않았던 것 같다.

　"경순왕이 백성을 위해 고려에 기부한 것은 잘한 것이 맞죠. 박수"

　"아닌데요. 나라를 기부한 것은 잘못된 것인데요"

　문화해설사 이야기에 대한 나의 반론이다. 신라의 삼국통일은 당

과의 동맹정책, 그리고 김유신이나 김춘추 같은 특출한 인물이 있었기 때문이다. 통일 신라는 오랫동안 평화가 유지되면서, 정치가가 나태해지며 민심이 이반하였다. 아무리 그렇다고 하더라도 경순왕은 앞장서서 싸우고 담판을 해봤어야 한다.

그런 것 없이 경순왕은 신료들을 데리고, 신라를 고려에 기부하러 개성에 갔다. 그리고는 벼슬자리를 얻고 공주와 혼인도 하였다. 너무나 한심스럽다.

사실 힘이 다한 신라 경순왕이 후백제 견훤에 백성이 시달리는 것보다, 고려에 넘겨주는 것이 잘했다고 생각하는 사람도 있을 수 있다. 그러니 문화해설사가 박수 치라 해서, 박수 치는 사람도 있다는 건 너무나 안일하고 무책임하기 짝이 없다.

오늘 경순왕 능을 탐방하며, 지금이라고 이런 일이 일어나지 않으리라는 법도 없다는 생각이 들었다. 그리고는 나 자신이 황당한 생각에 깜짝 놀랐다. 하기 사 지금도 두 동강 난 휴전선은 말이 없다.

"경순왕릉 모습은 어때요?"

"조선시대 왕들 능보다 훨씬 작고 아담해요."

제4부

과거로의 시간여행

과거로의 시간여행

　내가 탄 비행기는 인천공항 활주로를 박차고 힘차게 이룩하였다. 비행기는 고도 일만 일천m 파란별 상공에서, 시속 $900km$로 숨 가쁘게 과거로 날아간다. 과거로 가는 항로는 결코 평탄하지만은 않았다. 비행기가 하얀 뭉게구름 위 자갈밭을 지날 때는, 크게 흔들리고 덜거덕덜거덕 거린다. 그럴 때마다 나는 무슨 죄라도 지은 건 없나 생각해보며, 가슴을 쓸어내린다. 건너편 좌석 낯선 엄마 품에 안긴 젖먹이 아기는, 비행기가 흔들릴 때마다 보채는 울음소리가 요란스럽다.

　비행기는 과거로 7시간 30분을 비행한 끝에, 하와이 호노룰로 공항에 착륙하였다. 아들과 며느리 내외가 생일 선물이라고, 맨 먼저 보여준 곳은 지상낙원 와이키키해변이다. 그곳을 보는 순간, 첫눈에 부산 해운대에 왔구나 하는 생각이 들었다. 해운대와 다른 점이 있다면, 호텔과 리조트가 좀 올드 스타일이다. 야자수 나무가 즐비한 백사장에는 파라솔이 보이지 않았다. 연중 초여름 날씨에 사람들이 햇볕을 쬐려고 해변에 나오는 것이 일상화되어 있어서다. 그러다 보니 파라솔을 친다는 건, 되레 우스꽝스러운 거 같기도 하다.

　기왕 하와이에 왔으니, 좀 더 과거로 거슬러 가본다, 1941년 12월 7일 일본이 진주만을 공격했던 참상을 기억하기 위해 만든 기념관이다. 2차 세계대전으로 독일과 싸우던 영국, 프랑스가 중국 인도차이나반도에서, 자국 군대를 철수해갔다. 그들 국가가 떠나버린 빈자리를, 일본군이 야금야금 점령해나갔다. 이에 맞서 미국은 일본으로의 철강 수출을 금지하고, 미국 내 일본자산에 대한 동결조치를 취했다.

일본은 이에 반발하여 1941년 12월 7일 일요일 아침에, 미국 해군기지인 하와이 진주만을 기습 공격하였다. 이를 계기로 미국은 태평양전쟁에 본격적으로 참전하였다. 미국은 최후에는 일본 히로시마와 나가사키에 핵폭탄을 투하하였다. 일본은 무조건 항복하였다. 일본의 패망은 우리에게는 다행스럽게도, 광복이 좀 더 빨리 오게 되었다.

아직도 하와이 바다 밑에는 일본의 진주만 공격 당시, 침몰한 아리조나 전함과 함께 해군과 해병 1,177명의 혼백이 수장되어 있다. 미국은 아리조나호를 인양하는 대신에, 배가 침몰한 바다 위에 기념관을 지었다. 전사한 병사들의 고귀한 희생을 영원히 기리기 위해서란다. 세월이 흘러가도 그때의 참상을 그대로 보여주기 위함이란다. 우리 같으면 시신이라도 다 건져 내라고 야단법석을 떨었을 거다. 기념관에는 한국인 안내인도 별도로 있었다. 호기심이 많은 한국 관광객이 많이 찾아오기 때문인 것 같다.

시간을 150년 전 과거로 더 거슬러 올라가 본다. 1882년 하와이 왕조시대에 건립한 이올라니 궁전박물관에 갔다. 궁전은 지하 1층 지상 2층의 서구식 작은 궁전이다. 지금도 당시 모습 그대로 궁전이 박물관 형태로 남아 있다. 하와이 왕조는 왕자가 없어 공주로 이어지다가 대가 끊기자, 왕을 선출하기도 하였단다. 결국에는 미국에 병합되고 말았다.

처음부터 공화제인 미국에서 유일하게 남아 있는 궁전이 이올라니 왕궁이다. 왕이 거주하던 궁전이 그대로 박물관이 되었다. 미국인들은 이올라니 궁전을 아낀다고 한다. 지금 하와이 인구 150만 명중 60만은, 하와이 왕조시대의 원주민 폴리네시아인의 후손이다.

'지금의 하와이는 어떨까?'

하와이 거리 곳곳에는, 초록나무에 플루메리아라고 부르는 하와이 꽃이 활짝 피어 있다. 하와이 여자 머리 왼쪽에 꽂으면 기혼자, 오른쪽에 꽂으면 미혼자란다. 유람선을 타고 호노롤로의 야경을 구경하고, 현란한 불꽃놀이도 감상하였다. 하와의 사람들의 삶의 현장인 돌 파인애플 농장에 가서, 달달한 파인애플 아이스크림 한 컵 사 먹었다. 그리고는 이것저것 보느라 지친 몸을 달래본다.

이제 5박 6일 동안의 과거로의 시간여행은 종착점에 다 달았다. 9시간 과거를 역으로 다시 거슬러 올라갈 때가 됐다. 다시 호노롤로 공항에서, 현재로 가는 비행기를 탔다. 비행기는 과거로 갈 때보다 한 시간이나 더 걸렸다. 과거가 끌어당기는 힘이 크기 때문인 것은 아닐까? 어쩌면 우리 모두가 과거를 팔며, 살아가기 때문인 것 같기도 하다.

이번 우연한 과거로의 시간여행을 통해, 와이키키해변 진주만 기념관 이올라니 궁전박물관을 둘러보고 생각나는 것이 하나 있다.

'왕조가 끊기고 진주만이 공격당하면서도 태평양의 고도의 작은 섬 하와이는, 와이키키 해변에서 수영하듯이 차분함을 잃지 않고 있었다.'

그래서 오늘날, 남들이 부러워하는 지상낙원이 된 거 같았다. 오늘로 다시 돌아와 보니 머릿속에 남아 있는 것이 하나 더 있다. 하와이 이름 모를 해변가 잔디밭에 한국전 참전비는 왜 서 있을까?

'혹시 폴리네시아 원주민 후손이 자유라는 뜻도 모르고, 한국전에 참전했다가 전사한 장병을 기리는 비는 아니었을까?'

그동안 나는 과거에 살아왔음에도 과거를 잘 알지 못하였다. 하지만 이번 과거로의 여행을 통해, 얼마든지 과거를 볼 수도 있다는 생각이 들었다.

2019 가을 문학서초 23호에 게재

그때 안동역에 간 이유

또 한 해가 지나간다. 허전한 연말이다. 도심에서 "안동역 앞에서" 라는 노래가 흘러나온다. "기다려도 오지 않는 임을 기다린다."는 애절한 노래다. 연말에 안동역에 가면, 누군가가 기다릴 것만 같다. 혼자라도 갈까 망설이던 중이었다. 마침 파주에 사는 대학 동기가 단톡방에, 연말에 과 모임을 안동역 앞에서 하자는 글을 올렸다.

나는 그 친구를 응원하기 위해, 가수 진성이 부른 노래 "안동역 앞에서"를 유튜브에서 열심히 찾아 올렸다. 아무런 반응이 없다. 되레 총무는 12월 30일 서울에서 송년회를 한다고 공지한다. 섭섭하였다. 나도 그대로 물러서지 않았다. 파주 친구 지금 뉴욕에 사는 친구와는, 지금까지도 소통하는 친한 친구다. 그 친구와 대구에 사는 과 친구 한 명을 더하여, 안동역 앞에서 31일 12시에 만나는 모임을 하기로 하였다.

하루 남은 2019년 12월 31일 새벽에, 작은 가방을 메고 집을 나섰다. 청량리역에서 아침 7시 38분 안동행 기차를 탔다. 애당초 여행의 맛이 물씬 풍기는 완행열차로 안동역에 가려고 했었다. 예전에 흔해 빠졌던 완행열차는 보이지 않았다. 내가 탄 기차는 연말에 무작정 어디론가 달리고 싶은 내 마음을 아는 것 같았다. 그래서인지 기차는 산길 들길, 때로는 깊은 터널과 강을 건너 달렸다.

'안동역 앞에서'라는 노래가 어렴풋이 생각난다. 노래 가사와 곡조가 기다리는 마음이 너무나 애절하고, 귀에 쏙 들어온다. 어쩌면 안동역 앞에서 만나자는 어설픈 약속은, 허무한 맹세가 될 수도 있겠구나 하는 생각도 들었다.

파주 친구는 청량리역에서 같이 기차를 탔다. 이번 여행이 낭만적 여행이 될 수도 있겠다는 생각에서, 여러 카톡 방에 자랑하는 글을 올렸다. 친구들은 잘 다녀오라며 부럽다는 반응이다. 아내에게는 친구가 가자고 해서, 부득이 간다고 했다. 파주 친구는 아내가 남편이 연말에 집에 없는 것이 낫다고 하더라며 웃는다.

나는 안동 하회마을 병산서원 봉정사를 옛날에 간 적은 있지만, 기차로 안동역 앞에 가본 적은 없었다. 안동역에 도착해서 안동역 앞을 두리번거려 봐도, 만나기로 한 뉴욕 친구 대구 친구는 오지 않았다. 그럴 수도 있겠다는 생각이 들기도 하였다. 섭섭하다. 이젠 그보다도 누군지는 몰라도, 전혀 예상치 못한 만남을 기대하며 오랫동안 기다렸다.

진성이 부른 안동역에서, '안 오는 건지 못 오는 건지 오지 않는 건지 안타까움에 마음만 녹고 녹는다.'라는 절실함이 없었던 것 같다. 그래선지 우리에겐 그런 만남은 이루어지지 않았다.

하긴 젊은 아가씨 둘이 우리에게, 사진 찍어 달라고 말을 건넨다. 우리도 사진 찍어 달라고 하였다. 요즈음은 사진 찍어 달라는 것이 말을 거는 방법인가 보다. 우리도 서울에서 왔는데 그것도 모른 채, 쾌활한 목소리로 그 아가씨들은 우리에게 묻는다.

"맛있는 안동 음식 좀 소개해 주세요."

"안동국시, 안동찜닭이죠"

그 아가씨들은 하회마을에서 하루 쉬고 간다며, 먼저 떠난다. 우린 안동시장에 들러 안동국시를 찾았다. 안동국시는 없었다. 괜히 그 아가씨들에게 거짓말 한샘이 되었다. 우린 안동 간 고등어 정식을 맛있게 사 먹었다. 주인아줌마의 투박한 경상도 목소리가 맛깔스럽다. 말투는 통역이 있어야 할 정도다.

우리는 안동역 앞에서의 기다림을 접고, 도산서원을 관람하러 버스를 탔다. 버스는 한 시간을 달렸다. 옛날 어떤 친구는 "10년 후, 8월 15일 정오에 대전역 시계탑 앞에서 친구를 만나기로 약속했다."고 자랑하는 것을 들은 적이 있다.

사실 뉴욕 친구 대구 친구야 다음에라도 만나면 된다. 한 해를 마무리하는 안동역 앞에서, 오지 않는 사람을 기다린다. 이 나이에 망상일지 모르지만 꿈같은 만남을 위한 기다림이었다. 한 해를 보내며 만남은 이루어지진 않았지만, 소중한 추억으로 가슴속 깊이 남아 있을 거다. "누군가 기다림" 바로 이것이 안동역安東驛에 간 이유는 아니었을는지. 삶의 길목에서 기다림과 만남은 수없이 많다. 그래도 누군가를 기다린다는 것만큼은 늘 마음을 설레게 한다.

리더스 에세이 2020 가을호 게재

도쿄 시티버스 투어

　외국인 전용 시티투어 버스를 타고, 일본 도쿄 시내 관광에 나섰다. 버스에는 한국인, 중국인, 서양인 관광객이 두루 섞여 있었다. 관광 일정은 반나절로 메이지 신궁, 황실 정원, 센 소지 불교사찰, 번화가인 긴자거리를 둘러보는 코스다. 버스가 출발하자 안내원은 관광 일정을 안내하며, 도쿄 시내 이곳저곳을 자세히 설명한다.

　우리가 탄 하토사의 시티버스는 일본이 보여주고 싶은 최고의 관광명소를 골라서, 외국인에게 보여주려는 것 같았다. 가는 곳마다 초록빛깔 아름드리나무들이 숲을 이룬, 풍광이 수려한 명소들이고 관광객들로 넘쳐난다.

　제일 먼저 간 곳은 메이지 신궁이다. 메이지는 명치유신으로 일본의 근대화를 이룩한 일본 통합의 상징적인 인물이다. 그는 청일전쟁과 노일전쟁을 승리로 이끌었고, 우리에게 뼈아픈 상처를 안겨준 한일합병의 원흉이기도 하다. 일본인이 그를 숭상하고 있는 이유는 명치유신으로 일본의 근대화를 이룩하고, 강한 일본을 만들었기 때문이다. 2차 대전 후에 메이지 신궁은 일본 전국에서, 수십만 그루의 나무를 가져와 심고 가꾸었다. 그래서인지 몰라도 관광지로 손색이 없다.

우리라고 구한말 근대화를 위한 노력을 하지 않은 것은 아니다. 그러나 임금이나 조정 대신들이 급변하는 국제정세에 효율적으로 대처하지 못한 것은 사실이다. 그들이 우왕좌왕하던 때를 생각하면 너무나 안타깝다.

일본 황궁 정원도 국민통합을 상징하는 장소라는 사실에 걸맞게 잘 가꾸어져 있다. 센 소지는 관음보살을 모시는 저명사찰로, 만병통치라는 향 연기를 맡으려고 관광객들로 넘쳐난다. 그 옛날 백제가 불교를 전수했고, 그때만 해도 우리가 문명이 앞섰다. 일본 천황의 모계혈족이 백제 무령왕의 후손이라는 말도 전해지고 있다. 2001년 12월 아카히토明仁 일본 천황이 68세 생일 기자회견에서, 다음과 같은 말을 하였단다.

> 내 개인으로서는 간무桓武 천황의 생모가 백제의 무령왕의
> 자손이라고 속 일본가續日本記에 쓰여 있는 것에, 한국과의
> 연緣을 느끼고 있습니다. 성왕聖明王은 일본에 불교를 전했다
> 고 알려져 있습니다.(배종덕; 일본 천황은 백제왕의 혈통인가)

우리는 근세에 들어와 서구의 선진문물을 적기에 받아들여 산업화하는데 게을리하였다. 그로 인해 일제 강점기라는 치욕스러운 역사를 갖게 됐다니, 너무나 서글픈 일이다.

반나절 도쿄 시티투어 버스는, 일본 국민통합의 상징적인 명소만을 골라 외국인에게 잘 보여주는 것 같다.

'우리는 어떨까?' 하고 찾아보았다. 광화문에서 출발하는 시티투어 버스는 덕수궁, 국립중앙박물관, 전쟁기념관 등을 순회하는 것으로

되어 있다. 우리가 일본과 다른 점은, 국민통합의 상징적 인물이나 관광명소를 보여주지 못하고 있다는 생각이 들었다.

우리도 외국인 시티투어 버스만큼은, 국민통합의 상징적 인물과 장소를 잘 선정하여 잘 가꾸고 보여주면 좋겠다는 생각이 들었다, 광화문에 세종대왕이나 이순신 장군 동상이 있긴 하다. 세종대왕기념관이나 충무공기념관은 서울에 왜 없을까 하는 생각도 해보았다.

대한민국 수립 후의 국민통합의 상징적 인물 관리에도, 너무 소홀한 건 아닌가 싶다. 이승만 초대 대통령은 민주공화정의 상징인 만큼, 다소 미흡하더라도 기념관은 서울 어디에 있어야 한다. 근대화의 상징인 박정희 대통령의 기념관도 잘 관리해야 한다는 생각이 들었다.

도쿄 시티투어를 돌아보고 느낀 것이 하나 더 있다. 우리도 주권회복에 몸 받친 인물이나, 6·25 영웅과 근대화의 상징 인물을 그리는 장소를 잘 가꾸어야 한다는 것을 깨달았다.

부처님 오신 날 먹는 비빔밥

우리 가족은 불교 신자는 아니지만, 부처님 오신 날이면 우면산 대성사에 자주 간다. 현이가 대성사에서 나누어주는 비빔밥 먹는 것을 좋아해서다. 비빔밥이라야 나물 두세 가지에 고추장이 전부다. 반찬도 미역 오이냉국이다. 현이는 그것이 오히려 담백한 맛이라서 좋아하는 것 같다.

대성사에 온 많은 사람들도 줄을 서서 기다리며, 비빔밥을 받아먹는다. 오늘도 부처님 오신 날이다. 스님의 목탁 소리와 코미디언 넘버원의 익살스러운 입담 소리로 분위기를 한껏 돋운다. 어디 가나 사찰은 엄숙하다. 그래도 오늘만큼은 축제 분위기를 내는 것 같다. 우리나라 고려시대까지 불교가 국교로 번창하였다.

조선시대에는 좀 뜸하긴 했으나 웬만한 산에 가면, 으레 사찰이 있고 사찰 전례도 잘 이어져 왔다. 우면산 대성사는 인도의 마라난타가 불교를 전하러 백제에 가다가 들렀던 사찰이다. 그분은 여행 중에 걸린 수토병을 이곳 샘물을 먹고 나았다는 말도 전해온다. 지금은 우면산에 터널을 뚫는 바람에 물줄기가 바뀌어서, 그 우물은 말라버렸다. 그 샘물을 지날 때는 너무 아쉽다.

일제 강점기에 3·1 독립선언문에 참여했던, 불교계 대표 백용성 스님이 머물던 곳이기도 하다. 대성사는 6·25 때 대부분 불에 타버렸다. 그래서 그동안은 초라한 절이었다. 나는 자주 우면산을 오가며 둘러본 바로는, 대성사는 몇십 년에 걸쳐 중창을 거듭하였다.

비빔밥이야 전주비빔밥이 최고다. 하지만 유서 깊은 대성사에서 그것도 부처님 오신 날 먹는 비빔밥이라서 그런지, 그 의미가 남다른 것 같다. 입맛도 더 좋은 것 같다. 비빔밥은 마을의 수호신에게 동제와 산제에서 제사를 올리고, 마을 사람들이 제사 음식을 나누어 먹었던 음식이다. 제사 음식을 이것저것 담으려면 많은 그릇이 필요하지만, 비빔밥은 간편하게 여러 종류의 나물을 한 그릇에 담아 나누어 먹었다. 그러니 부처님 오신 날 먹는 비빔밥은, 부처님께 올린 음식을 나누어 먹는 셈이다.

'부처님 오신 날 중생들이 사찰에서 음식을 나누어 먹는 것 같은 뜻깊은 일이, 또 어디 있겠는가?'

음식에 고기류가 일절 없고, 나물 몇 가지가 전부인 비빔밥을 맛있게 먹는 현이가 기특하기만 하다.

오늘 찾아온 중생들은 아기 부처님께 물을 한 바가지 붓는 것으로, 부처님의 탄생을 축하한다. 부처님은 왕자로 태어나 영화를 누릴 수도 있었다.

'그런데도 그런 영화를 뿌리치고, 6년간의 고행을 거쳐 보리수나무 아래서 깨달은 부처님의 큰 뜻은 무엇일까?'

마음속의 괴로움의 원인인 "쓸데없는 욕심과 나쁜 생각"과 같은 번뇌를, 모두 버려야 한다는 것일 거다. 그리고 난 다음에 깨우치면, 우리가 모두 부처가 될 수 있다는 석가의 가르침이 아닐까? 그래서 그런지 부처님 오신 날, 대성사에서 나물 몇 가지로 먹는 비빔밥이 더 맛이 있다. 그리고 이제 속세의 모든 욕심도 모두 달아난 것 같다.

빛바랜 사진 한 장

　내게는 빛바랜 사진 한 장이 있다. 누님이 간직하고 있다가, 내게 넘겨준 어머니 사진이다. 나는 어머니 사진을 보관하고 있으면서도, 까맣게 잊고 있었다. 어쩌면 빛바랜 어머니 사진처럼, 내 마음도 빛이 바래 있었던 것 같다. 그런데 빛바랜 어머니 사진을 찾아야 하는 일이 생겼다. 조상님 묘와 같이 어머니 산소도 파묘이장하게 돼서다. 파묘 시, 어머니 사진과 유골을 맞추어 볼 수 있는 절호의 기회가 온 거다.

　그동안 도시화로 내 고향마을에 살던 친척들도, 많이 도시로 떠났다. 이제 고향에서 벌초와 묘제를 지내기조차 쉽지 않다. 친척들이 모여 여러 차례 논의하였다. 그리고는 고향 야산 여기저기 흩어져 있는 조상 묘들을, 한 곳으로 옮기기로 하였다. 봉분을 파묘하고 유골을 화장한 후, 유골함에 넣어 땅에 묻고 조그마한 묘지석을 세우기로 하였다.

　내가 어렸을 때 고향에 살면서, 아버지를 따라 벌초 가던 시절이 눈에 선하다. 그때는 봄에는 묘제, 가을에는 벌초를 하였다. 좀 힘들기는 하지만, 으레 그렇게 하는 것이 도리라 생각해서인지 몸은 가벼웠다. 봄가을에 피는 형형색색의 야생화도 보고, 가을에는 여러 가지 열매를 따 먹는 재미가 쏠쏠하다.

　이제 나도 고향을 떠난 지 오래되었다. 그동안 벌초나 묘제에도 가끔 참석하지 못해 조상님께 죄송스러웠다. 더구나 여러 이유로, 파묘해서 화장하고 이장하려는 것은 낯부끄러운 일이기도 하다. 그럼 어찌하겠나. 모두 그러는 것을 나라고 반대할 수도 없는 노릇이다.

　'빛바랜 어머니 사진 한 장 어디 갔지?'

　어머니가 나에게 남긴 빛바랜 사진 한 장, 하얀색 저고리에 까만 치마 입은 누렇게 빛바랜 어머니 모습의 사진이다. 여기저기 이사 다닌다고 사진 찾기도 쉽지 않다. 겨우 찾은 사진 더 많이 빛이 바랜 것 같다. 이제 어머니의 산소를 파묘해서 이장하게 되면, 그 사진은 나에게 더욱 소중하게 될 거다.

　어머니는 젊은 나이인 33세에 돌아가셨다. 6·25가 터지자 아버지는 비행장 닦는 데 노역 나가고, 삼촌 한 분은 6·25에 참전하였다가 전사하였다. 이런 와중에 어머니는 나를 낳고 복수에 물이 찼는데, 병원에 늦게 가는 바람에 돌아갔단다.

　그게 다 옛날이야기이고 안타까운 생각은 들지만, 별로 실감이 나지는 않는다. 어머니가 돌아가셨을 때, 그 당시 마을은 바닷가 근처 외도동이고 내 나이는 백일도 안되었다. 딸 넷 낳은 후 낳은 아들이다. 또 딸을 낳았으면 얼굴도 안 보고 바깥 자리로 밀어내려 했었단다. 다행히 아들이라서 따뜻한 안 자리에 눕혔다고 한다. 지금은 아들딸 모두가 소중한 자식이고, 젊은 엄마들은 딸을 더 좋아하기도 한다. 어머니가 돌아가신 후에 나는 외숙모님, 동네 마음씨 고운 아줌마. 나중에는 새엄마 젖을 먹고 자랐다. 6·25 당시에 모유가 아기 식량인 시절에, 자기 애에게 주기도 부족한 젖을 아껴서 나에게도 물려준 거다.

어머니 산소는 산 담이 둘러싸여 있고, 예쁜 꽃나무와 늘 푸른 소나무가 하나 있었다. 해마다 벌초하러 가면, 그 꽃은 어머니의 모습이라 생각하기도 했다. 봉분에는 민들레 억새꽃 고사리 이름 모를 들꽃도 피어 있었다. 1년마다 벌초하러 갈 때면, 어머니는 나에게 누구인가를 생각하게 하는 좋은 기회였다.

이제 파묘이장하고 나면, 그 모습은 더 이상 볼 수 없다. 너무나 안타깝다. 어머니의 봉분을 파묘할 때, 사진으로만 보았던 어머니의 모습을 처음 보았다. 65년 만에 보는 어머니 모습은 빛바랜 사진과는 손톱만큼도 닮은 데가 없었다. 그래도 빛바랜 어머니 사진 모습의 윤곽선만큼은 또렷이 남아 있다. 어머니의 전신 유골은 한 줌만큼 작게 변해버렸다. 마음이 울컥하였다. 65년 만에 처음 만져 보는 어머니의 유골은, 뼈마저 삭아버렸다. 너무나 안타까웠다. 아직까지 남아 있는 조그마한 유골은 하얀 치아와 변하지 아니한 금니 하나였다.

민들레, 억새꽃, 인동꽃, 찔레꽃과 이름 모를 들꽃을 따서 화장할 유골함에 넣어 주는 것으로, 나와 어머니는 처음이자 마지막 만남이 되었다. 내가 처음으로 어머니에게 드린 선물은 바로 그 들꽃 몇 송이다. 그 들꽃 받고 어머니는 너무 기뻐서 눈물을 흘렸으리라는 생각이 들었다.

'그래도 어머니 눈물 흘리지 마세요. 눈물은 선물이 아니지 않아요?'

'어머니 저도요. 지금까지 절대로 눈물 흘리지 않았어요. 정말로 혼자 있을 때도 눈물을 흘리지 않았어요.'

파묘 시 한 줌밖에 안 되는 유골을 보는 순간, 그만 눈물이 왈칵 났습니다. 돌아서서 눈물을 흘렸으니까, 다른 사람들은 몰랐을 겁니다. 다른 사람에게 정말로 약한 모습을 보여주기 싫었습니다. 어머니 잘했죠?

　'어머니의 선물 요? 그것은 제 몸뚱이죠. 세상에서 가장 큰 선물이죠.'

　이제 새로 마련한 선영에서, 어머니는 영면에 들어갔다. 또 지금은 저에게 젖 물려줬던 외숙모도 돌아가셨다. 새어머니도 돌아가셨다.

　'제 자식 젖먹이기도 어려웠던 동네 아줌마, 엄마 잃은 물 애기에게 젖 물려주던 그 아줌마는 어디에 갔을까?'

　내 나이도 어느덧 내일모레면 칠순이 된다. 어머니는 아들 낳기 위해 나를 낳았고, 그로 인해 젊은 나이에 돌아가셨다. 그것은 어쩌면 내가 이 세상에 태어난 이유이자 어머니와 인연이고 이별이 아니겠나?

　나에게는 이제 빛바랜 어머니 사진 한 장과 마지막 유골 모습만이, 내 가슴에 묻어 있다.

　누구나 어머니는 소중하고 고마운 분이다. 나처럼 어머니의 희생으로 이 세상에 태어난 사람에게는, 빛바랜 사진 한 장도 귀하다. 이제부터라도 어머니 사진은 빛이 바랬지만, 어머니에 대한 마음만큼은 빛이 바래지 않으리라 다짐해본다.

산방산 스토리 여행

먼 옛날 효심이 깊은 사냥꾼이 한라산 정상 백록담에서, 어머니의 병환에 좋다는 노루를 사냥하고 있었다. 안타깝게도 사냥하다가 실수로 하늘나라 옥황상제의 궁둥이를 건드렸다.

"그러면 절대 안 되는 거 아시죠, 옥황상제가 누구신지도 아시죠."

"예, 맞습니다. 천지를 창조하고, 만물을 만드신 하느님이시죠."

"그런 분의 궁둥이를 건드렸으니, 어찌 되었겠습니까?"

옥황상제는 화가 얼마나 많이 났는지. 한라산 봉우리를 뽑아 제주도 남쪽 북태평양 해변에 내 던져버렸다. 그 봉우리가 산방산山房山이란다. 산방산은 서귀포시 사계리에 있다. 내가 전에 한라산 정상 백록담에 올라간 적이 있는데, 노루 사냥하기에 안성맞춤이었다. 그때를 생각해보면, 아니나 다를까 한라산 정상 백록담은 산방산만큼 움푹하게 파인 작은 은하수였다. 백록담과 산방산은 둘레와 크기도 비슷하다.

한라산이 높다는 것을 "한라산 정상에서 사냥꾼이 옥황상제 궁둥이를 건드렸다." 참 재미있는 비유다.

산방산에 오르는 계단을 따라 산방산 중턱에 이르면, 산방굴사가 있다. 산방굴사 안에는 돌부처가 있다. 동굴 천장에서 수정 같은 물

방울이 뚝뚝 떨어진다. 산방덕山房德 여신의 눈물이라는 약수에는, 이런 글귀가 쓰여 있다.

'먹을 만큼 뜨고 남기지도 말고 갖고 가지도 말라.'

내 마음에 꼭 와 닿는 글귀다. 물 한 쪽박 떠 마시니, 시원하고 절로 온몸에 생기가 돈다. 산방굴사에서 산방산 앞 해변 쪽을 바라보면, 노란 유채꽃 들판 너머로 파란 북태평양 파도가 넘실거린다. 산방굴사에서 나온 용 한 마리가 바다로 들어가는 모습의 용머리 바위산도 보인다.

산방굴사에서 내려와 용머리 해안가로 걸어갔다. 밀물 때나 거센 바람이 불 때는 물이 넘쳐 용머리 해안으로 들어갈 수도 없다. 운 좋게도 나는 용머리 해안을 걸을 수 있었다. 용머리 해안은 풍차혈에 의한 수직젤리 단애로, 그야말로 절경이다. 바위 절벽은 금방이라도 무너질 것 같아, 온몸이 오싹하다. 길이가 6백 미터지만 바닷물이 출렁이는 바윗길을 걷기란 쉽지 않다. 그래도 많은 관광객들이 호기심으로 걷는다.

용머리 해안은 진시황이 제주도에 황제가 태어난다고 해서, 호중단을 보내 혈을 끊어버리라고 했다는 설화가 있다. 왕후지지의 혈맥을 찾아내, 용의 꼬리와 잔등을 내리쳐서 끊었다. 시뻘건 피가 하늘 높이 솟아올라 주변을 붉게 물들며 용머리만 남아 있게 되었다고 한다.

그 혈맥이 그대로 있었다면, 제주도가 지금은 세계적인 해양강국 황제의 나라가 될 수도 있었을 거로 생각하니. 너무 아쉽다.

산방산 아래 용머리 해안 입구에는, 하멜표류기에 나오는 네덜란드 스페르베르호를 재현하여 전시되어 있다. 돛대를 단 커다란 범선이다. 이 이야기는 실화다. 1653년 7월 대만에서 일본 나가사키로 가던 상선이, 태풍을 만나 난파되었다. 산방덕 여신의 도움이 있었는지, 배에 타고 있던 64명 중 36명이 살아남았다. 그냥 풀어주면 될 것인데도 한양으로 압송하여 관아에 억류되었다. 그들 중 일부가 14년 만에 일본으로 탈출하여 네덜란드로 돌아갔다.

하멜은 네덜란드에 돌아간 후에 표류기를 썼다. 우리나라가 유럽에 최초로 알려진 책이다. 스페르베르호를 들러보면서, 돛대만 단 범선이 많은 선원을 태우고 몇 개월이나 항해했다니 너무 놀라웠다.

하멜표류기를 읽은 적이 있다. 그때 선원을 가두지 말고, 우리도 일본처럼 네덜란드 선원을 통해 세계정세를 알고 선진기술을 배웠어야 했다. 그랬으면 우리도 주자학에 매달리는 은둔의 나라는 면하고, 나라가 망하는 일도 없었을 거다. 좋은 기회를 놓쳤다고 생각하니 너무나 안타깝다.

산방산, 용머리, 하멜에 관한 설화나 실화는 옥황상제, 진시황, 하멜이 등장한다는 점에서 스케일이 엄청나게 큰 스토리다. 섬이라는 작다는 이미지를 불식하기 위해서, 만들어 낸 과장된 설화인 것 같기도 하다.

한라산의 정상은 1,950m이지만, 그곳에 오르기는 쉽지 않다. 옥황상제가 한라산 봉우리를 뽑아 내던져 생긴 산방산 395m에 오르는 것만으로도, 한라산 정상에 오른 거나 다름없다. 그래서 내년에 이곳에 다시 와서 산방산 정상에라도 오르고 싶다. 어쩌면 설문대 할망이 제주도를 만들 때만 해도, 한라산의 정상은 지금 백록담에 있던 산방산 봉우리일 거다. 그러니 진정한 한라산의 정상은 산방산 정상이라고 할 수 있다. 산방산 정상가는 길은 입산 금지다. 내년에는 내가 산방산 정상에 오를 수 있게, 하루만이라도 입산 금지 풀렸으면 좋으련만….

'나도 옥황상제 궁둥이 한번 만져 보게.'

아기예수 피난교회

이집트 카이로 시내 좁은 골목길 계단을 내려가면, 아기 예수피난교회Abu Serga가 있다. 예수피난교회로 가는 골목에는 큰 이슬람 사원과 이집트 정교회 교회도 있다. 신념이 다른 종교가 한곳에 공존하는 셈이다. 그동안 이집트는 이슬람 국가로만 알고 있었는데, 내가 그동안 잘못 알고 있었던 것 같다.

예수피난교회 바닥 지하는 과거 예수의 피난처였다고 한다. 나일강보다도 더 낮은 곳이다. AD 300년에 강물이 범람하여 형성된 퇴석층 위에 지은 조그만 교회다.

이곳은 유대 헤롯왕이 예수 탄생을 알고, 어린 애들을 모두 잡아들이도록 하였다. 이곳은 이를 피해 이집트로 피난 왔던 아기예수, 성모마리아와 요셉의 은신처였다. '예수가 이스라엘에서 여기까지 피난을 왔다. 좀 이상하긴 하다.'

'아기예수피난교회를 돌아보며, 이렇게 옛 건물을 초라하게 그대로 놔뒀을까 하는 생각이 들었다.'

나는 성지순례지로 유명한 아기예수피난교회가, 초라한 옛날 모습 그대로 있다는 데 대하여 너무나 궁금하였다. 내가 다니는 반포 4동 성당에 비추어보면, 생각할 바가 많다. 무엇보다도 내가 다니는 반포

4동 성당은, 아기예수 피난교회보다 규모 면에서 몇 배나 크다. 아기예수피난교회는 전 세계 기독교인의 순례지이고, 관광객들이 많이 모여드는 명소 중의 명소다. 반포4동 교회는 오직 교인만이 다닌다. 그런데도 예수피난교회보다 훨씬 크다.

최근 내가 살던 아파트가 재건축하게 되어, 우면동으로 이사를 하였다. 집 근처 성당을 찾아가 보았다. 옛 정취가 묻어나는 작은 교회다. 마음에 쏙 들었다. 그 작은 교회에 관한 새로운 사실을 알게 되었다. 그 교회도 확장 재건축한단다. 동네에 아마도 새 아파트가 들어서고 교인이 늘어서 그리라 생각은 가지만, 꼭 확장 재건축해야 하는지는 잘 모르겠다.

아기예수피난교회는 1천년 이상을 재건축하지 않았다. 많은 순례자가 찾아오고 관광객이 몰려드는 교회다. 그러면서도 타 종교와 공존하며, 초라하지만 늘 옛날 그대로 우리를 맞아준다.

나는 갈 수만 있으면, 지금도 아기예수피난교회를 가고 싶다. 예수님이 박해를 피해 살던 그대로 초라한 교회가, 바로 인류구원과 사랑의 진정성을 느끼게 하는 곳이라는 생각이 들어서이다.

'누구나 가고 싶어 하는 교회는 따로 있는가 보다.'

사실 이곳 예수피난교회에는 이번이 두 번째다. 한번은 연수 동기들하고 몇 년 전에 다녀갔다. 이번에는 가족도 같이 왔다. 앞으로도 기회가 되면 다시 와보고 싶다. '우리 동네 작은 교회도 재건축보다는 예수님의 구원과 사랑이 필요한 낮은 곳에, 더 많은 손길을 뻗쳐야 하는 건 아닐까?'

아메리칸 드림 여행

미국 서부에 있는 그랜드 캐넌, 브라이스 캐넌, 요세미티 국립공원을 구경하러, 2016년 6월에 여행을 떠났다. 홈쇼핑 여행상품과 큰애가 다니는 항공사 무료항공권을 이용하였다. 항공료는 무료지만, 빈 좌석이 있어야 비행기를 탈 수 있다.

"빈 좌석 있나요, 돌아오는 표는요?"

"저도 지금 몰라요. 기다려보세요."

인천공항에서 혹시나 못 가면 어쩌지 하며, 초조하게 기다렸다. 다른 사람들이 모두 좌석 배정을 받은 후에, 다행히 비행기를 탈 수 있었다. 돌아오는 좌석 예약은 안 된 상태다. 어찌 되겠지. 이렇게 인천공항에서 비행기 탈 때부터 걱정거리가 하나 생겼다.

그래도 우리 가족으로서는 아메리칸드림 여행이다. 미국 서부 쉽게 갈 수 있는 여행지가 아니다. 단체관광이지만, 비행기 탈 때는 여행객이 각자 알아서 탔다. LA에 내려서는 여러 단체관광객이 합류했다. 미국 현지 교포들도 동행하였다.

LA에서 제일 먼저 찾은 관광지는 유니버설 스튜디오다. 생각보다 스릴 있고 멋졌다. 관광객도 물밀듯이 모여들었다. 실제와 같은 모습 이상으로 실감 나는 영화 촬영장이다.

LA에서 라스베가스로 가는 도중에는, 폐 은광촌을 재개발한 관광지를 관람하였다. 미국 서부는 황금을 캐기 위한 아메리칸드림을 실천하기 위해 개척한 지역이다. 그때 밀려난 인디언을 위해, 사막의 한복판에 세운 도시인 라스베가스에 도착하였다. 라스베가스만큼은, 카지노를 허용하였다고 한다. 거대한 위락도시 라스베가스는 불야성이다. 불꽃 쇼와 여러 멋진 쇼를 보았다. 쇼를 보고도 현이가 졸라서 값비싼 스페셜 쇼도 구경하였다.

　이번 여행의 하이라이트 중 하나인 그랜드 캐년 관광에 나섰다. 경비행기를 타고 떨어질 것 같은 기분으로 하늘에서 보는 $447km$ 그랜드 캐년, 신비로움의 절경이었다. 두 번째로 보는 깊이 1천m 전망대는 언제 가도 온몸에 전율이 느껴진다. 콜로라도 어딘 가엔 지금도 인디언이 모여 산다고 한다. 그들이야말로 자연과 더불어 사는 인간이라는 생각이 들었다. 어쩌면 그들이 아메리카의 주인이기도 하다. 달 밝은 밤에 콜로라도 강가에서 배를 타고 즐기고 나니, 그동안 쌓였던 여독도 풀렸다. 관광버스는 다시 쭉 뻗은 고속도로를 온종일 달렸다. 미국다운 광활함을 볼 수 있었다.

　브라이스 캐년 절벽에서 움푹 파인 붉은 개활지를 보며, 마치 여기가 화성이 아닌가 하는 생각이 들기도 하였다. 여의도 보다 더 크고 붉게 깊이 파인 모습은 신들의 정원처럼 보였다. 조금만 더 머물렀으면, 신의 정원을 산책해볼 수 있었을 건데 하며 너무 아쉬웠다.

　요세미티로 가는 길은 붉은 계곡과 하늘을 닿을 정도로 자란 우거진 세콰이어 나무 숲길을 지나간다. 요세미티 1천m 큰 바위 앞에는 많은 관광객들이 모여들었다. 그 큰 바위가 태양의 빛을 받아 색깔이 황금빛으로 변한다니 너무나 신기하다. 1천 미터 요세미티 폭포는 마치 하늘에서 쏟아내는 물 덩어리와 같았다. 그 웅장함에 저절로 입이 떡 벌어진다.

샌프란시스코에 있는 프린스턴 대학교 캠퍼스만 보면, 우리나라 대학교 캠퍼스와 별반 차이가 없다. 대학 캠퍼스가 관광코스에 들어있다는 게 특이하다고나 할까? 골든 케이트 금문교 앞에 유람선, 광활한 태평양에서 관광은 너무나 멋있었다. 여행 중에 미국 한인 얘기가 귀에 쏙 들어온다.

한인은 1903년 하와이 사탕수수밭에, 처음 102명의 노동자로 건너갔다. 그 후 한인은 5,000여 명이 더 하와이에 갔다. 그들 중 일부가 다시 미국 서부지역에 광부나 더 나은 일자리를 찾아 이주했단다. 이들은 사진 중매로 한국 사람과 결혼하고, 일제 강점기에는 상해 임시정부에 상당한 자금을 모금하여 보내기도 하였다. 광복 이후에도 일자리를 찾는 교포나 유학생이 늘어나, 한인 타운도 생겨났다. 지금은 250만 교포 가운데 70만이 미국에 살고 있다. 그들 중에는 65억 달러 부호도 있단다. 아메리칸드림을 실현한 거다.

이승만 대통령은 50년대 미국 정부를 졸라, 2천여 명의 유학생을 미국에 보냈다. 그들은 1960에서 70년대 우리나라 경제개발의 초석을 마련하는데, 주도적 역할을 하였다. 지금은 미국은 더 이상 돈 벌기 위해, 이주하는 사람은 드물단다. 그만큼 돈 버는 것이 한국에서 더 좋아졌기 때문이다.

여행 중에도 쉽게 만날 수 있는 한인 교포는 한식집에서다. 한식집에서는 꽁치구이, 콩나물국, 김치처럼 국내에서 먹는 음식 그대로 제공한다. 한식점 주인도 한국인 교포다. 음식점뿐만 아니라 옷가게, 세탁소 슈퍼를 운영하고 있고, 한인 타운에는 한글 간판 그대로다.

해외 여행 가면 김치찌개와 된장찌개가 단골 메뉴다. 한국인 단체 여행객들은 스테이크 양식이나, 국내에서는 먹어보지 못한 음식을 찾는다. 그러나 이번 여행 중에는 간단한 양식만 나오고, 고급양식은 나오지 않았다. 저렴한 홈쇼핑 여행상품이라서 그런 것 같다.

미국 땅을 밟기조차 쉽지 않던 시절에 사탕수수 노동자로 이주한 선조들이 이들이다. 일제 강점기에는 독립운동자금을 모아 보내주기도 하였다. 해방 후에 한국 발전에 이바지했던 점을 생각해서라도, 스테이크 한 끼에 연연해서는 안 될 것 같다.

이제 여행 스케줄은 모두 끝났다. 그러나 샌프란시스코 공항에서 무료항공권으로 탑승하는 데는 많은 어려움이 있었다. 빈 좌석이 좀처럼 나오지 않아서다.

'하루 더 자고 갈까, 아니면 제값 주고 타버릴까?'

하지만 그것도 쉽지 않았다. 비행기 출발시간이 다 돼서야, 다른 사람을 겨우 제치고, 신속 수속 티켓을 받고 비행기를 탈 수 있었다. 다행히 무료항공권으로 인천공항에 다시 돌아올 수 있었다.

'해외여행 자연 경관보고 풍물을 보며, 심신을 풀고 재충전하러 가는 거 아닌가?'

미국 서부여행 볼만한 곳도 많고, 생각해볼 것도 많았던 아메리칸 드림 여행이었다. 그러고 보니 우리 가족은 죽기 전에 살아서, 한 번은 가봐야 한다는 세계적인 신비스러운 캐넌에 갔다 왔다. 그것도 하나가 아니고, 세 곳을 한꺼번에 보고 온 셈이다.

울릉도 섬 여행

지난해 가을 어느 날, 나는 한양 성벽 길을 따라 걸었다. 장충동에서 남산 봉수대를 거쳐, 안중근 동상 있는 데로 내려왔다. 서울의 과거와 현재를 아울러 볼 수 있는 좋은 산책로였다. 산책 후에 남대문시장 한 음식점에서, 점심을 먹고 있었다. 우연히 음식점 메뉴판을 보고 깜짝 놀랐다. 오징어의 원산지가 '칠레산'이라고 되어있다.

'오징어 하면 울릉도 오징어인데, 칠레산이라니 이상도 하다. 혹시 잘못 표기된 건 아닐까?'

'우리나라 사람들이 하도 오징어를 많이 잡아먹어서, 오징어가 칠레 앞바다로 모두 달아났나?'

그러고 보니 요즈음 동해바다에서 오징어가 잘 잡히지 않는다는 얘기를, 어디선가 들어본 거 같기도 하다. 울릉도 앞바다에 있던 오징어가, 정말로 칠레로 모두 달아난 건 아닐까? 내 눈으로 확인하기 위해서라도, 울릉도에 한번 가봐야겠다는 생각이 들었다.

그 후 외국 여행을 좋아하는 한 친구를 만났다. 여행에 대해서 이런저런 이야기를 나누었다. 그러다가 그 친구에게 외국 여행도 좋지만, 국내 섬 여행을 같이 가보자고 하였다. 그 친구도 좋다는 반응이다. 우리나라 섬이 삼천 개나 되니 다 둘러보려면, 지금부터 바삐 돌아다녀야 할 것 같다. 좀처럼 가기 힘든 백령도를 우선 가기로 하였다. 백령도 가는 예약은 그 친구가 하였다. 그러나 아쉽게도 태풍 때문에 백령도 가는 여행은 취소되고 말았다.

이번에는 내가 울릉도 가는 여행 편을 예약하였다. 난생처음으로 동해바다 해 뜨는 울릉도로 가기로 한 날, 나는 새벽 2시에 일어났다. 택시 타고 잠실로 가서, 관광버스 타고 묵호로 떠났다. 묵호에서 다시 울릉도 가는 여객선으로 갈아탔다.

'동해바다에 둥둥 떠 있는 울릉도는 어떤 섬일까?'

생각만 해봐도 너무 궁금하다. 3시간 동안이나 되는 뱃길이라, 뱃멀미하는 사람도 많았다. 내 친구도 토하기 직전까지 갔다. 높은 파도가 일렁일 때는 무섭기도 하였다. 뭐 무섭겠냐고 생각할지도 모르겠지만, 망망대해에 빠지면 살아남기란 그리 쉽지 않다. 옆에 같이 가는 친구에게 "너 죄지은 거 없나?"라고 물어보았다. 묵묵 무 답이다. 그렇다고 그 친구 죄지었다고 대답할 리도 없겠지만……

내가 잘 모르는 미지의 섬 울릉도에 가까워지면서, 내 가슴은 더 설레기 시작하였다.

'태양이 떠오르는 동해바다 한복판에 986m 높이로 우뚝 선 성인봉 聖人峯, 산세가 높지만 온유해서 성인이 노닌다는 데 어떤 모습일까?

여객선 난간에서 멀리 보이는 성인봉은 섬 위 구름 속에도 있고, 바다 아래도 있었다. 마치 한강 변에서 남산을 볼 때와 같았다. 성인봉도 바다에는 거꾸로 매달려 있었다.

울릉도 크기에 비해서, 성인봉은 아주 높다. 해발 986m에다, 바다 밑으로도 2천 미터나 된단다. 산 전체가 하나의 섬이고, 섬 도島 자에 새가 산을 품은 거와 같았다.

'어쩌면 흰 갈매기 한 마리가 성인봉을 품었다고 할까?'

산山 자는 맑은 날 우뚝 선 모양만을 보고, 산山이라고 정한 거다. 그것은 산 아래서 정상을 보는 산만을 보고 만든 글자다. 하지만 산의 참 모양은 산 정상에서 봐야 한다. 산 정상에 있을 때, 산은 발아래 점 "·" 하나일 뿐이다. 산 모양이 점이라는 것을 깨달으려면, 산 정상에 많이 올라가 봐야 한다. 산봉우리 봉峯은 산을 이고 있다. 산의 참 모양을 보기 위해서, 산봉우리에 가는 것은 쉬운 일은 아니다. 어쩌면 섬은 산이고, 울릉도도 바다의 산이라는 생각이 들었다. 울릉도에 가봐야 울릉도를 안다.

여객선이 울릉도 사동항에 가까이 가자, 갈매기들이 반갑게 맞아준다. 나는 울릉도에 첫발을 내딛는 것만으로도 가슴이 뿌듯했지만, 성인봉 정상에 오른다는 꿈에 부풀었다. 울릉도에 내려서는 케이블카를 타고 전망대까지만 올라갔다. 일정상 성인봉 정상에 가는 것은 훗날을 기약할 수밖에 없었다. 여행의 여운을 남겨두는 것이라고나 할까.

부둣가에서 오징어 다섯 마리에 만 원 주고, 친구와 같이 실컷 먹었다. 오징어가 전부 칠레로 달아나 간 건 아니고, 울릉도 앞바다에 좀 남아있는 것 같기도 하다.

여행을 같이하는 사람 중에는, 독도를 구경하러 가는 사람도 있었다. 독도에 가보려면 울렁대는 배를 다시 타야 한다. 그러니 애국심이 충만해야 간다. 울릉에 같이 간 관광객의 70~80%는 아줌마다. 아줌마들은 애국심이 어찌나 강한지, 다 독도 가는 배를 탄다. 나는 평생을 공직에 있었으니, 굳이 독도에 가는 배를 타지 않기로 하였다. 사실은 뱃멀미와 높은 파도에 대한 겁이 나서다.

다행히 독도 박물관은 울릉도 도동에 있어서, 독도에 관한 여러 가지 유물을 관람할 수 있었다. 울릉도에서 태어난, 투박한 경상도 사투리 하는 기사 아저씨의 말이 걸작이다.

"울릉도 사람들은 독도 보러오는 사람들 때문에 먹고 사는 거라고요."

나는 독도보다 신라 시대, 우산국이었던 울릉도에 호감이 더 간다. 그리 크지 않고 험준한 바위섬이, 오래전에 독립된 나라였다니 너무나 신기하다. 40킬로 남짓한 섬 일주를 하면서, 가이드 겸 관광버스 기사는 울릉도에 대해서 자세히 설명해준다. 길은 꾸불꾸불하고 터널도 많았다. 울릉도는 산이 험준한 바위산이지만, 물을 껴안은

바위라서 물이 많아 폭포도 있단다. 수력발전소도 있다는 말에 깜짝 놀라기도 하였다.

저동항 일부를 메꾸어 조그만 활주로를 만들어, 소형비행기도 다닐 거란다. 그때는 성인봉 정상에 올라가기 위해서라도, 울릉도에 다시 와봐야겠다. 그땐 독도에도 가보련다.

내가 탄 두리두리 관광버스는 나리분지까지 올라갔으나, 끝내 성인봉에는 일정상 오르지는 못했다. 대신에 유람선 타고 울릉도 주위를 한 바퀴 돌기로 하였다. 바다에서 보는 울릉도는 전체가 하나의 산이고, 좁은 골짜기 아래 작은 평지에 사람들이 옹기종기 집을 지어 살고 있다. 그것도 잠시 파도가 높아져서, 중도에 유람선은 도동항으로 되돌아왔다.

그러고 보니 울릉도는 투박한 경상도 사람들이 오순도순 모여 사는 섬이다. 울릉도에도 고등학교도 있고, 성당과 교회 절도 있었다. 성인이 노는 울릉도 흙 비둘기와 갈매기가 주인인 것 같다. 섬사람

은 따개비밥에 부짓갱이 무침 나물을 좋아하는지, 유난히 음식점 간판마다 많이 붙어 있다. 동해바다가 훤히 내다보이는 펜션에서, 독도 룸에 우연히 머무르게 된 것도 이번 여행에서 기억에 남을 만하다. 무엇보다도 어렵사리, 동해바다의 유일무이한 울릉도를 처음으로 발을 내디뎠다. 더구나 "오징어가 다 칠레로 달아난 것도 아니다." 라는 걸 확인도 하였다. 버스 기사의 이야기다.

"울릉도는 배 타고 울렁거리고 버스 타고 울렁거리고, 독도 가며 울렁거려서 세 번 울렁거린답니다."

그래서 울릉도란다. 어쩌면 울릉도는 동해바다에 홀로 떠 있는 외로운 섬이다. 그러기에 가기도 오기도 힘들었다. 섬 여행 쉽지 않다. 울릉도가 그런 것 같다. 나는 서해 흑산도, 남해 마라도는 오래전에 갔다 왔다. 이번에 동해 울릉도에 발을 디뎠으니 서해 북쪽 백령도만 갔다 오면, 국경을 아는 참 한국인이 되는 셈이다. 그래서 울릉도 돌아오는 배전에서, 같이 간 호기심 많은 친구 김태겸에게 물어봤다.

"너 백령도 언제 갈래?"

'………'

일본 하우스텐보스

언젠가 여름휴가를 가족과 같이, 일본 후쿠오카로 여행을 떠났다. 일본 규수 후쿠오카는 서울서 1시간 반쯤 걸리는 가까운 거리에 있다. 후쿠오카는 온천 휴양지로 유명한 곳으로 알려져 있다. 휴가를 보내기에는 안성맞춤이다.

후쿠오카에 도착하자마자, 곧바로 온천이 딸린 작은 호텔에 여장을 풀었다. 맨 먼저 야외에 있는 온천으로 내려갔다. 일본 사람들이 목욕을 하고 있었다. 남녀 공용으로 간편복으로 갈아입고 목욕을 한다. 일본 사람들은 다른 사람에게 피해를 주지 않으려고, 이야기도 조심스레 한다. 온천에서는 일본 사람들끼리 대화를 소곤소곤 아주 작게 하고 있었다. 온천에 몸을 담그니, 심신의 피로가 하루아침에 달아난다. 일본은 태풍이 많은 섬나라다. 그래서인지 무서운 태풍을 이겨내느라 토속신앙도 만 개가 넘는다고 한다. 그리고 화산과 지진이 잦아, 온천만큼은 잘 발달 되어 있다.

17세기 일본은 해양 강국인 화란을 벤치마킹하여, 근대화의 초석을 마련하였다. 바로 규슈 나가사키, 후쿠오카를 통해, 화란의 선진 기술과 문물을 받아 들여왔다. 그만큼 일본은 이곳을 중심으로, 오랫동안 화란과 교류를 해왔다. 지금은 후쿠오카에는 한국 관광객이 많이 찾아오는 곳이라고 한다.

17세기에 화란인 하멜이 대만에서 일본으로 가다가, 제주도에 표류했다가 탈출하고 들렸던 곳이 규슈 나가사키이기도 하다. 한국 관광객이 많이 온다는 하우스텐보스에서, 펼치는 멋진 수상 쇼는 정말 볼 만하였다. 하우스텐보스는 옛날 화란 왕의 궁궐과 거리 모습을 옮겨놓은 거라서 고풍스럽다. 우리나라 사람들은 유럽까지 가지 않고도, 유럽을 볼 수 있는 곳이라서 그런지 많이 오는 것 같기도 하다.

일본에 오면, 으레 보여주는 신궁도 구경하였다. 신궁은 일본 곳곳에 잘 꾸며져 있는 곳으로 보아, 일본인에게는 큰 위안이 되는 종교 시설인가보다. 짬뽕의 원조 격인 나가사키 짬뽕도 맛볼 수 있었다. 얼른 생각하면 짬뽕은 중국요리인 것 같지만, 그렇지 않다. 일본 음식은 담백한 맛이 일품이다. 음식은 소식주의로 깨끗한 것이 특징이라서, 모든 게 적게 나온다.

일본 물가가 비싼 것이 흠이긴 하지만, 100엔짜리 쇼핑가게도 있다. 일본 돈 100엔이면 우리 돈으로 1,000원 정도인데, 제법 살만한 물건이 많이 진열되어 있다. 큰딸은 신중하면서도 꼼꼼하게 챙겨서, 일본 스타일이 몸에 맞는 것 같다. 호기심으로 여기저기 물건을 구경도 하고 물건도 제법 샀다.

짧은 일본 여행이지만 즐겁게 보낸 여행인 것 같다. 후쿠오카는 무엇보다도 선진국 면모가 물씬 풍기는 도시다. 어디 가나 일본인은 외향적으로는 겸손하고, 친절함이 몸이 배어있다. 선진국다운 모습이다. 겉과 속이 다른 것이 흠이라 하지만, 어찌 사람 속을 다 알겠나. 가까이 있으면서도 멀게 느끼는 일본, 부담 없이 관광하기엔 안성맞춤인 것 같다.

정동진 해돋이

새해 해돋이를 보기 위해, 정동진으로 간다. 2019년 12월 31일 새벽에 배낭을 메고, 청량리역에서 무궁화 열차를 탔다. 안동역에 도착하자, 대구에서 올라오는 정동진행 기차로 갈아탔다. 기차는 태백준령을 넘어 2019년 22시 26분 정동진역에 도착했다. 나와 동행한 친구랑 게스트하우스에 여장을 풀었다.

정동진 모래시계 앞에서는, 가는 해와 오는 해의 아쉬움을 달래는 특별공연이 펼쳐지고 있다. 새벽 0시가 되자 폭죽을 터트리며, 불꽃놀이로 새해를 맞이한다. 폭죽이 하늘 높이 별이 되어 올라갔다가, 산산이 부서지며 다시 떨어지곤 한다. 그 모습을 보고 있노라면, 가슴이 후련해진다. 늘 이맘때쯤이면 느끼는 것이지만, 오늘은 인생의 3사분기의 끝 언저리에 서 있다는 생각에, 가슴이 뭉클해진다. 그렇게 2020년은 시작되었다.

첫 해돋이를 보겠다는 생각에 가슴이 설레어, 잠을 설쳤다. 정동진은 해돋이로 유명한 곳이다. 동해안에서 제일 먼저 해돋이를 볼 수 있는 곳은 울산 간절곶이다. 정동진은 이보다 5분 늦다. 섬인 독도나 울릉도에서 해돋이는 이보다 빠르긴 하다. 정동진은 내가 현재 살고 있는 서울에서, 똑바로 동쪽에 있다. 그래서 정동진 해돋이가 더 정감이 간다.

새벽부터 해돋이를 보려는 사람들이 정동진 해변으로 몰려든다. 나는 친구와 함께 조금이라도 해돋이를 잘 볼 수 있는 곳으로 발길을 옮겼다. 2020년 1월 1일 7시 39분에, 태양은 어김없이 바다와 하늘이 맞닿는 수평선에 떠올랐다. 와와 하며 여기저기서 탄성 소리가 터져 나온다. 모두가 해돋이 모습을 영상에 담느라 손놀림이 분주하다.

태양은 바다에서 어제 아니 지난해의 열기를 식히고, 다시 솟아올랐다. 사람들은 태양을 보며, 한 해의 소망을 비노라 여념이 없다. 언젠가 이집트에 갔을 때, 알게 된 사실이 하나 있다. 고대 이집트인은 태양을 신으로 믿었다. 태양신은 인간을 돌보다가도 인간이 조금이라도 잘못하는 행태가 보이면 노해버린다. 그리고는 수평선 넘어 바닷속으로 사라져 버린단다. 사람들이 주술을 외우며 밤새도록 지극정성으로 빌고서야, 태양이 다시 수평선 너머로 떠오른다고 믿었다.

지금이야 태양은 가만히 있고, 지구가 자전하기 때문에 태양이 뜨는 것처럼 보일 뿐이라는 것을 누구나 다 안다. 그래도 정동진에서 보는 태양은 신비스럽기만 하다. 해돋이 장면을 카톡으로 여러 지인에게 보냈다. 혼자 보기엔 너무 아까워서다. 어느 친구에게는 현장감 있게 목소리로도 전해주었다. 그 친구도 거기에 가고 싶다는 반응이다.

하얀 이빨을 드러내며 해변에 밀려왔다, 부서지는 숨 가쁜 파도 소리가 생명의 숨소리같이 들려온다. 시도 한 수 지었다. 태양은 자기를 불태우며 빛을 발산하여, 생명을 잉태시키고 자라게 한다. 그것만 해도 고마운 일이다. 태양은 인류에게 풍요로운 삶과 희망을 가져다 준다.

새해 처음 뜨는 해돋이를 남보다 먼저 보니 감회가 새롭다. 해돋이 를 보며 인연으로 맺어진 가족을 위해서, 새해 소망을 빌었다. 여러 지인의 안녕을 위해서도 빌었다.

'내가 나이가 들어 새삼 정동진을 찾은 이유는 무엇일까?'

'어쩌면 나는 지금 아니면 정동진에서, 새해 아침 해돋이를 언제 볼 수 있겠나 하는 삶에 대해 절박함이 아닐까?'

'인생의 3사분기에서, 남은 삶을 슬기롭게 보내고 싶은 한 가닥 욕 망 때문은 아닐까?'

그래서인지 젊은 시절에 지리산 천왕봉이나 태백산 정상에서 해 돋이 보는 것보다, 더 가슴이 뭉클하다. 그에 더해 더 많은 감동을 안 겨 주는 것 같다.

새해 첫 햇살을 맞으며 정동진 해돋이의 마무리는, 50년 지기와 정동진 모래사장을 걷는 거였다. 파도는 밀려왔다 밀려간다. 우린 말 이 없다. 저기 보이는 수평선이 타원형이라는 것도 알게 되었다. 그 럼 내가 서 있는 이 자리는 둥근 지구의 정점일 수도 있다. 언제든지 이 지구 정점에서, 미끄러질 수도 있다는 생각이 불현듯 들기도 하 였다.

"정동진에 해돋이 보러 우리 참 잘 왔다."

"그래 우리 둘이 같이 언제 여기 또 오겠나?"

지금 그 학생들은

며칠 전 광주 "이강하 미술관에" 갔었다. 벨기에서 아티스트로 활동하고 있는 친구 딸이 '바다와 미술'이라는 주제로 전시회를 한다고 해서다. 광주 고속버스터미널에서 내려 택시를 탔다. 광주는 아직도 고즈넉한 아담한 도시처럼 보였다. 갑자기 머리를 스치며 생각나는 것이 있어, 택시 기사에게 물었다.

"광주에 수기동이 어디 있나요?."

"광주공원 건너편에 있지요. 저편이고 중심가지요."

그럼 그때 수기동 아주머니가 사는 동네로구나. 사실 수기동 아주머니는 지금부터 50여 년 전, 내가 대학에 다니던 시절 여름방학 때 있었던 일화에 나오는 인물이다. 그 당시 서울에서 내 고향 제주에 가려면, 부산이나 목포를 거쳐 배를 타고 하룻밤을 보내야 한다. 누님이 있는 부산으로 가는 게 좋긴 한데, 배 삯이 비싸고 배 타는 시간도 오래 걸린다. 서울에서 비행기 타면, 제주도에 금방 갈 수도 있다. 하지만 당시에는 꿈같은 얘기다.

어느 여름날인가, 나는 서울역에서 보통 급행열차를 타고 목포로 내려갔다. 목포 부둣가에서 제주행 연락선을 기다리던 중이었다. 갑자기 제주도의 기상 악화로, 오늘 제주행 연락선이 출항이 어렵다는 안내방송을 한다.

'뭐 제주의 기상 악화 난들 어떻게 알아. 선사의 안내방송을 믿을 수밖에 별도리가 없지.'

당시는 스마트폰도 없던 시절이라, 제주도 날씨를 별도로 알아볼 도리가 없었다. 아무튼 목포 날씨는 멀쩡하다. 그런데 숙박비가 따로 없는 내게 걱정거리가 하나 생겼다. 다행스럽게도 선사에서 하룻밤을 보낼 수 있도록, 무료로 단체 숙박 시설을 마련해주었다. 여럿이 잘 수 있는 다담이 방이다. 내 옆자리에는 사복을 입은 학생 셋이 있었다. 제주도로 여행 가는 학생들이다. 고등학교는 여름방학이 아직 시작되기 전이라, 학교 가기 싫어서 아예 집을 나온 것 같기도 하다.

하룻밤을 자고 난 다음 날에는 유달산을 산책하였다. 혼자서 먼발치서 당시 유명한 가수 '남진', 집과 유달산을 둘러봤다. 저녁 담에 제주행 연락선을 다시 탔다. 어젯밤에 본 그 학생들도 내 옆자리에 탔다. 밤새 가는 배에서 말벗이 되었다. 나는 여름방학에 고향 가는 대학생이고, 그 학생들은 학교를 그만둔 고등학생들이다. 나는 전날 목포에서 배가 뜨지 않는다는 것을, 아버지에게 전화로 미리 알려드렸었다. 제주항에 도착하자, 아버지가 걱정되어 부둣가에 마중 나와 있었다.

"학생들은 누구냐?"

자초 지경을 말씀드렸다.

"보신탕 먹느냐?"

아무도 못 먹는다고 하니까, 아버지는 돼지국밥을 사줘서 맛있게 먹었다. 그리고는 그들과 헤어졌다. 혹시나 해서 집 주소를 알려주었다.

한 달쯤 지나서인가, 그 학생들이 우리 집에 찾아왔다. 배고픈 것 같아서, 어머니가 김치와 마늘장아찌에 보리밥을 한 상 차려주었다. 순식간에 다 먹어 치웠다. 그들은 돈 다 떨어지고, 우리 집을 찾느라 고생한 것 같았다. 집 떠나면 고생이라는 것을 몰랐던 아직은 순진한 학생들이었다.

마침 나도 서울로 갈 때가 돼서, 배 삯까지 대주고 같이 목포행 연락선을 탔다. 그리고 목포에서 다시 서울행 보통열차를 탔다. 그 학생들은 광주에 사는 학생들이었다. 마침 광주 수기동에 산다는 한 아주머니가 내 옆 좌석에 타고 있어서, 그 학생들을 인계했다.

"아주머니 잘 부탁합니다."

아주머니는 나에게 참 좋은 일을 했다고 칭찬한다. 그러면서 학생은 공부를 해야지 집을 떠나면 되겠느냐고, 그 학생들에게도 한마디 한다. 그것이 마지막이다.

지금도 어쩌다 그 광주 수기동 사는 말쑥한 아주머니가 생각난다. 오래된 일이지만 학생들이 집을 왜 나왔는지, 이름이 무엇인지는 기억이 잘 나지 않는다. 그들이 지금쯤 좋은 학생으로 자라나, 사회생활을 잘하고 있는지 궁금하다. 살아가면서 좋은 일을 하는 것이 쉽지 않다는 것을, 나이 들며 알게 되었다. 50년 전 일이지만 어렴풋이나마 생각나는 것은 그런 연유 때문이다.

천안문 광장에 발 내딛고

　나는 중국을 움직이는 도시 북경을 언젠가는 한번 가보고 싶었다. 그런데 큰딸과 아내는 북경 여행에 대해, 별로 내키지 않은 표정이다. 그 이유는 잘 모르지만, 중국이 주는 이미지가 후진적이라서 그런 것 같다. 그래서 더 좋은 여행지역을 가보고 싶어서인가보다.

　그래도 이번 여행만큼은 내 뜻대로 북경 여행에 나섰다. 중국이 어떻게 변모하고 있는지를 보고 싶어서다. 우리 가족이 탄 비행기는 인천공항에서 두 시간 남짓 비행하여, 천진공항에 도착했다. 북경공항으로 바로 가면 좋았을 텐데, 비행기 탈 때는 몰랐다. 여행코스가 그런 걸 난들 어찌하겠나. 천진에 내려 관광버스로, 낯모르는 관광객들과 함께 북경으로 향했다.

　마침내 관광버스가 북경 시내에 도착하였다. 북경 시내는 생각보다 차량으로 혼잡스러웠다. 차량 매연으로 길거리가 뿌옇다. 북경 시내에 첫발을 내딛고 방문한 곳은 천안문 광장과 박물관이다. 박물관은 웅장하지만, 공산당 냄새가 나는 것 같아서 별로인 것 같다.

　천안문은 자금성의 정문이다. 내가 그렇게도 보고 싶었던 천안문 광장에 발을 내디뎠다. 자금성은 황제의 나라 중국의 거대한 궁궐이다. 빽빽이 들어선 누각은 만 칸이나 된단다. 우리나라 경복궁은 천

칸이다. 황제의 나라다운 규모다. 예나 지금이나 집 크기 같고, 우쭐대는 건 중국이나 우리나라나 변함이 없는 것 같다.

황제가 거처했던 누각까지 가는 데는, 여러 문을 통과해야만 했다. 자금성 궁궐에는 나무가 하나도 없다. 혹시라도 자객이 나무 뒤에 숨어드는 것을 방지하기 위해서란다. 그러니 그늘이 없는 뙤약볕에 자금성 관광, 애들은 궁궐 안에 걷는 것 조차 힘들어한다.

나무 하나 없던 그 시절의 자금성 그대로가 좋다. 나는 그렇게 생각하지 않는다. 울창한 나무 심어 그늘막 만들어 주면, 오히려 관광객들은 더 좋아할 거다. 옛날에는 자객이 숨어드는 거를 방지하기 위해 나무를 심지 않았다고, 설명만 해주면 될 거 아닌가? 황제는 구중궁궐에서 거처하며, 바깥세상과 유리되어 있었던 것 같다.

'서구열강이 산업혁명을 이룩하고 세계로 뻗어나갈 때, 황제는 중국이 종이호랑이가 되어가는 것도 모른 채 구중궁궐에서 무엇을 했을까?'

다음 관광지로 황제를 위해 만든 별장이 있는 서호를 방문했다. 인공호수다. 보트를 타고 구경도 하였다. 이곳에 여름별장을 짓고 즐겼다니, 황제의 호화로움의 극에 달한 것 같다.

진시황이 만든 만리장성에 오를 때는, 너무나 감개가 무량했다. 이렇게 나라를 지키기 위해서, 거대한 장성을 만들었음에도 중국은 몽골족이나 만주족에게 망하였다. 근세에 들어와서는 영국, 일본에도 연패하였다. 우리라고 다를 바 없다. 천리장성, 한양도성이 침입자를 막았다. 그런 소린 들어본 적이 없다. 성만 쌓아 놓는다고 나라가 지켜지겠나 하는 생각이 들었다.

'지금의 중국은 어떤가?'

공산주의 이념을 추구하면서도 먹고 살기 위해서, 등소평은 경제 개방을 하였다. 이를 기회로 젊은이들은 한 발 더 나가서, 자유를 달라고 천안문 광장에서 소리 높여 외쳤다. 그러나 중국공산당은 이를 무력으로 진압하고 말았다. 오늘 천안문 광장에 와 봐도, 그런 흔적은 어디서도 찾아볼 수 없다. 그러니 중국의 앞날을 어찌 될 것인지는 아무도 예측할 수 없다.

이제 경제 규모 면에서는 중국은 빅 투로 커졌다. 또 먹고살 만하다. 그런데도 중국의 MZ세대는 자유에는 소극적이다. 오직 중국이 세계 제패에만 눈을 돌린다니, 너무너무 실망스럽다.

북경 근처에 있는 천문산 계곡은 정말로 볼 만하였다. 북경 먹거리 골목에서의 중국 음식은 큰딸과 작은딸은 싫어했고, 나도 별로인 것 같았다. 두부 썩은 냄새가 나는 음식이 별미라니 황당하다. 중국이란 나라가 싫으니 음식도 별로다.

두 시간이면 가는 북경이지만, 쉽게 갈 수는 없다. 나로서는 이번 북경 여행이 중국을 조금이나마 알 수 있는, 의미 있는 문화유적 탐방 여행이었다고 생각한다. 별로 가고 싶지 않은 곳이고, 편한 나들이 여행이 되지 못한 두 딸과 아내에게는 좀 미안하긴 하다.

흑산도 추억 되살리기

20여 년 전 서해바다에 누워 있는 흑산도에 간 적이 있다. 벌써 그곳에 갔던 사실조차 까마득히 잊고 있었다. 그 당시에는 몰랐는데 지금 생각해보니, 너무나 뜻깊은 섬 여행이었다. 늦게나마 그때의 추억을 한번 되살려보려고 한다. 서해바다 끝자락에 있는 작은 섬 흑산도, 소중한 우리 영토라는 생각이 새삼스레 들어서다. 그때 직장 연수도 그런 연유로 흑산도에 간 것 같다. 잊어버린 흑산도 추억을 되살려보려고, 먼저 인터넷에서 흑산도를 검색해봤다.

흑산도는 전라남도 신안군 흑산면에 있는 섬으로, 동경 125° 26′, 북위 34° 41′ 에 위치하며, 면적은 20.03평방km, 해안선 59.8km, 산 높이 345m이다. 목포에서 남서쪽 97.2km 떨어져 있으며, 홍도·다물도·대둔도·영산도 등과 흑산군도를 이룬다.

지금 생각해보니 20년은 나에게는 긴 세월인 것 같다. 흑산도에 갔던 사실조차 머릿속에 가물가물거린다. 그때 같이 갔던 동료에게 물어봤다.

"우리 흑산도에 며칠 갔지?"

"목포에서 하룻밤 자고 흑산도에서도 잤지."

"흑산도에서 유명한 홍어 먹었나?"

"안 먹었어. 세발낙지하고 쑥 막걸리 먹었어."

그 동료와 간단한 대화를 나누고 나서, 머리를 짜고 짜서 흑산도에 갔던 추억을 다시 되살려봤다. 서울에서 목포로 내려가 흑산도 가는 쾌속 연락선을 탔다. 잔잔한 바다 위를 2시간 항해하고는 흑산도 항에 도착했다. 어느 섬이나 마찬가지겠지만 흑산도는 어촌이다. 검은 산이 있는 섬, 실제로는 상록수가 많이 우거져 검게 보여서 붙여진 이름이라고 한다. 그러고 보니 흑산도가 온통 파랗다. 하늘이 파랗고 바다가 파랗고 산이 파랗다.

작은 섬이지만 흑산도에는 345m 높이의 상라산이 있다. 그 산을 넘어가는 열두 고갯길도 있다. 내가 탄 버스가 고갯길 산 중턱에 다다르자, 커다란 "흑산도 아가씨" 노래비가 우뚝 서 있다. 이미자의 "흑산도 아가씨" 노래가 구성지게 울려 퍼진다. 어찌나 슬프게 부르는지 따라 부르니, 나도 덩달아 슬퍼진다. 1960대 흑산도에서 육지로 나가기가 힘들었던 시절에, 흑산도 아가씨가 육지로 나가고 싶은 마음을 담아낸 노래란다.

"물결은 천만번 밀려와도 갈 수 없는 육지를 생각하며, 바다만 바라보다 가슴이 검게 타버렸다⋯⋯."

육지로 가고 싶은 흑산도 아가씨의 애끓는 심정은 정말로 눈물겹다. 상라봉 전망대에선 예리항과 흑산도 주변 바다를 조망하기에 안성맞춤이다.

고개를 넘어가니 옛날 고시 동기 친구의 고향마을이 보인다. 그 친구는 바다의 외딴섬 흑산도에서 청운의 꿈을 품고 육지로 떠났고,

서울의 제일 좋은 대학을 나왔다. 마침내 제일 좋은 직업을 구하고, 큰 꿈을 이루었다. 그러고 보니, 그 친구는 흑산도 아가씨 노래를, 몸소 실천한 사나이 중의 참사나이다.

서해의 고도답게 흑산도는 조선시대의 유배지이기도 하다. 천주교의 정약전, 개항을 반대한 최익현도 이곳으로 유배 왔다. 그래서 그런지 예쁜 성당도 보인다. 흑산도는 중국 일본을 잇는 해상교통의 요충지다. 태풍이 지나갈 때는 고깃배의 피항지이기도 하다. 흑산도는 우리나라 서해의 국토 끝자락에 있는 섬이란 데, 의미가 더 큰 것 같다.

여행 중에 홍도를 배로 한 바퀴 돌았다. 홍도는 붉은 섬이라 하여 호기심이 남달랐었다. 파도가 높아 간담이 서늘하기도 하였다. 홍도는 붉은 동백꽃이 섬을 뒤덮고 있다. 해 질 녘 노을에 비친 섬은 붉은 옷을 입은 것 같다고 한다. 그래서 홍의도紅衣島라고 부르다가, 규암으로 된 섬의 바위가 홍갈색을 띠고 있어, 홍도라고 붙여지게 됐단다.

목포에서 흑산도 갈 때는 바다가 잔잔해서, 망망대해를 편안히 푸른 바다와 갈매기를 벗 삼아 갈 수 있었다. 웬걸 돌아올 때는 흑산도에 더 머물고 가라는 듯 거센 파도가 일었다. 배전에서 몸이 배 밖으로 튕겨 나갈 지경이다. 가슴은 콩닥콩닥 뛰고 불안스럽다. 이런 바다를 거침없이 달려가는 연락선이 신기하기만 하다.

아무런 연고가 없는 나야, 서해의 고도 흑산도에 한번 가기도 쉽지 않다. 그런 난 오래 머물고 싶기도 하였다. 일정상 그럴 수가 없어서 아쉬웠다. 흑산도 이전에도 남해안의 거제도 남해도 완도 진도 큰 섬은 둘러봤다. 나는 흑산도 방문에 이어 남해 동해 우리 영토의 끝자락에 있는 섬, 마라도 울릉도도 다녀왔다. 그러고 보면 흑산도는 우리나라 서해바다의 경계선에 있는 섬 중에 최초로 내가 방문했던 섬이다.

서해바다 거센 파도에 맞서서, 연락선은 목포항에 다행스럽게도 무사히 도착했다. 이제 안도의 한숨을 내쉬고 흑산도 여행은 마무리하였다. 어찌 됐든 20년이란 세월이 이번 글쓰기로 되살아 난 것 같다. 그래서인지 흑산도가 눈앞에 보이는 듯하다. 내 기억 속에 사라질 뻔한 흑산도 서해바다 끝자락 작은 섬, 그 섬도 우리 영토라는 사실은 이제 내 추억 속에 영원히 남아 있으리라.

희망의 판도라

서울 양재시민의숲 산책 중에, 우연히 커다란 탑 하나를 발견하였다. 탑에는 조화가 수북이 쌓여있다. 자세히 살펴보니 삼풍백화점 참사 희생자위령탑이다. 삼풍백화점 붕괴사고 희생자 502명의 혼령을 위로하고, 이런 큰 사고가 발생하지 않기를 기리기 위해 세워진 탑이었다. 정말 잊지 말아야 할 탑이면서도, 세월이 흘러감에 따라 내 기억 속에서도 사라지고 있었다. 너무나 부끄럽다는 생각이 들었다.

오늘 이 탑을 보고서야, 그날의 참상이 새롭게 떠올랐다. 사고 당시만 해도 삼풍백화점 5층 식당가에 있는 매콤한 쟁반 메밀국수가 좋아서, 나는 가끔 그곳에 찾아 가곤 하였다. 1995년 6월 29일 사고가 나던 날, 그날 고속버스터미널 근처 기원에서 나는 친구와 바둑을 두고 있었다.

TV에 사고 소식이 속보로 뜨자, 머리를 스치는 것은 아내였다. 아내가 삼풍백화점에 장 보러 자주 가기 때문이다. 집에 전화했으나 받지 않았다. 초조하였다. 나중에 듣기로는 그날 아내는 천만다행히 백화점에 들렀다가, 다른 볼일 때문에 일찍 나왔다고 한다.

그 당시 많은 사람들이 매몰되고 사상자가 발생한, 그야말로 아비규환의 모습이 지금도 눈에 선하다. 백화점 건너편 주유소 앞에는 김영삼 대통령까지 나와서 구조를 지휘하였다. 6·25 이후 가장 많은 희생자를 낸 큰 사고였다. 사고 이후 백화점붕괴 사고가 났던 자리에, 높은 주상복합아파트가 들어섰다. 비 오는 날이면 내가 사는 집 한양아파트 창가에 기대서, 그 아파트의 불빛을 바라보곤 하였다. 그럴 때면 그날의 사고가 떠올랐다.

'지금 그 주상복합 아파트에 사는 사람들은 무섭지 않을까?'

'아직도 그때 희생된 사람들의 혼령은 삼풍백화점을 붙들고, 주민들과 울분을 토해내는 건 아닐까?'

이런 생각이 들기도 하였다. 지금이야 우리 집도 다른 데로 이사 가서, 그런 생각은 잊혀진지 오래다.

우리는 재난을 당했을 때 희망을 잃지 않고 기다리면, 구조된다는 신념이 있다. 그리스 신화에 나오는 신이 만든 최초의 여성은 판도라란다. 판도라는 신으로부터 결혼 선물로 희망 상자 하나를 받았다. 신이 열지 말라는 그 선물 상자를 호기심으로 판도라가 여는 순간, 모든 선물은 날아가 버렸다. 그래도 최후에 남은 것은 희망이었다.

"아저씨, 나 엄마가 보고 싶어요."

삼풍백화점 붕괴사고 때, 박 모(당시 19세)양이 19일 동안 물 한 모금 못 먹고도, 땅속에 갇혀 있다가 구조되면서 외친 말이다. 하지만 세월호 사고 이후에는 사람들은 기다리지 않았다. 사고 나면 바로 다 뛰쳐나왔다. 세월호 침몰사고 당시 '기다리라'는 선장의 말 한마디가, 되레 죽음을 가져온 결정적인 계기가 돼서이다.

선장은 승객을 모두 구조한 다음, 맨 마지막에 밖으로 나오게 되어 있다. 그런데도 선장은 "기다리라"는 말을 남기고는 중간에 혼자 탈출해버렸다. 선장이 그 수칙을 몰랐다. 그건 이해할 수 없는 행동이다.

최근 일어난 지하철 사고에서 보듯이, 기다리라는 안내방송은 있으나 마나 사람들은 지하철 문을 열고 긴 지하철 터널을 빠져나왔다. 하마터면 더 큰 사고로 번질 뻔했다. 사고에 따라서는 기다리면서 구조원의 안내에 따라야 하는 경우도 있다.

재난 시, 판도라 상자에 최후에 남아 있는 희망이 절망이 되어서는 안 된다. 현장 관리책임자(배는 선장은 최후에 하선 필수)와 구조책임자의 상황판단 능력 향상과 이용자에 대한 비상시 탈출요령의 숙지가 아닐는지. 아무튼 그 후에도 사고는 계속 일어나고 있다.

등굣길 성수대교붕괴, 수행여행 중 세월호 침몰사고, 이태원 핼러윈 축제 참사는 모두 현실이었다. 앞으로도 언제 닥쳐올지 모르는 삶의 현장에서의 위험은 누구에게나 열려있다. 잊힐 만하면 일어나는 대형사고, 지금도 언제 어디서 일어날지 모른다. 문지방 나가면 저승길이라는 말도 있다. 누구나 가는 인생길, 조심하고 또 조심하는 수밖에 뾰족한 방법은 없는 것 같다. 그런데 최근 삼풍백화점이 붕괴한 자리에, 새워진 아크로 비스타 주상복합아파트에 사는 분이 대통령에 당선되었다. 아마도 그때 죽은 502명의 혼령의 못 이룬 꿈을 이룩하려는 건 아닌가 싶다.

제5부
둥지를 찾아서

김수로왕의 국제결혼

부산에 사는 친척 혼사에 참석했다가, 짬을 내어 김해 김수로 왕릉에 갔다. 같이 간 큰애에게 한마디 했다.

"넌 김수로왕의 70대손이야."

큰 애는 듣기만 하고, 묵묵 무 답이다. 씨족에 대해, 요즈음 애들은 별로 관심이 없다. 우리 애도 크게 다를 바 없다. 수로왕은 금관가야국을 창시하고, 158세로 장수(AD 42~199)하였다. 지금보다도 훨씬 오래 살았다. 그때 의술이 지금보다 발달한 것도 아닐 텐데, 너무 신통하다. 삼국유사에 나오는 금관가야의 건국신화는 더 재미있다.

하늘에서 붉은 끈에 달려 있는 보자기가 구지봉에 내려왔다. 그 보자기에는 6개의 황금알이 들어 있었고, 첫 번째로 태어난 분이 수로왕이란다. 수로왕은 하늘이 정해준 멀리 인도에서 가락국에 찾아온, 인도 아유타국의 공주를 바닷가에서 맞이하여 결혼하였다.

그러니 김해김씨보다는 황금 김 씨가 더 어울릴 것 같다. 수로왕은 지금도 쉽지 않은, 연사의 여인 인도 아유타국 공주 허 황옥과 국제결혼도 하였다. 그 옛날 왕의 세습을 둘러싼 왕자 간의 분쟁을 없애려고 한 흔적도 있어, 너무 신기하다. 수로왕의 후계자는 거등공居登公으로 정했다. 아들 2명은 성을 김해 허씨로, 허 왕후의 성을 따랐다. 나머지 7왕자는 인도에서 공주를 따라온 장유화상과 같이 지리산으로 들어갔다. 그곳 운상원 칠보암에서 성불하였다고 한다. 왕권계승을 위한 왕자 간의 다툼은 원초부터 정리된 셈이다. 그 옛날에 왕후의 성을 따르는 아들을 별도로 두었다니, 너무 진취적이다. 오늘날과 비교해 봐도 그럴듯한 것 같다.

"2천 년 전에 김해김씨 시조 김수로왕이 국제결혼을 하였다."는 사실은 무엇보다 내 귀에 쏙 들어왔다. 왕릉을 둘러보고는 큰애 보고 다시 소감을 물어봤으나, 별 관심이 없는 듯 대답이 없다.

김수로왕이 그 옛날 국제결혼을 한 것은 로맨틱한 러브스토리다. 지금 같은 글로벌시대에도 대통령이 국제결혼을 하였다면, 흥미 걸이가 되기에 충분하다. 더구나 9년 연상의 여인이라니 더욱 그렇다. 김수로왕의 국제결혼, 당시에 가야가 국제교류가 활발했다는 것을 보여주기 위한 것인지도 모른다.

지금도 이런 인연으로 인도의 지방정부와 김해시 간에, 지역 간 교류를 하게 되었다고 한다. 금관가야의 이러한 국제교류가 가야가 532년 신라에 통합되기까지, 500여 년 동안 철기문화를 번성케 한 동력이 되었던 건 아닌가 싶다.

고려 공민왕이 원나라 노국공주와 국제결혼 한 적도 있긴 하다. 이는 어디 까지나 원의 지배하에 부득이한 결혼이라는 점에서 차이가 난다. 그만큼 우리 역사에 임금의 국제결혼은 희소하다. 하기야 이승만 대통령도 프란체스카 여사와 국제결혼을 했다.

가야의 건국신화는 사실 여부를 떠나, 후세인들이 자긍심을 갖게 한다. 그중에도 임금이 인도 공주와 결혼하였다는 것은 좀 과장된 면도 있다. 그래도 오늘날 글로벌시대에는 더욱 빛나는 신화라 하겠다. 더구나 김해김씨 1대 조상이 국제결혼이라니 이 얼마나 멋진 연애 스토리인가!

고근산 연가

　제주도에 가면, 한라산이 하늘을 닿을 듯 우뚝 솟아있다. 또 한라산 자락에는 360여 개 오름이 여기저기 흩어져 있다. 오름은 계란 반쪽 모양의 작은 봉우리로 기생 화산이다. 북극성 설문대 할망이 한라산을 만들 때, 치마에 흙을 담아 나르면서 조금씩 흘러내려 생긴 봉우리란다.

　제주도에는 한라산 말고는, "산"자가 붙은 산은 영주산 산방산 고근산 정도다. 나머지는 오름이다. 그만큼 제주도에는 산은 귀하다. 고근산은 제주도 서귀포시에 있는 산이다. 홀로 외로운 산이라고 해서, 고근산孤根山이라고 부른다. 높이는 396m다. 고근산 주위에는 한라산 말고는 또 다른 산도 오름도 보이지 않는다. 사방이 탁 트여있다. 그래서 고공산이라고도 부른다.

　서귀포시는 혁신도시 건설로 길이 많이 생겨났다. 신시가지에는 가로수로 심어진 야자수가 울창해서 길 찾기도 쉽지 않다. 그래서 평지에서는 시가지 전체 모습도 볼 수 없다. 몇 해 전에 모처럼 서귀포 혁신도시에 간 적이 있다. 혁신도시에 사는 사위 집에 가기 위해서다. 평일 날 나 홀로 서귀포 신시가지를 조망할 수 있는, 고근산에 올라가 봤다. 고근산 정상으로 가려면, 900여 개나 되는 계단을 올라가야 한다. 쉬엄쉬엄 한 계단 한 계단 올라가니, 좀 힘들긴 해도 오를 만은 하였다.

고근산 정상에 올라가서 주위를 살펴봤다. 고군산 가운데는 움푹 파인 산굼부리가 있다. 고근산 뒤에는 한라산이 떡 버티고 있고, 앞쪽으로는 한눈에 서귀포 시내를 조망할 수 있었다. 저 멀리에는 서귀포 월드컵경기장이 보인다. 북태평양에 둥둥 떠다니는 작은 섬, 범섬도 또렷이 보인다.

서귀포 혁신도시는 정부의 공공기관 분산 시책에 따라, 공공기관 9개 1,000여 명이 이전해 온 미니도시다. 인구는 5천 명 정도다. 지금 가족 모두가 이주한 경우는 절반쯤 된다. 나머지는 독신이다. 서울에서 비행기 타고 버스 타면 2시간 정도 걸리지만, 이주한 직원에게는 낯설고 물 설은 곳이다. 그래서 외로운 산 고근산은 제주에서 타향살이하는 직장인에게는, 좋은 안식처가 되고 있다고 한다. 나 홀로 직장인은 휴일에는 고근산에 올라 마음을 추스르기에 안성맞춤이다.

고근산과 관련하여 재미있는 설화가 전해지고 있다. 설문대 할망은 제주도를 만들다가 지칠 때면, 백록담을 베개 삼아 엉덩이를 고근산 분화구 산굼부리에 얹어 놓았다. 발은 바다에 둥둥 떠 있는 범섬에 쭉 뻗어 올려놓고 물장구치며 놀았다고 한다. 그러니 설문대 할망은 15km나 되는 자이안트 거신이다. 그래서 10km나 되는 상체를 받히는 엉덩이를 고근산에 얹어 놓을 수 있었던 것 같다.

제주도의 탄생설화는 섬이 작다 해서, 오히려 거대한 설문대 할망이라는 거 신을 설정했다니 너무 흥미롭다. 고근산은 외롭지만 외롭지 않은 한라산이 뒤에 떡 버티고 있다. 설문대 할망이 그 옛날 먼

장래 혁신도시까지 생각하고 설계한 것은 아닐 거다. 그래도 혁신도시와 더불어 태평양을 한눈에 조망할 수 있는 아름다운 위치에, 설문대 할망이 고근산을 배치해 놓은 건 아주 잘한 것 같다.

오늘날 시각으로 봐도 그나마 다행스러운 거 같다. 딸과 사위 귀여운 외손자 규민이도, 나처럼 고근산에 가끔 산책 삼아 올라가 보면 어떨까? 고근산 정상에서 잠시나마 일상을 잊고 힐링하며, 좋아하는 노래로 "고근산 연가"를 지어 부른다. 그거야말로 삶의 즐거움이 아니겠나!

고향집 돌배나무

  나를 아는 지인들은 내 고향이 제주도라고 하면, 바닷가일 거로 생
각한다. 그런 건 아니고 그냥 바다가 보이는 마을이다. 제주도는 어
디 가나 바다가 보인다. 한라산이 가운데 떡 버티고 서있어서다. 바
닷가가 아니더라도, 지형에 따라 층층이 제주도 말로 부락이라는 마
을이 형성되어있다.
  "제주도가 작다고요?"
  "안 그래요. 제주도 넓이는 서울의 세 배나 돼요."
  "제주도 한라산은 1,950m이고, 서울의 북한산은 836m밖에 안
돼요."
  그래서 제주도에는 바닷가 마을 말고도, 농촌 마을도 있지요. 내
고향은 옛날에는 20여 채 초가집이 옹기종기 모여 사는 농촌 마을이
었다. 지번은 삼도일동 30반 386번지다. 우리 집 뒤뜰에는 돌배나무
한 그루가 있었다.
  그 돌배나무에는 해마다 하얀 배꽃이 피고, 조그마한 돌배가 올망
졸망 열렸다. 돌배는 깨물어도 씹히지 않는 돌 같은 배다. 꽃피고 열
매가 열리는 모습은 너무나 탐스럽다. 돌배나무는 고향 집에서 나의
어린 시절을 지켜본 나무였다. 돌배나무 그늘에 평상에서 낮잠도 자

고, 라디오를 듣곤 하였다.

언젠가 휴가차 고향 집에 내려왔을 때다. 라디오에서 갑자기 '탕 탕 탕' 소리가 난 후 '찌지지' '찌지지' 하는 소리가 들렸다. 라디오가 고장 난 건 아닌 가해서, 이리저리 흔들어 보았다. 다행히 대통령의 연설은 다시 이어졌다. 8·15 광복절 기념식 중계방송이다. '탕 탕 탕' 소리는 장충체육관에서, 영부인 육영수 여사가 총탄을 맞는 순간이었다.

돌배나무집은 어린 시절 나의 일부였다. 앞마당 텃밭에는 배추, 가지, 고추 등 먹거리가 늘 자란다. 호롱불 밑에서 공부도 하고, 달밤에 멍석에서 주판 연습도 하였다. 집 앞에는 윗물, 아랫물 두 개의 작은 연못도 있었다. 그 연못에서 헤엄도 치고, 미꾸라지도 잡고 개구리도 잡았다.

1958년 사라호 태풍 때인가 보다. 밤에 지붕이 날려 가는 것을 막기 위해서 새끼로 단단하게 동여매려고, 지붕에 올라갔던 사람이 날려 갈 정도로 바람이 거셌다. 집 안에 있으면 창밖에서 들려오는 바람 소리는 공포 그 자체였다. 어린 마음에 두 손 모아 태풍이 어서 빨리 지나가길 빌었다.

나의 어린 시절을 지켜본 돌배나무 집은 20년여 전에 팔렸고, 그 자리에 연립주택이 건축되었다. 그래서 고향에 가도 그 돌배 나무집에는 갈 수 없다. 돌배나무가 베어진 그 집에 가보는 것은 나도 정말로 싫다.

그 옛날 돌배나무집을 마음속에 고이 간직한 채, 나도 가끔 돌배나무가 있는 고향 집을 꿈꾸기도 하였다. 꿈을 통해 마음의 평상심을 찾기도 한다. 그래서 시골에 고향이 있는 사람들은, 저마다 고향 집

추억을 그리워할 거다.

　고향을 떠나 서울에서 6차례 이리저리 이사 다니며, 내가 살았던 아파트는 모두 헐렸다. 아파트 뜰에 있던 나무들도 모두 잘리고 뽑혔다. 요즈음은 내가 살던 아파트뿐만 아니라 도시 재개발과 재건축으로 많은 아파트와 집들이 사라지고 있다.

　도시개발이나 아파트 재건축으로 허물어지는 도시의 옛집이 많다. 그 뜰에 있던 어린 시절의 돌배나무와 같은 추억의 나무만큼이라도 베지 말고, 남겨둔다면 얼마나 좋을까? 고향을 떠나도 고향 집이 허물어져도 고향에 대한 그리움은, 또 다른 아름다운 고향을 만들어 간다. 그것이야말로 마음속에 새겨놓은 진정한 고향이다. 사람들의 마음속 고향은 평생 되새기며 살아가는 고향에 대한 향수가 아니던가! 나도 그렇지만.

둥지를 찾아서

나는 서울 서리풀^{瑞草} 마을에서, 삶의 대부분을 살았다. 그러니 서초는 나에게 제2의 고향이나 다름없다. 서초 이름만 봐서는 언뜻 시골 마을이라는 생각이 들 수도 있다. 그건 아니고 서울 강남의 신시가지 중심이다.

서초는 소가 드러누워 잠자는 형상을 하고 있다는 우면산 자락이다. 서리풀이라는 말은 풀에 맺힌 이슬이 아침 햇살에, 반짝이는 모습에서 따왔다고 한다. 서초는 옛날 경기도 시흥군 과천면에 속하였다. 지금은 강남대로와 동작대로 사이다. 한강의 기적이라 불리는 강남개발에 따라, 서울로 편입된 지역이다. 도시개발 전에는 장마가 지면 마을 어귀까지 물이 차곤 하였다. 서리풀 마을에 흐르는 반포천은 우면산 여러 골짜기 물이 어우러져 흐른다. 반포천은 서래마을 물을 받고 다시 동작천 물과 합류하여, 한강으로 흘러 들어간다. 지금은 반포천이 많은 부분이 복개되어 일부만 볼 수 있다.

1970년 80년대 서초가 처음 개발될 때만 해도, 반포에는 저층 주공아파트가 즐비하게 들어서 있었다. 그 당시에는 아파트에 대해 별 인기가 없던 시절, 나는 고속버스터미널 서쪽 반포 2단지 주공아파트 18평에 전세로 신혼살림을 차렸다. 여기에 살면서 공직에 몸담았고 은퇴

후 지금까지 40여 년 이상 서초 여러 곳에 이사 다니며 살아왔다. 집값이 지금 같이 황금처럼 비쌌으면, 언감생심 꿈도 꾸지 못했을 곳이다.

아파트에 연탄불 상상하기도 힘들다, 지금은 도시가스 수도 난방으로 아파트를 더욱 선호한다. 그렇지만 아파트는 어른들에게는 이웃에 누가 사는지도 모르는 낯 설은 집이기도 하다. 애들이야 자라면서 유치원과 초중고 다니면서 친구도 생기긴 한다.

나는 이곳 서리풀 마을 한곳에서만 산 것은 아니고, 무려 7차례나 이사를 했다. 반포주공아파트 2단지 고속버스터미널 뒤편 삼호가든 아파트로 다시 반포3단지 16평 주공아파트를 구입하여 이사 갔다. 가족이 늘어나 25평 전세로 다시 이사했다. 한양아파트 잠원 한양아파트, 서초 한양아파트 우면동 아파트로 이사 다녔다. "한양"이 좋아서 한양아파트로 찾아 이사 다녔나? 지금도 구반포 재건축을 기다리며 관악구 은천동 아파트에 전세살이한다. 내가 살던 아파트는 우연인지 몰라도, 모두 재건축으로 뜯겨나갔다. 그동안 세월이 많이 흘러갔다는 것을 말해준다.

서초는 다른 데보다 발전 속도가 빨랐다. 고속버스터미널 지하철과 예술의 전당 국립중앙도서관 법원단지로 강남 번화가와 인접한 서울의 신시가지 한복판이다. 조선시대 뽕나무를 심어서, 누에고치 치던 잠업 마을이 천지가 개벽한 거다. 무엇보다도 서리풀에 살며 1남 2녀를 낳고, 애들이 결혼 후에는 규민 단우, 서우 손자 손녀를 안겨 주었다. 이 모두 아내가 알뜰하게 살림을 꾸린 것이라서 고마울 따름이다. 애들은 꽃동산유치원, 원천중, 서원중, 서울고, 서초고, 반포고를 다녔다. 요즈음은 손자 손녀가 커가는 모습을 보면 너무나 귀엽다.

나는 서리풀 마을에 살면서, 우면산 소망탑과 청계산을 천 번 이상 올라갔다. 몽마르트 서리풀 공원과 한강변 고속도로변의 길마중 산책로를 걷기도 하였다. 그리고 최근에는 아내와 함께 반포4동 성당에 다니면서, 성가대에 참가하고 있다. 공직을 그만둔 이후에는 뒤늦게 시인 수필가 평론가로 등단하여 틈틈이 문학작품도 쓴다.

이런 서초가 확실히 제2 고향이 된 사연이 있다. 그동안 고향에 대한 향수도 있고 해서, 장남만큼은 본적을 내가 물려받은 대로 "제주 해안동 2665번지" 그대로 두어야 한다고 생각하였다. 그러나 특별한 인연도 없이 서울에서 태어난 애들을 위하여, 언젠가는 본적을 서울로 옮기는 것이 좋을 거라는 생각이 들었다. 본적지 바꾸려고 관내 서초구청에 갔다. 그런데 웬걸 본적지 제도가 몇 년 전에 폐지되었고 한다.

그래서 2014년 주민등록 기준등록지를 "서울특별시 서초구 서초중앙로 220번지"로 바꾸었다. 그 기준지는 반포1동 한양아파트에 16년 동안 살았던 곳이다. 물론 그곳 한양아파트도 재건축으로 우면동 우면산 자락 대림 아파트로, 2015년 4월 20일에 이사하였다.

서리풀 서초대로 한가운데 향나무가 있고, 정도전 묘지석도 있다 백제 불교 전래로 유명한 마라난타의 대성사도 있다. 윤봉길기념관이 있다. 무엇보다도 삼남으로 가는 길목이기도 하다. 제주에서 한양으로 오는 말이 바싹 말라버린 몸을 추스르기 위해서, 죽을 쑤어 먹이는 말죽거리도 있다. 또 삼성 현대 우리나라 최고 재벌회사도 있다. 이렇게 나의 제2 고향 서리풀은, 이제 눈감고도 찾아다닐 수 있는 마음속의 둥지이고 제2의 고향이 되었다. 그래서 마무리는 나의 제2의 고향인 서리풀에서, 시 한 수 읊어본다.

너와 나는 서로 버팀목

서초대로 한복판에 홀로 서 있는
몸통이 기울어진
천년 묵은 늙은 향나무
강풍에 쓰러질라
통통한 버팀목 세워놓고
서리풀공원 새 단장한다고 심어
애지중지 키우는 어린 소나무엔
솔바람에라도 부러질라
여린 버팀목 세워놓고
한껏 떠받치게 한다.

튼튼하다고 잘려 나간 낙엽송
한 몸 바쳐 살아있는 나무
버팀목 되어주는 슬기로운
너의 삶
너무나 좋아 보인다.

나무도 그러하듯 나 홀로
살아가기엔 너무나 힘든 세상

너는 나의 버팀목 되고
나는 너의 버팀목 되어주면

세상에 이보다 더 좋은 삶이
어디 있으랴.

한국문학인(한국문인협회); 2022 가을호

땅속 달동네

언젠가 인천 달동네로 봄나들이 갔다. 나는 달동네가 달이 잘 보이는 산동네 마을인 줄 알았다. 그런데 오늘 가는 달동네는 좀 달랐다. 산이 아닌 땅속에 있단다. 너무나 신기하다. 오늘 그곳을 구경하러 간다.

경인선 전철을 타고 동인천역에서 내렸다. 수도국산 박물관으로 가는 언덕길을 걸어 올라간다. 주위를 살펴보니, 내가 40여 년 전 첫 직장인 그곳 동인천세무서에 다녔던 시절이 불현듯 떠올랐다. 그런데 오늘 와보니 그 시절 모습과는 사뭇 달랐다.

땅속에 있는 수도국산 달동네는, 옛날 달동네를 박물관으로 꾸며놓은 곳이다. 박물관을 관람하면서 보니, 박물관은 옛 인천 달동네 모습을, 그대로 옮겨 놓은 것 같았다. 달동네는 6·25동란으로 생긴 피난민들과, 60~70년대 산업화로 지방에서 일자리를 찾아 나섰던 서민들의 살던 산동네다. 당시의 삶의 모습을 땅속에서 다시 보니, 너무 울적하다. 당시 서민들의 삶의 애환이 지금도 살아 숨 쉬고 있는 것 같았다.

달동네 사람들은 해가 뜨기 전에 달 보고 일터로 가고, 달뜨는 밤에 집에 들어온다. 그래서 달 보고 다닌다고 달동네라고 불렀다. 달이 지면 별 보고 다닌다. 1970년대에 나는 서울 서대문 영천 작은 누님 집에서 동인천 세무서에 다녔다. 그때 나는 직장에 다니며 달동네 사람들이, 전봇대의 백열등 불빛 아래 언덕길을 오가는 모습을 자주 보았다. 송현동 배다리 골목에는 잡화 파는 구멍가게, 구둣방, 이발관, 생선가게들이 즐비하게 서 있었다. 오늘 본 땅속 달동네 박물관 모습과 거의 같다.

'내가 다녔던 나의 첫 직장의 모습은 어떻게 변했을까?'

옛 생각이 나서 인터넷을 검색해보았다. 첫 직장 사진에는 2층 빨간 벽돌 건물과 조그마한 식당, 그리고 향나무 몇 그루가 선명하게 보였다. 옛날 그대로다. 하지만 그 건물은 지금은 재건축되고 옛 직장 명칭도 사라졌단다. 10.26 대통령 서거 때 직장에 출근하고 보니, 계엄군이 직장 안에 진주한 모습이 보여서 당황한 적도 있었다. 비상시에 계엄군이 국고를 지키려 왔구나 하니, 이해가 되기도 하였다. 지금은 달동네 곳곳에 재개발되어 아파트로 바뀌었다. 격세지감이다.

외국에 가보면, 고급 주택은 우리 달동네 같은 위치인 양지바른 산기슭에 짓는다. 언덕 위에 성을 쌓고 살기도 한다. 멀리서 그 모습을 바라보면, 스카이라인이 괜찮게 보인다. 밤에는 불빛이 반짝거리는 모습은 환상적이다. 우리나라 달동네는 어쩌다가 그렇게 됐을 뿐이다. 그 시절에 사연이 있는 달동네는 바로 우리의 옛 모습이다. 내가 다니던 달동네도 지금은 땅속의 박물관으로 변했다. 그 시절의 첫 직장의 사진과 교차하며, 그 옛날 동인천 모습이 눈앞에 주마등처럼 스쳐 지나간다.

'그동안 세상이 하늘만큼 변했는데도, 그 시절이 머릿속에 남아있다니……'

‘그동안 아무것도 해놓은 것 없이, 세월만 지나간 건 아닌가?’

그런 것은 아니겠지만 달동네 박물관을 보면서, 그때 첫 직장 다닐 때의 달동네 모습이 떠오른다. 벌써 40년이 흘렀다. 이젠 직장마저 졸업하였으니, 세월이 빠름을 새삼 느끼게 한다.

마라도 지킴이

서귀포시 모슬포항에 가면, 연락선이 관광객을 국토 최남단 마라도에 매일 10여 차례 실어 나른다. 그 남쪽에 이어도도 있긴 하지만, 바닷물 아래 보일락 말락 하여 섬의 반열에 들지 못한다. 그러니 국토 최남단 찾아가는 내가 탄 유람선도, 모슬포항에서 30분 남짓 항해하고 나니 마라도 선착장에 도착했다. 그만큼 마라도는 제주도 어미 섬에서 가까운 거리에 있는 작은 섬이다. 아무리 가까운 거리지만 신분증은 꼭 보여줘야 한다. 그리고 하루에도 열두 번은 바뀐다는 바다. 파도가 높을 때는 배는 뜨지 않는다.

국토 최남단에 있는 작은 섬 마라도, 옛날에는 사람이 살지 않는 무인도였다. 19세기 말에 제주도에서 최초로 4명이 이주해온 이래, 20여 가구 60여 명 주민이 살고 있다. 지금은 거주하는 사람보다도 국토 최남단의 작은 섬이라는 호기심 때문에, 관광객이 더 많이 오간다.

제주시가 고향이지만 마라도에는 난생처음이다. 마라도에 첫발을 내딛고, 언덕에 놓인 계단을 따라 올라갔다. 섬에 머무르는 1시간 30분 동안 다 들러 봐야 해서, 총총걸음으로 걸었다. 조금 걸어가니 마라분교가 보인다. 전교 학생이 1명이고, 선생님은 3명이란다. 금요일인데도 운동장에 아무도 보이지 않았다. 수업 중인 것 같았다.

가까운 거리에 작은 마을이 한눈에 보인다. 주변에 짜장면 짬뽕 간판이 눈에 확 들어온다. 통신사가 마라도에서 핸드폰으로 짜장면 주문하는 TV 광고가 생각난다. 손님을 끌기 위해 마라도 짜장면집에서는, 호객행위가 치열하다. 한 그릇 먹고 가고 싶기도 하지만, 마라도 지킴이를 찾아보겠다는 일념으로 꾹 참았다.

처음 찾은 곳은 등대다. 등대 곁에 태극기가 펄럭인다. 여기도 대한민국이라는 것을 몸소 느낄 수 있었다.

"대한민국 국토 최남단" 표지석이 있는 곳에서, 사진 한 장을 찍었다.

'그럼 이 섬을 누가 지킬까?'

혼자 중얼거리며 걸었다. 마라도에는 마을 작은 치안센터가 있지만, 군부대는 보이지 않았다. 마라도는 주민들과 관광객이 모여드는 평화로운 섬이다. 그렇지만 우리에게는 국토 최남단이라는 소중한 섬이다.

소라 모양의 예쁜 성당, 해수관음보살상이 있는 기원정사와 작은 교회가 보인다. 주민이 다 교인이라도 많아야 20명뿐인데, 종교시설이 다 있는 것으로 보아 신들이 마라도를 지키기 위한 것 같기도 하다.

바닷가로 내려가 보았다. 바닷물이 출렁이는 곳에 동그랗게 돌담을 쌓아 놓은 곳이 보인다. 땅끝에 웬 돌담인가 해서 거기에 가보니, 할망당이다. 돌을 쌓아 만든 소박한 제단이다. 마라도의 사람들의 안녕을 빌고, 뱃길을 열어주는 본향신本鄕神을 모신 곳이다.

마라도에는 태극기를 품은 등대가 불을 밝혀주고, 성당과 정사도

있다. 하느님과 부처님이 마라도를 지켜주겠지만, 아무래도 진짜 지
킴이는 마라도의 할망당 본향신인 것 같다. 홀로 하는 마라도 여행,
마라도 지킴이 할망당을 보고 나니 국토 최남단은 안심해도 된다는
생각이 들었다.

먼 나라 즐거운 여행

　중국 소주와 항주, 아랍에메레이트의 두바이, 이집트, 필리핀에 여행을 갔었다. 현이와 아내랑 같이 먼 나라로 여행 갔다. 한 번에 간 것은 아니고 따로따로 갔다.

　중국 소주·항주 여행은 아내 친구들과 이집트와 필리핀은 고려대 서비스경영대학원 최고위 과정의 동료들과 같이 갔다. 단체여행이라 서로 얼굴도 모르고 해서, 가족끼리 얘기하며 느긋하게 관광하였다.

　새로운 세기가 시작되는 2천 년 여름, 아내 친구 부부들과 중국 항주에 패키지관광을 갔다. 현이는 생애 첫 해외 나들이다. 이제 세 살인 현이는 여행객들의 귀염을 한 몸에 받았다. 김포공항에서 탄 비행기는 한라산을 돌아 상해로 날아갔다. 한라산에서 상해까지는 한 시간 남짓 걸렸다.

　'중국이 이렇게 가깝구나!'

　난생처음으로 상해 땅을 밟고는 다시 관광버스를 탔다. 허름한 상해 임시정부 건물을 보고 난 후에 곧장 항주로 떠났다. 관광버스에서 동행한 조선족 총각 가이드가 한국말로 자기소개를 한다. 그는 몇 가지 이야기를 더 이어간다.

중국 등소평은 한국처럼 수출주도형 경제성장 모델에 따라, 대외 개방을 추진했습니다. 등소평은 박정희 대통령 리더십을 좋아했습니다. 한국이 한발 앞서, 경제개발로 한국 관광객이 중국에 많이 오면서, 저도 가이드를 할 수 있게 되었답니다. 저와 같은 조선족 사람들이 한국으로 일자리 찾아 나설 수도 있게 되었답니다.

총각 가이드의 이야기를 들어보니, 그는 조선족이라는 데 대하여 대단한 자부심을 갖고 있었다. 가이드 이야기가 끝나자, 동행 관광객들도 "와"하며 손뼉 치며 어깨를 우쭐댄다.
'아! 그렇구나! 모국이 잘 살아서, 조선족도 자부심을 갖게 된 거구나.'
그러면서 가이드는 재미있는 일화도 이야기한다. 중국이 문화대혁명으로 많은 문화유적이 멸실 되었다고 한다. 당시 중국 주은래 수상은 문화유적을 보존하기 위해서, 부처님 이마에 모택동 사진을 붙이기도 하였단다. 훗날 우리나라 성균관에서 공자제례를 역수입할 정도로 문회 유적이 파괴되었다.
지금은 중국은 경제 규모 면에서 세계 빅 투로 성장하였다. 하지만 지금도 1인당 국민소득은 우리가 중국보다 3.5배 높은 수준이다. 가이드는 중국의 소수민족으로 어려운 생활을 하다가 가이드로 당당히 일할 수 있게 된 것은, 모두 여러분 때문이라 한다. 우리 여행객 일행은 또 손뼉을 치며 환호한다.
'그런데 조선족 가이드를, 왜 한인 가이드라고 안 부르고 조선족 가이드라 부를까?'
조선족 총각 가이드의 눈물 어린 말을 들으며, 혼자 생각 해봤다.

관광버스에서 잠잘 틈새도 없이 항주에 도착했다. 유람선에 몸을 신고 작은 호수를 누볐다. 소주와 항주 여행 중에 문화대혁명 당시 파손될 뻔한 어느 불교사원의 커다란 불상도 보았다.

이집트에 갔을 때는 현이는 피라미드 인근에서 낙타를 타고 갔다. 필리핀 갔을 때는 말을 타고 가는 좀 위험스러운 여정에서도, 주저 없이 행동하여 다행스러웠다. 보트나 뗏목을 타거나, 이집트 왕가의 계곡 무덤에 들어가는 모험도 같이하였다. 좀 위험스러운 것을 탈 때는 나보다 더 망설이지 않았다.

이집트는 오천 년 전에 피라미드라는 어마어마한 시설물을 만들었다는데 깜짝 놀랐다. 룩소르 오베르스코, 스핑크스, 멤피스와 같은 형상이나 신궁은 오늘날에도 만들기도 어려운 조형물 그 자체였다. 무수한 미이라는 영혼 불멸의 삶에 욕구가 그 옛날에도 컸음을 말해주는 징표라는 생각이 들었다.

석유자원이 풍부한 아랍에미레이트는 석유 고갈에 미리 대비 중이었다. 두바이에는 현대쇼핑 시설과 인공 섬을 만들고, 실내 스키장을 갖춘 휴양시설도 만들었다. 독일 관광객을 유치하기 위한 것이라는 이야기를 듣고, 너무나 놀라웠다. 심지어 열사의 나라에 풍류시설로 실내 스키장을 만들고, 사막 한복판에 모래 썰매장을 만들었다. 너무나 참신한 아이디어인 것 같았다.

덥기는 해도 자연환경이 너무 좋은 필리핀에 갔을 때는, 산에 말을 타고 올라가서 신기한 이중화산과 호수를 보기도 하였다. 뗏목을 타고 강물을 거슬러 올라가 보는 폭포 관광도 너무 좋았다. 필리핀 하면 우리가 못살 때 장충체육관을 지어준 나라다. 지금이야 우리가 훨씬 잘 산다. 나라의 경영에 따라서는 나라도 얼마든지 달라질 수도 있다 하겠다.

지금도 해외여행 갈 때면 중국 항주·소주 여행 중, 조선족 안내인의 조국 발전이 교포 가이드에게는 큰 힘이 되고, 자부심을 갖는다는 말이 생각난다.

'그 눈물 어린 조선족 총각 가이드는 지금은 어디서 무엇을 하고 있을까?'

관광여행은 외국 사람들이 자연환경과 살아온 문화유적을 보며, 어떻게 사는지 보는 것이란다. 그들과의 대화는 쉽지 않다. 그렇지만 그들과의 대화라고는 먹거리 흥정이나 물건을 구입하는 과정에서 몇 마디의 대화가 전부다. 그래도 세 차례의 즐거운 해외여행은 훗날 이야기 소재로 오랫동안 머릿속에 남아 있으리라.

아기의 세상 만남

친구가 외손주를 봤다고 좋아한다. 손주 사진도 보여주며 자랑한다. 오래전에 나도 외손주를 봤고, 지금 쌍둥이 손주도 봤다고 하자 조용하다. 어른들이 아이를 좋아하는데,

'아기는 왜 울면서 태어날까?'

아기가 이 세상에 태어난다. 그건 엄마의 배속 세상과의 이별이다. 그래서 아기는 탯줄이 끊어져 홀로 되는 순간, 이 세상이 두려워 우는 것인지도 모른다. 아기는 태어나서 세상 사람과 소통의 수단으로, 엄마의 배속에서부터 울음을 학습한 것 같기도 하다. 아기를 처음 받는 사람도, 아기가 우는 모습을 보려는 건지 엉덩이를 찰싹 때린다고 한다.

엄마의 뱃속에서 아기가 홀로 학습한 것은. '우는 것과 입을 오물거리는 것'이라고 생각된다. 갓 태어나서도 배고픔, 똥오줌, 아픔을 해결해 달라는 신호로 가장 확실한 것은 울음이다. 이것만은 세계 아기들의 공통언어다. 울음의 강도와 장단을 보면 아기의 욕구와 완급을 알 수 있다. 아기 엄마가 제일 잘 알아챈다. 아기의 방끗 웃는 미소도 타고난 재능이다. 무언가 도와주면 고맙다는 표시이자 반갑다는 표시다.

옛 직장 후배가 손주의 자라는 모습을 "손주에게 배웁니다."라는 동영상을 페이스북에 매주 올려놓은 적이 있다. 그것을 보면, 울고 웃고 뒤집고 기고 서고 걷는 데까지 아기의 성장을 위한 몸부림을 재미있게 볼 수 있었다. 요즈음은 아내가 손주를 봐주고 집에 와서, 자랑삼아 얘기해주기 때문에 확실히 알게 되었다.

그런데 열 달도 안 된 쌍둥이 손주가 할머니가 돌보로 가면, 좋아하며 미소 짓고 서로 안기려 달려든단다. 언젠가 외손주가 우리 집에 왔을 때 슬쩍 물어봤는데, 좋아하는 순서가 정해져 있단다. 할머니는 세 번째고, 나는 네 번째란다.

김수환 추기경은 '아침이면 태양을 볼 수 있고, 저녁이면 별을 볼 수 있는 나는 행복합니다.'라고 노래하였다.

그만큼 이 세상은 밝은 세상이다. 우리는 세상과 소통하려고 울면서 태어났지만, 아름다운 이 세상을 만난 것만큼은 큰 영광이고 행복이다. 그래서 그런지 몰라도 사람들은 더 많은 아기 울음소리를 듣고 싶어 한다.

요즈음 손주들이 더 큰 세상 만나려 몸짓 발짓 손짓 연습하고, 학교 갈 준비한다고 엄청 바쁘다. 그런 손주들 모습 볼수록 장하고 귀엽다.

너만 모를 뿐

새가 봄이 왔다고 지저귄다.
씨~익 웃기도 하고
지지배배 노래도 한다.

날개 팔랑대며 허공에
그림도 그린다.

밤이면 부엉부엉 울기도
때로는 소곤소곤
흉도 본다.

새는 너의 가슴속 심상을
잘도 안다.

너만 모를 뿐

어머니의 온기

어머니가 돌아가신 후, 고향에 사는 동생 집에서 첫 제사를 올렸다. 집에 돌아오며 새삼스레 어렸을 때 제삿날이 떠올랐다. 우리 집에서 제사를 올릴 때면, 파제 후 나누어 주는 제사 음식을 먹기 위해 나는 졸음을 달래곤 하였다. 지금이야 제사 음식이 별미가 아니겠지만, 그 시절에는 제사 음식은 별미 중의 별미이었다. 그래서 밤늦은 12시 자시에 올리는 제사지만, 나는 파제까지 눈 비비며 잠을 참았다.

친척 집에서 올리는 제사도, 철부지 때부터 제사 음식을 먹기 위해 엄마 따라 멀리 가곤 했다. 친척 집의 제사에 갔다 올 때면, 늘 깊은 밤이다. 어머니의 등에 업혀 묘지가 있는 좁은 길을 지날 때는, 비몽사몽간에 온몸이 오싹하다. 보슬비가 내리는 어두운 밤중에는, 도깨비불이 어김없이 번쩍인다.

'손전등이 도깨비불을 막아줄까요?'

'글쎄요?'

소나무와 향나무가 우거진 초지의 묘지 길을 지날 때는, 그 무엇도 도깨비불을 막아주지 못하였다. 오직 하나 어머니 등의 따뜻한 온기가 두려움을 막아 줄 뿐이었다. 제사 음식인 떡과 과일, 고깃국은 평소에는 언감생심 먹을 수 있는 음식이 아니었다. 그러기에 밤늦게

갔다 돌아올 때 나타나는 도깨비불의 두려움에도, 어머니를 따라나선다. 돌아올 때는 도깨비불 때문에, 나는 어머니 등에 파묻혀 얼굴을 들지 못한다. 도깨비불이라는 소리를 들으면 호기심으로 힐끔 밖을 내다보고는, 다시 등에 파묻혀 버리곤 하였다.

어머니는 엄동설한 겨울에는 화롯불에 앉아, 도깨비에 관한 옛이야기를 들려주곤 하였다. 어머니가 이웃에 마실가고 밤늦도록 돌아오지 않을 때면, 나는 도깨비불 생각이 나면 두려움을 감추려고 이불을 뒤집어쓰기도 하였다.

내가 어머니를 좀 더 알게 된 것은, 어린 시절을 보내고 초등학교에 가면서다. 어머니는 꼬깃꼬깃 한 종이돈을 하나하나 세며, 돈 계산은 잘한다. 열세 번이나 되는 제삿날도 빠뜨리지 않고, 잘 기억해내서 준비한다. 그래도 어머니는 낫 놓고 'ㄱ'자도 모른다는 것을 알게 되었다. 벽시계 보며, 몇 시인지를 볼 줄은 안다. 내가 가르쳐드려서 그런 거다. 중학교 다닐 때, 언젠가 어머니와 이런 대화를 나눈 적이 있다.

"어머니, 한글 배우면 아주 편리해요. 제가 한글을 가르쳐드릴게요."
"애야 정신 사납다 그만둬라"

어머니는 가 나 다 라……를 줄 줄 외운다. 하지만 읽거나 쓰지는 못한다. 그러면서도 글자를 배우는 것은 한사코 싫어했다. 그 이유는 잘 모르지만 글 배우는 것과 관련해서, 어떤 트라우마가 있었던 게 아닌가 싶다. 어머니는 해와 달과 별만 봐도 시간을 어느 정도 안다. 그러나 눈비 올 때는 시간을 알 수가 없다. 그럴 때면 애들한테 묻기도 한다. 그렇다고 동네 사람에게 묻지는 않는다. 눈치껏 시간을 짐작하고 만다. 어머니는 벽시계 추가 몇 번을 치는지를 헤아려, 몇 시인지를 알아차린다. 애들이 커가면서 밖에 나가버려, 눈비 올 때는 시계 소리를 못 들으면 시간을 물어볼 사람도 없다. 그래서 내가 숫자는 아니고, 작은 시계침을 보고 눈금을 세는 방식으로 몇 시인지를 알 수 있게 해드렸다.

"어머니, 큰 침하고 작은 침 보이죠. 여기서부터 작은 침이 있는 눈금까지 손가락으로 세서 둘이면 두 시고, 열이면 열 시입니다."

이렇게 시계를 보는 방법을 가르쳐드렸다. 시계추를 못 듣거나 비 오는 날에는, 어머니는 벽시계 앞에서 손가락을 접으며 몇 시인지를 헤아렸다. 어머니에게는 큰 침은 장식품에 불과했다. 옛날에 시골에서 분까지 알아야 할 일은 없기 때문이다.

어머니는 말씀도 잘하시고, 신명 나게 창도 잘하셨다. 재미있는 호랑이 얘기도 잘한다. 글을 모르는 게 아쉬웠다. 지금 와서 생각해보면, 어머니는 한글과 트라우마는, 일제 강점기 때에 여자가 글 배우러 나다닌다는 것이, 남사스러웠던 거 같기도 하다. 그래도 어머니는 한글을 배우다만 것만큼은 분명하다. "가 나……"는 끝까지 나보다 더 잘 외우는 거 보면, 알 수 있다.

어머니의 트라우마는 잘은 모르지만, 제주 4·3사건과 깊이 연관이 있었던 것 같기도 하다. 그 충격으로 한글마저, 잊어버린 건 아닌가 하는 생각도 든다. 그 이상 어머니의 비밀은 모른다. 어려서 어머니 고향 함덕 외가댁에도 곧잘 따라다녔다. 고등학교 때부터는 내가 고향을 떠나 살게 되어, 그 사정은 아직도 정확히 모른다. 살아계실 때 어머니의 트라우마를 알아보고, 치유해주지 못한 것이 너무나 후회스럽다.

어머니가 한글을 알았더라면, 이 세상을 더 보람되게 보낼 수 있었으리라 생각하니, 눈물이 앞을 가린다. 어머니는 저를 낳아 주신 어머니 기일을 29년 동안 잊지 않고 제사를 올렸다. 내가 결혼하자마자, 어머니 제사를 잘 챙기라며 나에게 넘겨주었다.

이제는 어디 가도 도깨비불은 보이지 않는다. 도깨비불은 어두운 곳에서만 번쩍거린다. 지금은 옛날 고향마을 묘지가 있던 초지도 주택지로 바뀌었다. 어둠을 밝혀 주는 전깃불이 들어와서 도깨비가 설 땅을 잃어버렸다. 도깨비불은 비가 보슬보슬 내릴 때, 인성분이 바람에 날려서 파랗고 빨갛게 보이는 거란다. 나는 그때 어머니 등에 업혀서 도깨비불의 두려움을 피할 수 있었다.

그러고 보면 나를 키워준 어머니의 온기는, 온갖 두려움을 막아주는 소중한 안식처였다. 그러니 세상의 자식들은 도깨비불마저, 막아주는 어머님께 감사해야 한다. 어머니 저세상에서라도 한글을 배우고, 아니 영어도 배워서 못 가본 외국 여행도 하며 행복하게 살고 계시겠죠?

영원한 고려인

    고향에서 흩어져 있는 조상 묘를 파묘하고. 유골을 화장하여 한 곳에 이묘하는 문제를 논의하기 위해서 친척들이 다 모였다. 그 자리에 친척 한 분이 유치원 다니는 어린애를 데리고 왔다.

"너 이름 뭐야?"

"김경수"

"무슨 김 씨"

"쇠 김 씨"

"그래 그것도 맞긴 맞는데 김해김씨지, 좌승공파"

    더듬더듬 "김해김씨"라고 복창한다. 좌승공파 중시조인 김만희 할아버지는 고려 때, 과거시험 문과에 합격하여 벼슬자리에 올랐던 분이다. 좌 문하시중도 하신 고려 충신으로, 불사이군을 주장했던 분이다. 그는 조선 건국에는 반대하였다.

    조선 건국 후 친분이 돈독한 조선 태조 이성계로부터, 여러 차례 벼슬자리를 제의받았으나 그 제의를 완강히 거부하였다. 이로 인해 불충으로 제주도로 유배당했다. 제주 유배는 사형 다음으로 엄함 형벌이다. 죽을 때까지 유배지에서만 살라는 거다.

    하지만 나의 중시조 할아버지의 제주 유배, 어쩌면 그것은 내가 오늘날 제주도 태생의 단초이기도 하다. 그렇다고 내가 이성계를 탓한다. 그건 아니다. 제주도 북태평양에 우뚝 솟은 한라산이 있는 아름다운 섬이다. 서울보다 세배가 넓은 큰 섬이다. 한라산을 예부터 전설적인 삼신산의 하나인 영주산이라고도 부른다.

나의 증 시조 김만희는 영원한 고려인이다. 김수로 왕 51대손으로 제주에 입도 1세다. 제주로 유배 갈 때는 손자 예와 증손자 봉을 데리고 왔다. 제주에 11년 동안 머물면서 지역주민에게 학문과 예를 가르쳤다. 그래서 김만희는 제주 4현賢에 드는 분으로 알려져 있다.

조선 태조 이성계는 같이 고려정사를 보살핀 인연으로, 유배 후에도 그를 조선정사에 여러 차례 참여를 권유받았다. 하지만 증시조 할아버지는 그 권유를 완강히 뿌리쳤다고 한다. 유배 후 태종 임금이 고향에서 생을 마감할 수 있도록 특별히 유배를 풀어주어, *황해도 월성현토성에서 돌아가셨다. 훗날 후손들이 제주시 애월읍 곽지리에, 커다랗게 가묘를 만들어 놓았다. 그곳에 몇 번 가봤는데 성지처럼 잘 꾸며놓았다. 김만희 할아버지라는 이름도 스스로 개명하였다고 한다.

김만희金萬希 증시조 할아버지는 스스로를 고려 유민이라고 불렀다. "신하의 도리를 다하지 못하여 개명하였으니, 그 죄가 만만萬萬하여 밝은 사리를 거울로 삼아 하늘에 바랄 뿐이다"라고 자책하며 이름을 만희라고 고치고, 다음과 같은 시를 남겼다.

티끌만치도 나라에 보답하지 못한 고려 유민이
죽지도 못하고 감히 새봄을 당하는구나.
어제는 금마문 앞 손이었건만

오늘은 영주산 밑의 사람이 되었네.

늙어서 고향 그리는 마음이야 간절하지만
임을 보내고 나니 부평 같은 감회가 새롭구나.
어찌 늙은 몸으로 궁벽한 세월을 이겨내어 보낼까.
풍설이 휘날리는 차가운 새벽에 닭이 우는구나.

[네이버 지식백과 ; 신정일의 새로 쓰는 택리지7.]

나이 91세에 황해도로 돌아갈 때도, 손자와 증손자는 제주에 남겨두었다. 지역주민들에게 학문과 예를 가르치도록 함이다. 본인이 정치에 대한 회의로 손자들에게는 관직에 나가지 말라는 뜻이기도 하다. 증손 봉은 세종대왕의 예조참판 제의를 거부하기도 하였다 한다. 그래서 나 자신도 공직생활은 했지만, 정치와는 손절래한 건 아닌가 싶다.

지금은 제주에 4~5만 명의 후손이 여러 갈래로 흩어져 살고 있고, 나는 그중 순태 계다. 좌승공파는 부산 지회도 있다 한다. 육지로도 진출했던 것 같다. 나는 고등학교를 부산에서 다녔다. 이런 사실을 좀 더 일찍 알았으면, 종친회 부산 지회를 찾아볼 건데 아쉽다.

나는 개성공단에 언젠가 시찰하러 간 적이 있다. 그때 혹시나 해서 살펴봤으나, 월성현은 보이지 않았다. 남북통일이 되어야 증시조 할아버지 산소에 성묘할 수 있을 것 같다. 그러니 우리 씨족에게도 박근혜 대통령이 말하는 통일은 대박이다. 증 시조 할아버지가 제주에 남긴 예 봉 후손들은, 김해김씨 좌정승공파라는 씨족을 이루어 살고 있다. 쇠 김 씨 김경수 유치원생은 김해김씨 71대 좌승공파 19대손으로 대를 이어 가고 있다.

　나의 증시조 김만희 할아버지는 영원한 고려인이다. 그분의 대쪽 같은 성품은 지금도 후손들에게 이어지고 있다. 그래서 씨족 모임에서 의견 합치가 잘 안 돼서 목소리만 높다. 그래도 후손들이 쇠 김씨는 아니고 김해김씨, 좌승공파라는 것쯤은 알아 뒀으면 좋겠다. 사람들이 옛것을 지키려는 마음이야 똑같다. 세월이 흐르고 시대가 변화하는 만큼 새 시대에 부응하면서도, 옛 풍습도 조금은 이어졌으면 하는 생각뿐이다.

(참고) 김해김씨 역사적 인물로는 신라 시대 태종 김춘추를 도와 신라 통일을 이룩한 김유신 장군. 고려시대는 과거급제가 제일 많은 씨족이고 15명의 정승을 배출하였다. 조선시대는 좌의정 1명으로 퇴조했다. 현대인으로는 김종필 총리, 김대중 대통령 김갑수 대법원장, 이대총장을 지낸 김활란 박사가 있다. (탐라명감)

유리그릇 속의 돌게

늦은 여름 서해안 안면도로 가족여행을 떠났다. 친구의 소개로 바다가 잘 보이는 백야도 펜션에 여장을 풀고, 저녁 무렵 바닷가에 나갔다. 기대했던 바다에서의 화려한 일몰 모습은 보이지 않았다. 백야도가 안면도 동쪽에 있는 작은 섬이라서 그런 것 같다. 백야도의 서편은 바다가 아니고 안면도 섬이다. 물론 백야도도 섬이긴 하지만 안면도와 연결되어 있다.

나는 바닷가에서 아내와 현이와 같이 게와 고동을 잡았다. 게는 돌을 걷어내면, 그 밑에 숨어 있었다. 그래서 게를 그냥 돌게라고 이름을 붙였다. 엄지손톱만큼 한 작은 게다. 정식 명칭은 잘 모른다. 지금 생각해보면 어렸을 때, 내 고향 제주시 용두암 바닷가에 물놀이 가면 돌이나 바위 밑에서 흔하게 볼 수 있었던 게와 같았다. 작지만 집게발 한 짝, 기어 다니는 발 네 짝으로 게로서 갖출 건 다 갖추고 있었다.

그 옛날에는 고사리손으로 잡기는 어려웠지만, 잡으면 생으로 입 안에 넣어 깨물어 먹었던 기억이 생각난다. 그 당시에는 어머니가 돌게를 잡다가, 콩과 간장에 버무려 볶아 반찬을 만들기도 하였다. 돌게 무침은 아삭아삭 담백한 맛이 난다. 오독오독 씹히는 맛이 좋았던 같다. 오늘은 우리 가족 셋이 돌게를 한주먹 넘칠 만큼 잡았다. 고동도 많이 잡았다. 하지만 서해바다로 멋있게 지는 태양의 붉은 낙조를 보리라는 기대는 무너지고 말았다. 백야도 앞바다는 해가 뜨는 쪽이라서, 낙조는 볼 수 없었다.

돌게와 고동을 한주먹 잡고 펜션에 돌아왔다. 낯선 펜션에서 들뜬 마음으로 하룻밤을 자고 일어났다. 그리고는 펜션 창가에 기대섰다. 저 멀리 바다와 육지가 맞닿는 곳 충남 장항쯤에서, 태양이 떠오르는 황홀한 모습이 보이기 시작했다.

'아! 이것이 서해안 안면도 끝자락 백야도에서 보는 일출인가 보다!'
'동쪽 하늘 아래 우리 영토가 있고, 태양이 이글거리면서 창공을 향해 힘차게 솟아오르는구나.'

바로 한반도에서 태양이 솟아오르는 모습이다. 어렸을 때부터, 우리는 동해에서만, 태양이 뜬다는 애국가를 불렀다. 오늘은 그 환상이 깨졌다. 태양이 바닷물 속에서만 솟아나는 것도 아니고, 한반도에서도 솟아난다는 것을 알고 깜짝 놀랐다. 이튿날 그곳 갯벌에 나가 낙지라도 잡아볼까 했으나, 밀물이 들어와 구경만 하고 돌아섰다. 너무 아쉬웠다. 백야도에서 큰 수확인 돌게와 고동을 비닐봉지에 넣고, 서울 우리 집에 갖고 돌아왔다.

돌게는 기름에 튀겨먹고, 고동은 삶아 먹었다. 아삭아삭 씹어 먹고 빨아 먹고, 힘들게 잡은 보람이 있었다. 돌게는 삶으니까 붉게 변했다. 색깔만큼은 대게와 다를 바 없었다. 아내는 살아있는 작은 돌게 5마리를 큰 유리그릇에 담아 두었다. 게를 키워서 먹겠단다. 물에 소금을 조금 넣어 바닷물과 같게 하였다. 먹이로 멸치를 비벼서 넣었다. 작은 돌멩이와 집에 있던 인조거북이도 넣었다.

돌게는 어두운 곳을 좋아해서인지, 돌멩이 밑에 숨었다. 가끔은 인조 거북이 등에 올라와 있기도 하였다. 사주경계를 위해서인 것 같았다. 작은 돌게가 꽃게만큼 크려면 2~3년은 더 걸릴 것 같았다.

"먹지 말고 키우자"

아내에게 살며시 말하니, 아내도 싫지 않은 표정이다. 돌게를 잡아온 지도 벌써 3주가 지났다. 지금도 살아있다.

'안면도 바닷가에서 자유를 만끽하던 엄지손톱만큼 한 돌게가, 이렇게 생명력이 강하다니!'

돌게는 환경이 완전히 뒤바뀐 유리그릇 속에서, 나름대로 살기 위해 몸부림치고 있는 것 같았다. 그걸 키워서 잡아먹겠다.

'그건 너무 나간 것 아닐까?'

갑자기 돌게 보다가 불쌍한 생각이 들었다.

'그냥 냇가에 버릴까?'

'바다로 다시 가져갈까? 아니면 어차피 오래 살지 못할 건데, 눈딱 감고 튀겨 먹어?'

나는 돌게 다섯 마리 놓고, 긴 고민에 빠졌다. 돌게의 생명력을 보며, 나라 잃은 위안부 할머니들 모습이 떠올리기도 하였다. 오직 살아남기 위해, 이역만리 천박한 땅에서 겪었을 고통의 삶이 생각났다.

이제부터라도 유리그릇 속의 돌게가 수명을 다할 때까지 열심히 키워보리라. 아침에 먹이 주는 것부터 내가 해야지. 사람들은 돌게도 어느 것은 먹어 치우고, 어느 것은 눈요깃감으로 키운다. 그건 아니다. 어쩌면 내가 제일 먼저 관상용으로 돌게를 키운 것이 아닌가 보다. 한편으로는 살아있는 돌게를 먹으면서도 좋다고 한다. 모두가 인간이 만든 잣대다. 하긴 돌게를 잡기 전에 이런 생각을 하였다면 돌게를 잡지도 않았을 거다.

백야도에서 작은 돌게를 잡기 위해서, 돌을 들었을 때 돌게는 옆으로 불이 나게 줄행랑을 치며 달아났다. 달아날 때 모른 척하고 그냥 놔뒀으면, 이렇게 고민도 안 하였을 텐데. 인제 와서 보니 후회스럽기까지 하다. 뭐 꽃게만큼 키운 다음 잡아먹겠다. 꿈도 크다. 돌게가 꽃게 된다고 들어본 적도 없다. 오직 잡아먹겠다고 키운다고 생각하니, 너무 매정한 것 같다. 그럼 어쩌나 이러지도 저러지도 못하는 마음, 누가 알아주랴. 유리그릇 돌게 다섯 마리 오늘도 돌 거북이 위에 올라서서 사주경계를 보고 있다.

'아마도 내 눈치를 보는 건 아닐까?'

공연히 내 가슴이 두근거린다. 갑자기 위안부 할머니 생각이 나기도 한다. 일본은 그들만의 잣대로 지금도 충분히 사죄하지 않고 버티고 있다. 인륜에 벗어난 범죄행위인데도 말이다. 돌게 잡다가 조용히 먹고 말았으면, 이런 고민도 하지 않았을 걸 하는 생각도 해본다. 작은 돌게 5마리를 키워봄으로써, 생명의 소중함을 일깨워준 건 아니겠나. 이에 더해 아침저녁으로 돌게를 볼 때면, 백야도 펜션에서의 바다 풍광과 일출 장면이 눈에 선하다.

'작은 돌게 3주 후에 어떻게 됐을까요?'

이 정도로 마무리하는 게 좋겠지요. 그에 대한 답은 나도 잘 모르니까요. 돌게라고 살고 싶은 마음 없겠는가! 서울 낯선 우리 집 그것도 유리그릇 안에서 탈출하여, 저들의 고향 백야도 앞바다에 가는 꿈을 꾸고 있을지도 모른다.

유년 시절의 놀이터

고향에 내려갔다가 오래간만에 내가 졸업한 광양초등학교에 갔다. 유년 시절에 다녔던 광양초교는, 지금은 체육관을 갖춘 어엿한 도시 학교로 변모하였다. 운동장 한편에는 한그루 커다란 느티나무가 바람에 나부낀다. 55년 전 내가 학교에 다닐 때 심어놓은 나무인 것 같기도 하다.

나는 초등학교를 처음에는 집에서 멀리 떨어져 있던 제주남교를 다녔다. 왜냐고요? 그 당시에는 남교가 도심에 있어서, 학생 수도 많고 이름난 학교였다. 5·16 이후 학구제가 실시되는 바람에, 우리 집과 좀 가까운 이도동 소재 광양초교로 전학하게 되었다. 지금은 시청 앞이지만 당시에는 한 학년이 한 학급밖에 안 되는 미니 촌 학교였다. 제주남교에 다닐 때만 해도 부잣집 애들도 있어서, 공부를 잘하는 학생이 많았다.

그때는 농사일이나 집안일 하기에 바빠서, 공부는 으레 부잣집 애들이 잘하는 것으로 알고 있었다. 동급생 중 할아버지가 버스회사 사장이거나, 어머니가 경찰관인 애들을 보면 너무 부러웠다. "제 남교 병토에 자라난 우리……"로 시작되는 교가를 부르던 시절이 지금도 머릿속에 생생하다.

광양초교로 전학 온 후에는 다들 공부하고는 거리가 멀었다. 그 바람에 나도 반장 한번 할 수 있었다. 당시 담임이던 강정통 선생님은 수업시간에 문제를 잘 푼 학생은 밖에 나가, 자율학습이나 하면서 놀다 오라고 하였다. 나도 문제 하나를 잘 풀어 놀다 오는 자율학습 어린이로 뽑혔다.

당시 애들이 갈만한 곳이라고는, 학교 뒤편 돌담 너머에 있는 삼성혈이었다. 삼성혈에는 울창한 소나무 그늘이 있어, 공부하며 놀기에 딱 좋은 곳이다. 지금도 기억나는 것은 삼성혈 땅굴에서, 사람이 나와서 살았다는 얘기다.

옛날 학교 다닐 때를 생각하며 오늘만큼은 삼성혈에 입장료를 제대로 내고, 돌담이 아닌 정문을 통해서 들어가는 거다. 삼성혈에 들어가려고 하니, 올레에 서 있는 돌하르방이 잘 왔다고 반갑게 맞아준다. 삼성혈은 고高·양(梁: 뒤에 梁으로 고침)·부夫씨의 시조인 고을나高乙那·양을나梁乙那·부을나夫乙那의 세 신인神人이 땅속에서 솟아나, 수렵생활을 하였다고 한다. 그들은 오곡의 종자와 가축을 가지고 온 벽랑국 삼 공주를 맞이하여, 국제결혼을 하였다. 이로부터 농경생활이 시작되고 탐라왕국으로 발전하였다. 탐라왕국은 가뭄으로 먹고살기가 어려워지자, 고려에 헌납하고 말았다.

삼성혈에는 조선 중종 21년 이수동 제주목사가 표단과 홍문을 세우고 담장을 쌓아, 춘추 봉양제를 올리기 시작했다. 삼성혈이 4300년 전 한반도에서 가장 오래된 유적지로 유서 깊은 곳이라는 것도 새삼 알게 되었다. 삼신이 도읍을 정할 때, 활을 쏘아 화살이 박힌 곳에 일도 이도 삼도로 도읍을 정해 다스렸다. 나도 그때 정해진 삼도동에 살았다.

탐라국 시조가 나와 국제결혼을 하였다는 작은 구멍 삼성혈을 유심히 살펴보았다. 외래 관광객으로 보이는 사람들도, 신기한 듯 빤히 쳐다본다. 대부분이 건국 신화는 시조가 하늘에서 내려온 것으로 되어있다. 탐라의 삼신만큼은 땅속에서 나왔다. 섬이라서 땅이 소중함을 일깨워주려는 것 같기도 하다. 특이한 것은 비가 와도 움푹 파인 삼성혈에 물이 고이지 않는다는 거다. 삼성혈 구멍은 세월이 지남에 따라 더 작아진 것 같기도 하다.

이제 세월이 많이 흘러 다시 와보니 학교 뒷마당 놀이터로만 알았던 삼성혈이, 탐라 건국 신화가 깃든 유서 깊은 곳이란다. 너무 놀랍다. 조선시대에는 당파싸움에 밀려난 250여 명의 특출한 인물들이 제주도에 유배 왔다. 그중에는 임금이었던 광해군까지 왔다. 지금은 세계적 관광지로 발돋움하고 있다니 격세지감이다. 아무튼 그런 곳 삼성혈이 나의 유년 시절의 놀이터라니, 오늘따라 어깨가 우쭐해진다.

인니 가족 나들이

1990년 초 인도네시아에 처음으로, 해외 가족여행을 떠났다. 큰애 민석이와 작은애 소정이가 초등학교 다닐 때다. 인도네시아 현지 공장 책임자로 나가 있던 대학 친구의 초대로 갔다.

우리가 자카르타 공항에 내리자, 친구는 공항에 마중 나와 있었다. 반갑게 인사하고 제일 먼저 친구 숙소에 갔다. 친구 집은 지붕이 빨간색에 벽은 하얀 집들이 모여 사는 동네였다. 밤에는 도마뱀이 집 안 벽에 부드득 부드득 기어 다닌다. 어쩐지 으스스하다.

꼭두새벽에는 이슬람교 의식에 따라 사이렌이 울리면, 일어나서 메디아를 향하여 절하며 기도를 올린다. 낯선 종교의식에 잠을 설쳤다. 모든 것이 생소하고 우아스러웠다. 친구 집 도우미 인니 아가씨는, 뭐라고 하는지 알아들을 수 없는 낯 설은 인니어로 말한다. 친구는 벽에 기어 다니는 도마뱀보고도 아무렇지 않다는 표정이다. 친구의 호의 때문에 누구도 불만을 토로하지는 않았다.

도우미 아가씨하고도 차차 손짓 몸짓 눈빛으로 대충은 소통이 되었다. 인니 말밖에 못 하는 아가씨와 손짓과 발짓으로 하는 대화가 재미있기도 하였다. 해외에서 돈만 있으면 된다는 말도 있기는 하지만, 외국어는 필수인 것 같다. 그렇다고 모든 나라말을 다 할 수도 없으니 어찌하랴.

친구 집에만 머무는 것이 그렇고 해서, 친구는 직장에 나간 사이에 우리 가족은 조 자카르타로 비행기 타고 관광에 나섰다. 그곳 공항에서 손짓과 발짓으로 벤을 빌려 타고, 보르부드르 불교사원과 쁘람빠난 힌두교 사원을 관광하였다.

이슬람국가인데도 불교사원과 힌두교 사원이 병존하는 것이 좀 이상하였다. 예전에 다른 민족이 쳐들어와서 살았던 시절이 있었다고 한다. 그때 만든 사원이라고 한다. 보르부드르 불교사원은 세계 7대 불가사의 건축물 중 하나이고, 규모가 어마어마하게 크고 그만큼 돌부처도 많았다. 주변엔 바위도 없었다. 그 옛날 어디서 어떻게 바위를 운반해 왔는지, 지금까지도 알 수 없다고 한다. 신기하기만 하다.

족 자카르타에 있는 1,950m 머라삐 활화산 정상에 승용차로 올라갔다. 우리 같으면 자연 파괴라 하여, 상상도 못 할 산꼭대기에 차가 올라간 거다. 활화산 정상 분화구에서 모락모락 내뿜는 수증기를 보며, 자연의 신비로움을 새삼 느끼기도 하였다. 한국인 관광객도 많이 다녀간 것 같다. 산 정상에서 물건 파는 인도네시아 인들이 우리 보고 "물건 팔라"고 몰려든다. 우린 팔 물건이 없다고 미소만 지었다. 한국인 관광객 누군가가 장난삼아 말을 거꾸로 알려준 것 같다. 글자도 거꾸로 들고 있다. 외국 나가서 그런 엉터리 말 알려주기 정말 낯부끄럽다.

야자수 우거진 정원에 들렀을 때다. 큰애는 호기심이 많아 아무도 안 먹는 과일 중의 왕이지만, 똥 냄새나는 두리안도 먹고는 좋아한다. 그리고는 여기저기에 살피기에 바쁘다. 작은 애는 단정하게 아장아장 걷지만, 놀이기구는 위험 무릅쓰고 곧잘 탄다. 집사람은 뭐가 좋은지 그저 이곳저곳 두루 살피기에 바쁘다. 물건 사랴 자랑거리 찾으랴 바쁘다. 가족들이 열대 동물원에도 가고, 그사이 나는 골프 한번 쳤다. 날씨가 더워서 그런지 골프공원 물만 보이면, 물속으로 들어간다.

이렇게 낯선 인니 첫 가족 나들이는 즐겁게 마무리하였다. 이제 와 생각해봐도 우리와 다른 신기함을 보고 깨달을 수 있는, 해외 가족 여행이었던 같다. 해외여행은 풍습과 문화가 다른 사람들이 어떻게 사는 것을 보는 거다. 우리 자신을 알기 위해서라도 해외 나들이 갈 수만 있으면 많이 가보면 좋겠지요.

화천 산천어축제

겨울이 오면 코로나 펜데믹 전에는, 강원도 화천에서 산천어축제가 열렸다. 우리 가족은 매년 산천어축제에 갔었다. 작년에는 나 말고 우리 가족만 1박 2일 동안 화천 산천어축제에 갔다.

나는 서울에서 아내와 두 딸 소정이와 현이가 산천어를 얼마만큼 잡았는지 수시로 카톡을 주고받았다. 첫날은 아내만 3마리 잡았다고 자랑한다. 고기 잡는 사람도 많았을 텐데, 3마리라도 잡았으니 행운이 따랐구나 하는 생각이 들었다. 그만큼 산천어 잡기가 쉽지 않다.

이튿날 저녁 늦게 집에 돌아와서, 아내가 싱글벙글 웃는다. 내가 물었다.

"몇 마리 잡았어?"

"열다섯 마리"

"그렇게나 많이, 그러니 웃을 만도 하네."

그런데 다음 이야기가 가관이다. "2일간 잡은 건데, 고기 일곱 마리는 내가 잡았고 나머지는 군인 아저씨가 내게 준거지" 하는 말에 나는 속으로 그러면 그렇지 하며 쓴웃음을 지었다. 군인 아저씨에게 돈 주고 샀는지도 모르지만 더 이상 묻지는 않았다.

"소정이와 현이는 한 마리도 못 잡아구나?"

"………"

아내가 산천어를 식탁 위에 올려놓자, 현이는 스마트폰으로 산천어를 이리저리 인증 샷을 찍는다. 이번 화천 산천어 조황을 물어보았다. 이번에도 아내만 고기를 7마리 잡았다. 현이는 고기를 잡다가 놓치기만 해서, 무척이나 아쉬워했다고 한다. 소정이는 아예 고기가 없는 얼음 구멍에 낚싯줄을 내려놓고, 축제 구경만 한 거 같다.

몇 년 전에 현이가 졸라서, 내가 산천어축제에 갔을 때가 생각난다. 그때 나는 얼음 구멍에 낚싯줄을 내리고 온종일 기다렸지만, 한 마리도 잡지 못했다. 그럴 줄 알고 나는 처음부터, 내가 낚시보다는 그냥 세월이나 낚는다는 생각을 하였다.

낚시꾼이 낚시터에 입장료를 내고 들어가면, 3마리까지는 잡아가도 된다고 한다. 그것쯤이야 하겠지만, 3마리 잡고 돌아가는 낚시꾼은 거의 없다. 미끼도 없는 공갈 낚시에 잡히는 산천어만 불쌍하다.

산천어는 하천 상류 깨끗한 물에서 자라는 민물고기다. 축제를 위해 특별히 양식해서 축제 때 얼음 구멍에 쏟아붓는단다. 사람들은 총총히 뚫린 얼음 구멍에 줄을 내려 낚시를 한다. 그러니 산천어축제라기보다는 화천 아마추어 얼음낚시 놀이다.

오늘 축제의 주인공은 산천어이지만, 불행하게도 산천어에게는 제삿날이다. 사람들은 산천어를 구이나 매운탕으로 먹으면 맛이 있어, 잡은 고기를 도로 놓아주지 않는다. 화천산천어 축제에서 산천어는 제물이 되어, 사람에게 손맛, 입맛을 선사한다. 산천어의 고귀한 희생 때문에, 해마다 즐거운 겨울철 화천 산천어축제를 이어 간다.

그러니 우리는 축제의 주인공인 산천어를 한갓 미물에 불과하다.

그렇게만 생각하지 말고, 감사하는 마음을 한 번쯤 가져보면 좋지 않을까요?

파란 꿈의 유럽기행

　자연과 역사가 어우러져 숨 쉬는 이태리, 스위스, 프랑스, 영국 파란 꿈의 유럽 여행을 떠났다. 2018년 9월 4일부터 9월 13일까지 9박 10일 동안이다. 유럽은 꼭 한번 가족에게 보여주고 싶었던 지역이다. 현대 세계사의 중심이고, 과거 문화유적이 고스란히 남아 있기도 하다. 고대부터 현대까지 자연을 잘 가꾸어낸 곳이기도 하다.

　아내도 얼마 전부터 혈압약을 먹는다. 그래서 스위스 융프라우 같은 높은 곳에 올라가는데 어려움이 덜할 때, 가보는 것이 좋겠다는 생각이 들었다. 아들은 결혼하여 회사에서 해외 출장이 많다. 큰딸도 결혼해 아들을 낳고 해서 가족여행의 늘 동행자인 아내와 현이 나 셋이 갔다.

　첫째 날(9월 4일) 우리가 탄 비행기는 인천 제2공항 터미널을 2018년 9월 4일 14시 20분에 출발하였다. 중국, 몽고, 러시아 아드리아만 상공을 날아, 로마 레오나르도 다빈치 공항에 9월 4일 현지 시각 오후 19시 30분에 도착했다. 드디어 서유럽 4개국 여행이 시작되었다. 첫날은 바로 숙소에 가는 것으로 끝났다. 아내와 현이는 낯선 곳에서 들뜬 마음으로 하룻밤을 지새웠다. *SILVA HOTEL SPLENDID

둘째 날(9월 5일)은 나폴리 근처 폼페이와 카프리섬 관광에 나섰다. 폼페이는 서기 79년 베스비오 화산이 폭발하여, 도시 전체가 화산재로 덮혀 있다. 1748년에 와서야 발굴되기 시작한 문화유적지다. 지금은 절반 정도 발굴되었다고 한다. 과학 문명이 더 발전한 후세에 발굴하는 것이 좋을 수도 있기 때문에, 25% 정도는 그대로 남겨 뒀다고 한다.

지하 4m 아래 묻혔던 여러 문화유적을 살펴보았다. 2천 년 전 그 당시에도 폼페이에 살았던 로마인들은 상당한 문화생활을 향유하고 있었던 것 같다. 당시 폼페이는 인구 2만 명 정도로, 로마인이 부유층의 피서지란다. 폼페이는 그에 걸맞은 각종 문화유적이 남아 있다. 당시 공공건물, 광장, 원형경기장, 상점과 호화 별장들의 흔적이 바둑판처럼 즐비하게 남아 있다. 흥미로운 것은 아직도 근처에 있는, 베스비오 화산은 연기를 내뿜고 있다는 사실이다.

2천 년 전 건축물과 동상이 그대로 남아 있는 것을 보며, 호기심에 부푼 아내와 현이는 찰칵 착각 사진 찍기에 바쁘다. 나도 덩달아 어린애처럼 이곳저곳을 폰을 눌러댔다. 나폴리는 호주 시드니, 아르헨티나 부에노스아이레스와 더불어 세계 3대 미항이기도 하다. 중동 난민으로 근처에 가지 못하고, 먼발치서만 볼 수밖에 없어서 아쉬웠다. 나폴리 민요 '돌아와요. 쏘렌토'로 유명한 쏘렌토는 해적의 습격을 피하려고, 화산절벽에 집을 짓고 살았단다. 지금은 나폴리 항을 잘 조망할 수 있는 절벽에, 집을 짓고 사는 쏘렌토가 되레 절경이 되었단다. 쏘렌토는 오디세이 전설의 깃들인 곳이기도 하다.

쏘렌토 항에서 유람선을 타고, 잔잔한 호수 같은 바다를 가르며 카프리섬으로 향했다. 카프리는 그리스어로 멧돼지라는 의미의 바위

섬이다. 유람선에서 내리자마자 푸니클라 산악열차를 탔다. 열차가 급경사의 언덕 톱니바퀴 레일을 올라갈 때는 스릴을 느끼기도 했다. 산 중턱에서 푸니클라는 멈추고, 우리 일행은 산 정상 근처 바닷가 절벽 바위에 있는, 아우구스티누스 황제의 꽃 정원에 갔다. 그야말로 절경이다. 바다에 부산 오륙도 같은 섬도 있고, 절벽 아래 고요한 바다에는 유람선이 떠다닌다. 카프리는 섬 전체가 한 폭의 그림 같은 섬이다.

로마시대부터 가꾸어진 카프리섬 모습은, 우리나라 같으면 꿈도 꾸지 못할 거다. 환경 보호라는 미명아래 설악산 한라산에 케이블카 하나도, 설치하지 못하는 것이 우리 현실이다. 그럼 노인이나 신체장애자는 쳐다만 보라는 건지 참 딱하다. 다시 유람선을 타고 나폴리항구 쪽으로 돌아와, 기차와 버스를 타고 로마 근처 숙소로 돌아왔다.

*SILVA HOTEL SPLEDID

셋째 날(9월 6일)은 로마 시내와 바티칸시티 관광에 나섰다. 로마는 3천 년 역사를 간직한 고도다. 그만큼 볼거리가 많다. 지금 상암월드컵경기장을 보는듯한 웅장한 콜로세움 원형경기장과 콘스탄티누스 황제의 개선문에 서면 입이 딱 벌어진다. 고대 로마시대의 건축물이 지금의 건축물이라고 착각할 지경이다. 치르코 마시오의 대전차 경기장은 10차선 고속도로 같았다. 개선문은 파리에도 있고 다른 나라에도 있는데, 모두 로마개선문을 모방한 것이란다. 로마 건국 전설의 로물루스와 레물루스 석상이 있는 파라티노 언덕을 걸었다.

산타마리아 인코스 성당에 있는 거짓말하면, 손이 잘린다는 진실의 입에 손을 넣고 찰칵 사진을 찍었다. 아내와 현이도 찰칵했다. 손은 멀쩡하다. 모두 거짓말은 하지 않았다는 증거다. 토레비 분수에는 많은 사람이 동전을 던지며 소원을 빌고 있었다. 스페인 거리에 오드리 햇번이 아이스크림 먹었던 계단에 아내도 앉았다. 그 모습이 마치 오드리 헵번과 빼닮았다. 그러고 보니 로마의 휴일 영화가 새롭게 생각난다.

고대 로마시대의 유물유적이 너무 많이 남아 있고, 중세 근세 르네상스가 현대와 어울려 그대로 숨 쉬는 모습이 감동적이다. 우리나라도 과거는 어쩔 수 없다고 치더라도. 지금이라도 우리가 역사를 만들어 간다는 자세가 필요한 것 같다. 그리하여 새로운 문화유적을 후세에 남겨야 한다는 생각이 들었다. 40~50년 수명의 즐비한 아파트 후손에 폐기물만 물려줄까 두렵다.

바티칸시티는 0.4평방 킬로미터의 작은 국가로, 시민은 8백 명 정도밖에 안 된다. 하지만 교황은 전 세계 카톨릭 인에 대하여, 영향력을 행사하는 막강한 힘을 갖고 있다. 이번에 안 일이 하나 있다. 이태리 무솔리니가 교황이 정치적 간섭을 못 하도록 하려는 정치적 필요에 따라, 바티칸을 이태리에서 분리 독립하는 협정을 체결하였고 한다. 바티칸의 재정은 박물관 입장료로 충당한다. 바티칸 박물관과 성 베드로 대성당에서, 미켈란젤로의 웅장한 최후의 만찬과 다빈치의 천지창조 그림을 볼 수 있었다. 아내는 성가단원이라서 베드로 성당을 보고, 남다른 감화를 느꼈으리라 믿는다.

*VILLA ALIGHIER

넷째 날(9월 7일)은 오르비에토와 피렌체 관광에 나섰다. 전용 관광버스는 로마 근처 숙소를 떠나, 북서쪽으로 달리다가 오르비에토로 가는 전철역에 멈췄다. 우리 일행은 전철로 갈아타고 오르비에토 마올로 갔다. 다시 푸니클라로 바꿔 타고 절벽에 있는 두오모 성당에 갔다. 두오모 성당은 13세기 고딕양식의 꽃 성당이다. 외부 장식을 아름답게 꾸며 놓은 것으로 유명하다. 오르비에토 언덕에는 높은 성벽도 있다. 로마로 들어오는 길목이라서 외부 침입자를 감시할 목적으로 만들어졌다 한다.

다시 우리 일행을 태운 버스는, 이태리 북부에 있는 아르노 강가에 위치한 르네상스의 발상지인 피렌치(플로렌스)로 갔다. 단테의 생가가 있는 피렌치에서 베키오다리, 시논리아 광장, 산타마리노 성당을 둘러보았다. 피렌치 국왕 베르디난도 1세는 1593년에 베키오 다리에 고급 상점인 금은세공 상들을 입주하게 했다. 피렌체에서 고급 쇼핑거리로 변한 베키오 다리 위에는 당시 유명한 금세공 장인인 벤베누티 첼리나 흉상이 세워져 있다. 피렌체의 번화가였던 베키오 다리는 신곡의 작가 단테(1265~1321)와 연인 베아트리체가, 처음 만난 장소로도 알려져 있다. 이후 피렌체의 젊은 연인들은 운명적인 사랑이 영원히 변치 않을 것을 맹세하였다. 그 증표로서 자물쇠를 채운 뒤 열쇠를 강물에 버리는 것이 유행하기 시작했다. 이런 풍습은 우리나라 서울 남산타워에도 만들어졌다.

14~16세기 메디치 가문은 은행업으로 돈을 벌어, 당시 미켈란젤로 보카치오 등 문학과 예술에 많은 지원을 하였다. 이로 인해 유럽의 르네상스의 총 본산이 되었다. 지금은 토즈, 구찌 명품 브랜드의 본 고장이기도 하다.

다섯째 날(9월 8일)은 베네치아 관광에 나섰다. 도시 전체가 물에 건설된 베치아(베니스)를 곤도라, 수상택시를 타고 즐겁게 관광했다. 두칼레궁전, 탄식의 다리, 산마르코 성당과 광장, 마스카라 극장을 보았다. 현지 가이드는 마침 베니스 영화제가 열리고 있다고 한다.

베네치아는 기원전 5세기 훈족의 왕 아티라에 쫓겨, 바다로 달아나 섬에 정착하게 된 베네치아족의 후예들이 사는 곳이다. 이들은 9세기부터 13세기에 걸쳐 강력한 왕국을 세웠다. 13세기 초 제4차 십자군 원정 때에 베네치아는 수송과 병참을 맡아 막대한 이익을 얻었다. 베니스의 상인의 상술을 유감없이 발휘한 것이다. 베네치아는 118개의 섬과 150개의 운하, 378개의 다리로 연결되었고, 그 한가운데를 흐르는 대운하가 있다. 대운하에는 공공 교통수단인 수상 버스가 다닌다. 1882년 9월 〈파르지팔〉의 작곡을 완성한 바그너가 살던 저택도 있다. *SAN GIOK GIO

여섯째 날(9월 9일)은 밀라노, 쉬위스 체르마트 관광에 나섰다. 밀라노에 있는 두오모 성당을 들러보고, 스위스 체르마트로 향했다. 이태리 고속도로를 우리나라가 벤치마킹하여, 산업화를 이룩하였다는 점에서 감회가 새로웠다. 고속도로상에서 교통사고 나서 버스가 서행하였다. 이태리와 스위스 국경을 지날 때는 검문소가 있긴 하나 사람은 없었다. 기사와 인솔자가 겨우 찾은 90세쯤 먹은 노인은 환전소에 있었었다. 별다른 검문 없이 그냥 국경을 통과하였다. 나라와 나라 사이에 신뢰가 쌓였기 때문인 것 같다. 남북한도 그런 날이 오긴 오나.

스위스 체르 마트는 알프스 1,620m에 있는, 전형적인 스위스의 목조 주택들이 있는 마을이다. '사운드 어브 뮤직'에 나오는 그림 같은 곳이다. '쥬리 엔드르스'가 주인공 '마리아' 수녀로 나오는, '사운드 어브 뮤직' 영화의 소재가 된 곳은 실제로는 오스트리아 찰즈부르크다. 이곳은 영국 BBC방송이 선정한 죽기 전에 가봐야 할 50개 명소로 청정마을이기도 하다. 이튿날 아침에 산악열차를 3번 갈아타고, 3,200m 고르너그라트 종착역에 내렸다. 파라마운틴 영화사 로고로 나오는 4,478m 신비의 마테 호른을 조망하였다. 즐비한 4천 미터 급 빙하의 영봉들도 감상하였다. 주변 경관이 너무나 감탄스럽다. 현이는 전망대 꼭대기에 올라가서 사방을 둘러보고 내려오기도 하였다.

일곱째 날(9월 10일)은 스위스 인터라켄 융프라우 관광에 나섰다. 인터라켄 동역에서 출발하는 등산열차를 탔다. 라우터 브루넨을 거쳐 클라이네 샤이덱까지 간 후에, 환승하여 융프라우 요흐에서 내렸다. 아름다운 설경으로 잘 알려진 알프스산맥의 고봉 융프라우(4,158m)는 여행자에게도 매력적인 장소다. 융프라우 요흐 전망대는 고산 지대의 짜릿한 풍경을 감상할 수 있다. 높이가 3,454m에 달하는 이곳까지 열차가 운행한 지도 100년이 넘었다고 한다.

융프라우 요흐 전망대에는 다양한 시설이 있지만, 열차가 도착하는 역 플랫폼에서 리프트를 타고 오르는 스핑크스 전망 동에 갔다. 실내와 실외에 마련된 전망 공간에서 황홀한 설원을 360도로 감상할 수 있었다. 유럽 최정상에서 식사할 수 있는 레스토랑과 반짝이는 눈 속의 얼음 궁전이다. 유럽에서 가장 긴 빙하인 알레치 빙하가 눈길을 사로잡는다. 융프라우 설원 반대편에는 야외 전망 테라스인 플라토가 있었다. 다양한 얼음 조형물을 볼 수 있는 지하 얼음 궁전으로 이어진다. 라면을 한국인이 먹고 있어서 꼴불견이었다.

유럽에서 가장 높은 융프라우 요흐역은 유네스코 문화유산으로 등재되었다고 한다. 이곳은 내가 오래전에 올라갔던 곳이기도 하다. 어쩌면 내가 이 세상 태어나서 가장 높은 곳을 두 번이나 발을 디딘 것이다. 험준한 산에 주택을 짓고 사는 모습은 동화마을에 온 것 같기도 하다. 아내와 현이는 선 그라스를 끼고, 설원에서 사진 찍기에 바빴다. 태극기를 빌려서 사진 한 컷 찍었다. 인터라켄에 다시 내려와 버스로 레만 호반 도시 제네바에서, 빙하로 이루어진 스위스의 레만 호수와 그 위에 요트를 감상하고, 제네바에서 TGV 고속열차를 타고 파리로 향하였다.

 * IBS BUOGGT RAKS OKTED AUKEV&XK

　여덟째 날(9월 11일)은 파리 시내 관광에 나섰다. 파리는 인구가 1,041만 명의 대도시다. 프랑스의 정치 · 경제 · 교통 · 학술 · 문화의 중심지일 뿐만 아니라, 세계의 문화 중심지로 '꽃의 도시'라고도 부른다. 프랑스 사람들은 스스로 '빛의 도시'라고도 칭한다. 세느강이 남동쪽에서 흘러 들어와, 생루링 섬과 상룰이 섬을 감싸 안고 남서쪽으로 흘러나간다. 동쪽에는 뱅센 숲, 서쪽에는 불로뉴 삼림공원이 이어진다. 세느강의 남쪽을 '좌안(리브고슈)', 북쪽을 '우안(리브드루아트)'이라고 부른다.

　파리는 1860년 이래 둘레 36km의 환상도로에 둘러싸여 있다. 프랑스 전체 인구의 6분의 1이 집중해 있는데, 파리의 인구는 해마다 10만~15만 명씩 늘고 있단다. 화요일에는 루부르 박물관이 휴관이라서, 아침에 파리 중앙 철도 역사를 개조한 오르세 미술관을 관람하였다. 미술관에는 수많은 유명 화가의 그림을 전시하고 있다. 밀레의 '만종' 진품을 보고 싶었는데, 걸려 있는 곳을 찾지는 못했다. 너무 아쉽다.

　에펠탑도 처음으로 올라갔다. 에펠탑에서는 지평선이 마냥 펼쳐진 파리 시내를 한눈에 볼 수 있었다. 특이한 것은 우리처럼 즐비한 아파트는 보이지 않았다. 샹젤리제 거리, 마로니에 거리, 콩코드 광장과 나폴레옹의 개선문을 두루 살펴보았다. 또 브랑땅 백화점에서 쇼핑도 하였다. 야간에는 세느강에 유람선을 타고, 파리의 야경을 즐겼다. 아내와 현이는 세느강에서 파리 야경 보는 것을 너무 좋아하였다. 서울 한강도 주변을 잘 관리하여, 더 많은 유람선을 띄우면 좋다는 생각이 들었다. 아내와 현이 에게 프랑스에서, 몽마르트 언덕과 베르사유궁전을 보여주고 싶었는데, 이번 여행 스케줄에 빠져서 못내 아쉬웠다. * IBS BUOGGT RAKS OKTED AUKEV & XK

아홉째 날(9월 12일)은 새벽에 유로스타를 타고, 런던 관광에 나섰다. 프랑스와 영국 간에 놓인 대서양 도버 해협을 지하 터널로 건넜다. 꼭 한번 기차 타고 지나 보고 싶었던 해협이다. 바다 지하 75m 아래는 아무것도 보이지 않고, 지하철과 다름이 없었다.

런던에서는 템즈강을 유람선 타고 타워 브릿지, 런던브릿지 구경하며 강 주변을 살펴보았다. 빅벤시계는 공사 중이지만, 의회는 개회 중이다. 영국 왕과 위인들이 잠든 곳인 웨스트 민스트 사원, 버킹검 왕궁과 영국 성공회 건물을 둘러보았다. 영국 왕실의 상징인 여왕이 부재중이라서, 여왕 기 대신에 영국기만이 펄럭이고 있었다. 왕궁 근위병 교대식에는 많은 사람이 하도 모여들어서, 제대로 볼 수도 없었다. 또 대영 박물관도 관람하였다. 로제타스톤, 람세스 2세 석상 등 고대 이집트, 메소포타미아, 그리스 유물을 다 갖다 놓았다. 참으로 기이한 일이다. 본래 소유국가가 돌려달라고 해도, 유물 관리와 해석 등을 고려해 국제재판소에서 영국이 승소했단다. 문화유적은 단순히 전시하는 것만으로 부족하다는 것이다. 돈 주고 사들인 것뿐만 아니 빼앗아간 것, 발굴한 것 다 마찬가지란다. 마지막으로 런던 시내에서 쇼핑한 후에, 런던 히드르 공항에 갔다.

열흘째 날은 귀국길에 올랐다. 히드로 공항에서 20시 20분에 대한항공 비행기를 타고, 하룻밤을 지새우며 인천공항에 2018년 9월 13일 14시 20분에 도착하였다.

마무리 글

해외관광은 눈으로 보고, 마음으로 읽는 것이 아니던가? 하지만 아내와 현이에게 보여주고 싶었던 로마의 피사탑과 파리 루브르 박물관, 베르사유궁전 노틀담 성당, 몽마르트 언덕이 여행 스케줄에 빠져있어서 아쉽다.

난민의 증가로 소매치기 주의라는 말을 하도 많이 들어, 노이로제 걸릴 지경이었다. 또 화장실 가는데도, 돈 내야 하니 딱하다. 가이드는 공짜 화장실 찾는다고 애를 쓴다. 프랑스의 이틀간 숙박은, 너무나 소홀한 것 같았다.

여행 준비는 더욱 간편해야 하고, 미리 그 지역의 역사나 유적을 더 알고 가는 것이 좋을 것 같다. 쇼핑도 좋으나 구매는 신중할 필요가 있다. 우리나라에도 다 있다. 아내가 외손자 규민이를 위해 산 크림이, 잠깐의 실수로 검색에 걸렸다. 외국에 나갈 때뿐만 아니라 외국에서 들어올 때도, 제한 물품을 잘 챙겨야 할 것 같다.

서유럽은 12시간이면 갈 수 있는 곳이지만, 쉽게 갈 수 있는 곳은 아니다. 그래서 관광에 몰두해야 한다. 서유럽은 고대 로마, 중세, 근세 르네상스, 현대가 아직도 조화롭게 배치되어 있어, 가는 곳마다 관광객이 인산인해라 놀라웠다. 특이한 것은 우리와 달리 건물의 외부는 옛날 그대로고, 내부만 현대화했다는 점이다.

이번 여행은 이태리 남부 나폴리에서 피렌체 베네치아 스위스 융프라우 제네바 파리 런던으로 이어졌다. 버스 기차 산악열차 푸니클라 전철 테제베 유럽 스타 곤도라 유람선 수상택시를 타고 다녔다. 짧지만 쉼 없이 강행군한 긴 여행이다.

　아무래도 이번 여행의 백미는 3,400m 알프스의 산 정상에 발을 디딘 것이 아닌가 싶다. 그 정상은 한라산 백두산보다 훨씬 높다. 이번 파란 꿈의 유럽 기행은 훗날 찰칵찰칵 찍은 사진을 보면서, 오랫동안 기억 속에 남아 있으면 좋겠다.

김한진 수필집

삶의 길목에서 백양로

초판 인쇄 2023년 01월 11일
초판 발행 2023년 01월 20일

지 은 이 | 김한진
펴 낸 이 | 노용제
펴 낸 곳 | 정은출판
출판등록 | 제2-4053호.(2004. 10. 27)
주   소 | 04558 서울시 중구 창경궁로1길 29 (3F)
전   화 | 02)2272-8807
팩   스 | 02)2277-1350
이 메 일 | rossjw@hanmail.net
홈페이지 | www. je-books.com

ISBN 978-89-5824-477-6

값 18,000원